一半儿水
一半儿春愁

张晓风

名家散文经典 精装美绘版

张晓风 著

長江出版傳媒 长江文艺出版社

图书在版编目（CIP）数据

一半儿春愁，一半儿水 / 张晓风著. -- 武汉 : 长江文艺出版社，2015.11(2023.3 重印)
（名家散文经典：精装美绘版）
ISBN 978-7-5354-8153-5

Ⅰ. ①一… Ⅱ. ①张… Ⅲ. ①散文集－中国－当代 Ⅳ. ①I267

中国版本图书馆 CIP 数据核字(2015)第 155167 号

责任编辑：马　蓓　　责任校对：毛季慧
封面设计：徐慧芳　　责任印制：邱　莉　王光兴

出版：长江出版传媒　长江文艺出版社
地址：武汉市雄楚大街 268 号　　邮编：430070
发行：长江文艺出版社
电话：027—87679360
http://www.cjlap.com
印刷：三河市百盛印装有限公司

开本：880 毫米×1230 毫米　1/32　　印张：11.25　插页：4 页
版次：2015 年 11 月第 1 版　　2023 年 3 月第 2 次印刷
字数：235 千字

定价：68.00 元

爱恋 ……

血脉 ……

目录（一）

风物

诗课

目录（二）

血脉

不识

两个人坐着谈话，其中一个是高僧，另一个是皇帝，皇帝说：

“你识得我是谁吗？我——就是这个坐在你对面的人。”

“不，不识。”

他其实是认识并了解那皇帝的，但是他却回答说“不识”。也许在他看来，人与人之间其实都是不识的。谁又曾经真正认识过另一个人呢？传记作家也许可以把翔实的资料一一列举，但那人却并不在资料里——没有人是可以用资料来加以还原的。

而就连我们自己，也未必识得自己吧？杜甫，终其一生，都希望做个有所建树救民水火的好官。对于自己身后可能以文章名世，他反而是不无遗憾的。他似乎从来不知道自己是有唐一代最优秀的诗人，如果命运之神允许他以诗才来换官位，他是会换的。

家人至亲，我们自以为极亲爱极了解的，其实我们所知道的也只是肤表的事件而不是刻骨的感觉。刻骨的感觉不能重现，它随风而逝，连事件的主人也不能再拾。

而我们面对面却瞠目不相识的，恐怕是生命本身吧？我们活着，却不知道何谓生命？更不知道何谓死亡？

父亲的追思会上，我问弟弟：

“追述生平，就由你来吧？你是儿子。”

弟弟沉吟了一下，说：

“我可以，不过我觉得你知道的事情更多些，有些事情，我们小的没赶上。”

然而，我真的知道父亲吗？

五指山上，朔野风大，阳光辉丽，草坪四尺下，便是父亲埋骨的所在。我站在那里一面看山下的红尘深处密如蚁垤的楼宇，一面问自己：“这墓穴中的身体是谁呢？”

虽然隔着棺木隔着水泥，我看不见，但我也知道那是一副溃烂的肉躯。怎么可以这样呢？一个至亲至爱的父亲怎么可以一霎时化为一堆陌生的腐肉呢？

也许从宗教意义言，肉体只是暂时居住的房子，屋主终有搬迁之日。然而，与原屋之间总该有个徘徊顾却之意吧？造物怎可以如此绝情，让肉体接受那化作粪壤的宿命？

我该承认这一抔黄土中的腐肉为父亲呢？或是那优游于鸿蒙中的才是呢？我曾认识过死亡吗？我曾认识过父亲吗？我愕然不知怎么回答。

“小的时候，家里穷，除了过年，平时都没有肉吃。如果有客人来，就去熟肉铺子切一点肉，偶然有个挑担子卖花生米小鱼的人经过，我们小孩子就跟着那人走。没得吃，看看也是好的，我们就这样跟着跟着，一直走，都走到隔壁庄子去了，就是舍不得回头。”

那是我所知道的，他最早的童年故事。我有时忍不住，想掏把钱塞给那九十年前的馋嘴小男孩。想买一把花生米小鱼填填他的嘴，并且叫他不要再跟着小贩走，应该赶快回家去了……

我问我自己，你真的了解那小男孩吗？还是你只不过在听故事？如果你不曾穷过饿过，那小男孩巴巴的眼神你又怎么读得懂呢？

我想，我并不明白那贫穷的小孩，那傻乎乎地跟着小贩走的小男孩。

读完徐州城里第七师范的附小，他打算读第七师范，家人带他去见一位堂叔，目的是借钱。

堂叔站起身来，从一把旧铜壶里掏出二十一块银元，那只壶从梁柱上直吊下来，算是家中的保险柜吧？

读师范不用钱，但制服棉被杂物却都要钱，堂叔的那二十一块钱改变了父亲的一生。

我很想追上前去看一看那目光炯炯的少年，渴于知识渴于上进的少年。我很想看一看那堂叔看着他的爱怜的眼色。他必是族人中最聪明俊发的孩子，堂叔才慨然答应借钱的吧！听说小学时代，他每天上学都不从市内走路，嫌人车杂沓，他宁可绕着古城周围的城墙走，城墙上人少，他一面走，一面大声背书。那意气飞扬的男孩，天下好像没有可以难倒他的事。他走着、跑着，自觉古人的智慧因背诵而尽入胸中，一个志得意满的优秀小学生。

然而，我真认识那孩子吗？那个捧着二十一块银元来向这个世界打天下的孩子。我平生读书不过只求随缘尽兴而已，我大概不能懂得那一心苦读求上进的人，那孩子，我不能算是深识他。

“台湾出的东西，有些我们老家有，像桃子。有些我们老家没有，像木瓜芭乐。”父亲说，“没有的，就不去讲它，凡是有的，我们老家的就一定比台湾好。”

我有点反感，他为什么一定要坚持老家的东西比这里好呢？他离开老家都已经这么多年了，为什么还坚持老家的最好？

“譬如说这香椿吧？”他指着院子里的香椿树，台湾的，“长这么细细小小一株。在我们老家，那可是和榕树一样的大树咧！而且台湾是热带，一年到头都能长新芽，那芽也就不嫩了。在我们老家，只有春天才冒得出新芽来，所以那个冒法，你就不知道了。忽然一下，所有的嫩芽全冒出来了，又厚又多汁，大人小孩全来采呀，采下来用盐一揉，放在格架上晾，一面晾，那架子上腌出来的卤汁就呼噜——呼噜——的一直流，下面就用盆接着，那卤汁下起面来，那个香呀——”

我吃过韩国进口的盐腌香椿芽，从它的形貌看来，揣想它未腌之前一定也极肥厚，故乡的香椿芽想来也是如此。但父亲形容香椿在腌制的过程中竟会“呼噜——呼噜——”流汁，我被他言语中的象声词所惊动，那香椿树竟在我心里成为一座地标，我每次都循着那株椿树去寻找父亲的故乡。

但我真的明白那棵树吗？我真的明白在半个世纪之后，他坐在阳光璀璨的屏东城里，向我娓娓谈起的那棵树吗？

父亲晚年，我推轮椅带他上南京中山陵，只因他曾跟我说过：

“总理下葬的时候，我是军校学生，上面在我们中间选了些人去抬棺材。我被选上了，事先还得预习呢！预习的时候棺材里都装些石头……”

他对总理一心崇敬——这一点，恐怕我也无法十分了然。我当然也同意孙中山是可佩服的，但恐怕未必那么百分之百心悦诚服。

能有一人令你死心塌地，生死追随，不作他想，父亲应该是幸福的——而这种幸福，我并不能体会。

父亲说，他真正的兴趣在生物，我听了十分错愕。我还一直以为是军事学呢！抗战前后，他加入了一个国际植物学会，不时向会里提供全国各地植物的资讯，我对他惊人的耐心感到不解。由于职业的关系，他跑遍大江南北，他将各地的萝卜、茄子、芹菜、白菜长得不一样的情况一一汇集报告给学会。在那个时代，我想那学会接到这位中国会员热心的讯息，也多少要吃一惊吧？

啊，他究竟是怎样的一个人呢？我对他万分好奇，如果他晚生五十年，如果他生而为我的弟弟，我是多么愿意好好培植他成为一个植物学家啊！在那一身草绿色的军服下面，他其实有着一颗生物学者的心。我小时候，他教导我的，几乎全是生物知识，我至今看到螳螂的卵仍十分激动，那是我幼年行经田野时父亲教我辨认的。

每次他和我谈生物的时候，我都惊讶，仿佛我本来另有一个父亲，却未得成长践形。父亲也为此抱憾吗？或者他已认了？

而我不知道。

年轻时的父亲，有一次去打猎，一枪射出，一只小鸟应声而落。他捡起小鸟一看，小鸟已肚破肠流，他手里提着那温热的肉体，看着那腹腔之内一一俱全的五脏，忽然决定终其一生不再射猎。

父亲在同事间并不是一个好相处的人，听母亲说有人给他起个外号叫“杠子手”，意思是耿直不圆转，他听了也不气，只笑笑说“山难改，性难移”。他是很以自己的方正棱然自豪的，从来不屑于改正。然而这个清晨，在树林里，对一只小鸟，他却生慈柔之心，誓言从此不射猎。

父亲的性格如铁如砧，却也如风如水——我何尝真正了解过他?

《红楼梦》第一百二十回，贾政眼看着光头赤脚身披红斗篷的宝玉向他拜了四拜，转身而去，消失在茫茫雪原里，说：“竟哄了老太太十九年，如今叫我才明白——”

贾府上下数百人，谁又曾明白宝玉呢?家人之间，亦未必真能互相解读吧?

我于我父亲，想来也是如此无知无识。他的悲喜、他的起落、他的得意与哀伤、他的憾恨与自足，我哪里都能一一探知、一一感同身受呢?

蒲公英的散蓬能叙述花托吗?不，它只知道自己在一阵风后身不由己的和花托相失相散了，它只记得叶嫩花初之际，被轻轻托住的安全的感觉。它只知道，后来，就一切都散了，胜利的也许是生命本身，草原上的某处，会有新的蒲公英冒出来。

我终于明白，我还是不能明白父亲。至亲如父女，也只能如此。世间没有谁识得谁，正如那位高僧说的。

我觉得痛，却亦转觉释然，为我本来就无能认识的生命，为我本来就无能认识的死亡，以及不曾真正认识的父亲。原来没有谁可以彻骨认识谁，原来，我也只是如此无知无识。

舍不得怀疑

——我所知道的别廷芳

家父出生于民前八年，现年九十三。

前些年，他有次对我说：

“我这辈子，国内国外，大江南北，跑的地方也算多了，要说有什么地方最像桃花源，能‘夜不闭户，路不拾遗’的，那就是别廷芳治下的河南一带了”。

“别廷芳是谁呀？”

别廷芳，我觉得那姓太罕见，简直像异族。

“这人了不起，好像也没读过多少书，是个老粗，但治起事来，清清楚楚。连蒋先生都召见过他。临去见蒋先生之前，他家里的人还担着心，忙他应对小得体，闹笑话。”

“蒋先生问他什么？”

“蒋先生问他怎么把地方治理得那么好。他说，也没啥。好事、该做的事就做起来，不好的事就不让它有，就是这样。”

我听了，大吃一惊，为政的原则原来如此简单扼要。无非是“诸恶不作，诸善奉行”。

“他有个侄子，好像贪了污，他也不包庇，照样拿去枪毙。”父亲想想，又说，“我们行军，经过他们地面，他主动来问我们，有什么需要没有。我们说没有。他说，这样吧，给部队里每人纳双鞋，结果第三天鞋真的送来了，人人都有，是发动各家妇女现做的。”

我觉得不可思议，就是工厂订货，也没这么方便呀！

“民国四十几年，我在步校做副校长的时候，部下里有个河南人，我就顺便问他一句：‘你知道别廷芳吗？’结果他立刻站起身来，双脚并拢采立正姿势，正色说：‘啊，别司令……’他们河南人竟然一听这别廷芳的名字就要立正站好的呢！”

我想想，有点憾然，我在这世上好像并不打算听到任何人的名字而跳起来立正站好，如果有，倒也幸福。

事隔多年，我得识台大李学勇教授，知道他也是河南人，我的第一个问题便是：

“你知道河南有个别廷芳吗？”

“啊，知道。”他说，并且也推崇了一番。

我对这位草莽政治家充满了好奇心。这个世界上居然真有某个地方，在某段时间，出现过一座政治清明、民风淳厚的世外桃源。我有点不敢相信，却也舍不得怀疑。

看惯了政客事先提出“施政计划”，事后提出“施政报告”，其实也无非是“满纸荒唐书”。相较之下，别司令一纸官样文章也没有，只凭一句话就治好了相当于欧洲某些小国的土地。虚张声势有什么用呢？七十年前的别廷芳用老老实实诚诚恳恳的方法治好了豫西一带。

听说别廷芳手下也用过留学生和外国顾问，不知资料是否确实？

近读联副纪实文学《桑麻遍野》对听来的别廷芳其人，格外钦崇。我们当今的政治人物能否少点虚夸的“胆识”多点爱民的“心肝”呢？别廷芳那样的人物还会重现吗？

星　约

一　上一次

是因为期待吗？整个天空竟变得介乎可信赖与不可信赖之间，而我，我介乎悟道的高僧与焦虑的狂徒之际。

七十六年才一次啊！

“运气特别不好！”男孩说，“两千年来，这次哈雷是最不亮的一次！上一次，嘿，上一次它的尾巴拖过半个天空哩！”男孩十七岁，七十六年后他九十三岁，下一次，下一次他有幸和他的孩子并肩看星吗，像我们此刻？

至于上一次，男孩，上一次你在哪里，我在哪里，我的母亲又复在哪里？连民国亦尚在胎动。飒爽的鉴湖女侠墓草已长，黄兴的手指尚完好，七十二烈士的头颅尚在担风挑雨的肩上寄存。血在腔中呼啸，剑在壁上狂吟，白衣少年策马行过漠漠大野。那一年，就是那一年啊，彗星当空挥洒，仿佛日月星辰全是定位的镂刻的字模，唯独它，是长空里一气呵成的行草。

那一年，上一次，我们不在，但一一知道。有如一场宴会，我们迟了，没赶上，却见茶气氤氲，席次犹温，一代仁人志士的呼吸如大风盘旋谷中，向我们招呼，我们来迟了，没有看到那一代的风华。但一九一〇年我们是知道的，在武昌起义和黄花岗之前的那一年我们是感念而熟知的。

二　初识

还有，最初的那一次（其实怎能说是最初呢，只能说是最初的记载罢了，只能说是不甚认识的初识罢了），这美丽得使人惊惶的天象，正是以美丽的方块字记录的。在秦始皇的年代，“七年，彗星先出于东方，见北方……五月，见西方……”秦代的资料，是以委婉的小篆体记录的吧？

而那时候，我们在哪里？易水既寒，群书成焚灰，博浪沙的大椎打中副车，黄石老人在桥头等待一位肯为人拾鞋的亢奋少年，伏生正急急地咽下满腹经书，以便有朝一日再复缓缓吐出，万里长城开始一尺一尺垒高、垒远……忙乱的年代啊，大悲伤亦大奋发的岁月啊，而那时候，我们在哪里？我们在哪里？

三　有所期

我们在今夜，以及今夜的期待里。以及，因期待而生的焦灼里。

不要有所期有所待，这样，你便不会忧伤。

不要有所系有所思，否则，你便成不赦的囚徒。

不要企图攫取，妄想拥有，除非，你已预先洞悉人世的虚空。

——然而，男孩啊，我们要听取这样的劝告吗？长途役役，我们有如一只罗盘上的指针，因神秘的磁场牵引而不安而颤抖而在每一步颠簸中敏感地寻找自己和整个天地的位置，但世上的磁针有哪一根因这种种劫难而后悔而愿意自决于磁场的骚动呢?

四　咒诅

如果有人告诉我彗星是一场祸殃，我也是相信的。凡美丽的东西，总深具危险性，像生命。奇怪，离童年越远，我越是想起那只青蛙的童话：

有一个王子，不知为什么，受了魔法的诅咒，变成了青蛙。青蛙守在井底，他没有为这大悲痛哭泣，但他却听到了哭泣的声音，那一定来自小悲痛小凄怆吧？大痛是无泪的啊！谁哭呢？一个小女孩。为什么哭呢？为一只失落的球。幸福的小公主啊，他暗自叹息起来，她最响亮的号啕竟只为一只小球吗？于是他为她落井捡球。然后她依照契约做了他的朋友，她让青蛙在餐桌上有一席之地，她给了他关爱和友谊，于是青蛙恢复了王子之身。

——生命是一场受过巫法的大咒诅，注定腐朽，注定死亡，注定扭曲变形——然而我们活了下来，活得像一只井底青蛙，受制于窄窄的空间，受制于匆匆一夏的时间。而他等着，等一分关爱来破此魔法和咒诅。一瞬柔和的眼神已足以破解最凶恶的毒咒啊!

如果哈雷是祸殃，又有什么可悸可怖？我们的生命本身岂不是更大的祸殃吗？然而，然而我们不是一直相信生命是一场充满祝福的咒诅，一枚有着苦蒂的甜瓜，一条布满陷阱的坦途吗?

我不畏惧哈雷，以及它在传述中足以魇人的华灿和美丽。即使美如一场祸殃，我也不会因而畏惧它多于一场生命。

五　暂时

缸里的荷花谢尽，浮萍潜伏，十二月的屋顶寂然，男孩一手拿着电筒，一手拿着星象图，颈子上挂着望远镜。

“哈雷在哪里？”我问。

“你怎么这么‘势利眼’，”男孩居然愤愤地教训起我来，“满天的星星哪一颗不漂亮，你为什么只肯看哈雷？”

淡淡的弦月下，阳台黝黑，男孩身高一米八四，我抬头看他，想起那首《日升日沉》的歌：

这就是我一手带大的小女孩吗？
这就是那玩游戏的小男孩吗？
是什么时候长大的呀？——他们

“看那颗天狼星，冬天的晚上就数它最亮，蓝汪汪的，对不对？它的光等是负一点四，你喜欢了，是不是？没有女人不喜欢天狼，它太像钻石了。”

我在黑夜中窃笑起来，男孩啊——

付这座公寓订金的时候，我曾惴惴然站在此处，揣想在这小小的舞台上，将有我人世怎样的演出。男孩啊，你在这屋子中成形，你在此听第一篇故事念第一首唐诗，而当年伫立痴想的时候，我从来不曾想到你会在此和我谈天狼星！

“蓝光的星是年轻的星，星光发红就老了。”男孩说。

星星也有生老病死？星星也有它的情劫和磨难？

“一颗流星。”男孩说。

我也看见了，它钢截利落，如钻石划过墨黑的玻璃。

“你许了愿？”

“许了。你呢？”

“没有。”

怎么解释呢？怎样把话说清楚呢？我仍有愿望，但重重愿望连我自己静坐以思的时候对着自己都说不清楚，又如何对着流星说呢？

“那是北极星——不过它担任北极星其实也是暂时的。”

“暂时？”

“对，等二十万年以后，就是大熊星来做北极星了，不过二十万年以后大熊星座的组合位置会有点改变。”

暂时担任北极星二十万年？我了解自己每次面对星空的悲怆失措甚至微愠了，不公平啊，可是跟谁去争辩，跟谁去抗议？

“别的星星的组合形态也会变吗？”

“会，但是我们只谈那些亮的星，不亮的星通常就是远的星，我们就不管它们了。”

“什么叫亮的？”

“光度总要在一等左右，像猎户星座里最亮的，我们中国人叫它‘参宿七’的那一颗，就是零点一等，织女星更亮，是零等。太阳最亮，是负二十六等……”

六 “光的单位”

奇怪啊，印度人以“克拉”计钻石，愈大的钻石克拉愈多，

希腊人以“光等”计星亮，愈亮的星“光等”反而愈少，最后竟至

于少成负数了。

“古希腊人为什么这么奇怪呢？为什么他们用这种方法来计算光呢？我觉得‘光度’好像指‘无我的程度’，‘我执’愈少，光源愈透，‘我’愈强，光愈暗。”

“没有那么复杂吧？只是希腊人就是这样计算的。”

我于是躺在木凳上发愣，希腊人真是不可思议，满天空都成了他们故事的布局，星空于他们竟是一整棚累累下垂的葡萄串，随时可摘可食，连每一粒葡萄晶莹的程度他们也都计算好了。

七　猎户在天

几年前的一个星夜，我们站在各种光等的星星下。

“猎户在天——”我说。

“《诗经》的句子吧？”女友问。

“怎么会，也不想想猎户星座是希腊名词啊！”

她大笑起来，她是被我的句型骗了，何况她是诗人，一向不讲理的，只是最后连我自己也恍惚起来，真的很像《诗经》里的句子呢！

我们有点在装迷糊吗？为什么每看到好东西我们就把它故意误为中国的？

猎户是一组美丽的星，宽宏的肩，长挺的腿，巧饰的腰带和腰带下的腰刀，旁边还有一只野兔呢！然而，这漂亮的猎者是谁呢？是始终在奔驰在追索在欲求的世人吗？不知道啊，但他那样俊朗，把一个形象从古希腊至今维系了三千年，我不禁肃然。

“看到腰带下的小腰刀吗？腰刀是三颗直排的星组成的，中间的那一颗你用望远镜仔细看，是一大团星云，它距离我们只不过一千五百光年而已。”

“一千五百年！是唐朝吗？”

“是南北朝。”

早于浓艳的李义山，早于狂歌的李白、沉郁的杜甫以及凿破大地的隋炀帝。南北朝，南北朝又复为何世呢？对那一整个年代我所记得的只有北魏的石雕，悠悠青石，刻成了清明实在的眉目，今夕的星光就是当年大匠举斧加石的年代出发的，历劫的石像至今犹存其极具硬度的大悲悯，历劫的星光则今夕始来赴我的双目的天池。

猎户星座啊！

八　见与不见

我其实是要看哈雷的，但哈雷不现，我只看到云。我终于对云感到抱歉了——这是不公平的，我渴望哈雷是因它稍纵即逝，然而云呢？云又岂是永恒的？此云曾是彼水，彼水曾是泉曾是溪，曾是河曾是海，曾是花上晓露眼中横波，曾是禾田间的汗水，曾是化碧前的赤血，壮士沙场之际的一杯酒是它，赵州说法时的半杯茶也是它。然而，我竟以为云只是云，我竟以为今日之云同于昨日之云，云不也跟哈雷一样是周而复始的吗？是迂回往来的吗？

我不断地向自己解释，劝自己好好看一朵云，那其间亦自有千古因缘，然而我依旧悲伤且不甘心，为什么这是一片灯网交织的城，且长年有着厚云层？为什么不让我今生今世看见一次哈雷？

“奇怪啊，神话只属于古代，至于我们的年代只有新闻，而且多是报导不实的，为什么？”

黑暗中男孩看我，叹了一口气，他半年前交了一篇历史课的读书报告，题目便是《中国神话的研究》，得分九十五。曾经统御过所有的英雄和巨灵，辉耀了整个日月星辰的神话，此刻已老，并且沦为一个中学生的读书报告。

在一个接一个的冬夜里我叹惋跌足，并且生自己的气，气自己被渴望折磨，神话里的夸父就是渴死的，我要小心一点才行。悲伤时我总是想哈雷先生（哈雷彗星以他的名字来命名）以及他亦悲亦喜的一生，他在二十六岁那年惊见彗星，此后他用许多年

来研究，相信彗星会在自己一百零二岁时再现。看过彗星以后他又活了一甲子，死时八十六岁，像一个放榜前殁世的考生，无从证实自己的成绩。那哈雷死时是怎样想的呢？我猜他的心情正像一个孩子，打算在圣诞夜彻夜不眠，好看到圣诞老公公如何滑下烟囱，放下礼物。然而他困了，撑不住了，兴奋消失，他开始模糊了，心里却是不甘心的，嘴里说着半真半吃的叮咛：

“父亲，等下圣诞老人来的时候，一定要叫我喔！我要摸摸

他的胡子！”

哈雷说的话想来也类似：

“造物啊，我熬不住了，我要睡了，你帮我看好，好吗？十六年后它会来的，我先睡，你到时候要叫我一声哟！”

生当清平昌大之盛世，结交一时之俊彦如牛顿，能于切磋琢磨中发天地之微，知宇宙之数，哈雷的平生际遇也算幸运了。然而，肉体的贮瓶终于要面临大朽坏的——并不因其间贮注的是大智慧而有异，只是大限来时，他是否有憾呢？

寒星如一片冰心的冬夜，我反复自问：

哈雷生平到底看过彗星重现吗？若说看见了，他事实上在星现前十六年已经死了，若说未见，他却是见的，正如围棋高手早在几小时以前预见胜负，一步步行去的每一着履痕他们都有如亲睹。

大军事家、大政治家、大科学家都是在不见处先见、未明时先明的啊！

那么，我呢，我算不算看过那彗星的人呢？假设有盲者，站在凄凄长夜里，感知天空某一角落有灿然的光体如甩动的火把，算不算看到了呢？如果他倾耳辨听天河淙淙，如果他在安静中若闻哈雷的跳跃，像一只河畔的蚱蜢蹦去又蹦回，他算不算看到了呢？而我，当我在金牛座昴星团中寻它，当我在白羊座和双鱼座中寻它千百度思它千百度，我算不算看到它了呢？在无所视无所听无所触无所嗅的隔离中，我们可以仅仅凭信心念力去承认去体会身在云后的它吗？

九　我已践约

又一颗流星划过天空，天空割裂，但立刻合拢，造物的大诡秘仍然不得窥见。这不知名的星从此化为光尘，也许最后剩一小块陨石，落到地球上，被人捡起，放在陈列室里，像一部写坏了的爱情小说，光华消失，飞腾不见，只留下硬硬的纹理。

夜空有千亩神话万顷传奇，有流星表演的冰上芭蕾——万古乾坤只在此半秒钟演出。以此肉身，以此肉眼来面对他们，这种不公平的对决总使我心情大乱，悲喜无常。哈雷会来吗？原谅我的急躁。我和男孩有缘得窥七十六年一临的奇景吗？如果能，我为此感激，如果不能，让我感激朝朝来临的太阳，月月重圆的月亮，以及至七夕最凄丽的织女，于冬月亦明艳的猎户。我已践约，今夜，以及此生，哈雷也没有失约，但云横雾亘，我不能表示异议。

如果我不曾谢恩，此刻，为茫茫大荒中一小块荷花缸旁的立脚位置，为犹明的双眸，为未熄的渴望，为身旁高大的教我看星的男孩，为能见到的以及未能见到的，为能拥有的以及不能拥有的，为悲为喜，为悟为未悟，为已度的和未度的岁月，我，正式致谢。

音乐教室

诗诗：

雨或者仍在下，或者已不下，厚丝绒的帷幕升起，大厅里簇拥着盛装的人群。这是你的第一次演奏会，我和晴晴坐在迢远的角落上遥望你。

音乐是风，在观众席的千峰万壑间回荡。音乐是雨，在我们心的檐沿繁密地垂下。音乐是奇异的阳光，蜿蜒向天涯每一条曲径。

我们从来没有期望你成为一个音乐家，只希望给你一个快乐的童年。因此三年前，我们带你去学音乐。教室里贴着美丽的壁纸，地毯是绿茵茵的。我们愉快地发现每一个小孩都是可爱的。你们唱歌，你们辨认拍子，你们兴奋地做着韵律游戏，你们学着识谱，试着作曲，尝试跟别人合奏，你们享受着彼此的快乐。

后来，我们又买了一架古老的、雕镂着花纹的钢琴，客厅成了另一间音乐教室，我们常常可以倾听你的充满生命的弹奏。

诗诗，我常在这一切的美好之上，感到一些更巨大的、更神圣的美丽。你还小，我因而从来没有告诉你。但今天，你和你的朋友们站在台上，你是多么大啊！你就是那个我每夜醒来为你哺乳的小婴孩吗？我在泪光中遥望你们，犹如一排青青翠翠的小树，我忍不住要将一些话告诉你。

许多年前，妈妈还是一个小女孩，有时她经过琴行，驻足看那些庄严得几乎不可触及的乐器，感到一种绝望。但少年时期总是美好的，有时，把双手放在桌子下面，也尽可在一排想象的琴键上来回抚弄。不需要才学和胸襟，少年时期人人都自然能了解陶渊明“无弦琴”的意境。

终于，有一天，有一个音乐老师答应教她弹琴。那是在南台湾的一个小城，学校又大又空旷，音乐教室因为面对着一带遮天蔽日的大树，整个绿郁郁地古典了起来。那女孩踩着密匝匝的树影朝圣似的走向音乐教室。夏日的骤雨过后，树上的黄花凄凄然地悬着饱胀的令人不知所措的美感，那女孩小心翼翼地捧着琴谱走着。

我常常忍不住要感谢许多人，例如我的音乐老师。他多么好，回忆中已想不起他的坏脾气，想不起他的不修边幅，只记得他站在琴前教我弹那简单的练习曲。诗诗，记得那天，你在钢琴上重弹那些曲子的时候，我忍不住地从书房跑出来。诗诗，你不能了解我在那一刹间的激动，我已经十几年不弹琴了，乍听你弹那些熟悉的曲子，只觉恍如隔世，几乎怀疑曲子是自我的腕下流出的——诗诗，我的音乐老师已经谢世了！伟大的音乐家里永远不会有他的名字，可是我仍然感谢他，尊敬他，他曾教导我更多地拥抱我所爱的音乐。他也不是成功的声乐家，但是，当他告诉我们他怎样去从戎当青年军，怎样在青春的激情里为祖国而唱的时候，那是怎样一种声音——诗诗，我再也不能看见我的老师了。我回国的时候他已化为一钵劫灰，我唯一能安慰自己的是，我曾让他了解，虽然已经十几年了，我仍在敬爱他。

诗诗，我不弹琴，竟已经十几年了，但恒在的是心中的琴韵。我的老师不曾把我教成一个钢琴家，但他使我了解怎样聆听这充满爱充满温情的世界。今天，当你的小手在琴键上往返欢呼，你可知道我所移植给你的音乐之苗是承自何处吗？诗诗，我每一思及人间的爱之链锁，那些牵牵绊绊彼此相萦的真情，总忍不住心如激湍。

有时候，诗诗，我们需要的是一点良知，一点感恩，以及一份严肃的对他人的歉疚之心，一种自觉欠负了什么的谦虚。

我仍然记得，那些年，音乐事实上是一个奢侈的名词。而今天，你我能安然地坐在美丽祥和的音乐教室里，你会感到那些琴，那些鼓仿佛理所当然地从开天辟地就存在着了。不是的，诗诗，这些美，这些权利，是许多不知名的手所共同建筑起来的。诗诗，我们或迟或早，总应该学会合理的感恩。

行年渐长，我越来越觉得生活在“人”之中的喜悦，生活在属于自己的土地上的喜悦，拥有一种历史的喜悦，以及一切小小的“与人共有”的喜悦。诗诗，这是一个有情的世界，我们每一个人都是在许多别人的善意里活着的——而那每一份善意都值得我们虔诚地谢天。

有一天，我偶然仔细地看了一下薪水袋！在安静的凝思里竟也能体会出一份美感。许多年来，我一直不认为钱是高尚的东西，但那天，我在谦卑中却体会出某种诗意来。我知道政府能给公教人员的薪酬有限，但我仿佛能感到这份薪水里包括某个荒山野岭的纳税人的玉米，某个渔人所捞的鱼，某个农人的稻子，某个女孩的甘蔗，以及某些工厂中许许多多人的劳力，或者是一个煤矿工人的汗，或者是一个手工业工人的巧心。诗诗，你能走入音乐教室，学你所喜欢的音乐课程，和那些人每一个都有或多或少的关系。社会的富足建立在广大人群的共同效命上。诗诗，我今天能安然地坐在灯下写，站在讲坛上说，我能欢悦地向年轻的孩子们叙述那个极大的古中国故事中的一部分，我能侃侃而谈《说文解字序》，或者王绩、王梵志，我能从容地讲唐人的传奇，宋人的平话，诗诗，我没有一丝可以傲人的，我从心底感到我对上天以及对整个社会的铭而难忘的谢意。

我有时真想对政府和军人说一声“谢谢”，我们在他们的忧劳中享受安谧，在他们的瘁殚中享受丰富。世界上的人能活在一个自由的、宁静的、确知自己的头颅有权利长在自己的头颈上的人并不多。诗诗，有时早晨起来，面对宇宙间新生的一天，面对李白和莎士比亚也无权经历的这一天，我忍不住对上苍说：“我感谢你，我感谢这个世界，我多么想去告诉每一个人我感谢他们。我多么想让别人知道我在他们的贡献里一直怀着一份歉疚的情感，一颗希望有所图报的心。”

诗诗，音乐在四壁之间，音乐在四壁之外，有如无所不在的花香。音乐渐渐地将空气过滤得坚实而甜美。你站在台上，置身于一座大电子琴后，每个孩子都认真地奏着自己的乐器，多么美好的下午！但是，诗诗，我愿意你知道，这世界并不全是这样美好的。我们所生活的制度，我们所生活的环境不是全世界处处都有的。加州的越南难民营里不会有音乐教室。诗诗，我们能有你，能相守在一间有爱有食物有音乐的屋子里，而如果仍然不知感恩的话，我们就是可耻的。

有一天，偶然和我们学校的教务主任谈起，他说：“你知道吗？就为我们学校这一百二十个学生，政府已经花掉一亿多了！平均是一个学生一百万，这还是只指他们一入学，要是把七年医学教育的费用全算上，一个人大概是二百万！”

我当时深为震撼，一个人才是多少苦心的期待栽成的！转而一想，诗诗，我和你不也或多或少地接受过公费的培育吗？少年时期常向往的是冲风冒雨独来独往的豪情，成长以后才憬悟到人与人之间手足相依的那份亲切。少年时期是无挂无碍志得意满的自矜，成长以后才了解面对天地之化育、人类万物的深情，心头应该常存几分感恩、几分歉疚——没有什么是理所当然的，我们

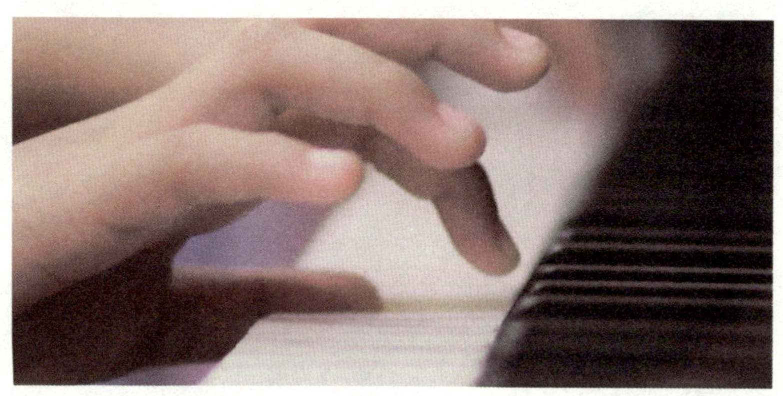

的每一分获得都该是足以令人惊喜的意外。

音乐扬起，再扬起，诗诗，也许将来你会有更多的演奏会——也许这是你唯一的一次，但无论如何，愿你记得音乐教室中美好的时光，记得那些穿花色长裙的小女孩，记得美丽的长发的音乐老师，记得那些琴、那些鼓、那些欢乐的歌。诗诗，不管世路是否艰难，记得我们曾在欢乐中走完美丽的初程。愿中国新生的一代常走在琴韵之中，真正有大担当的人是体会过幸福，而且确信

人世间人人有权利幸福的人。真正敢投入风浪的大英雄是那些享受过内心深处真正宁静的人。诗诗，我愿你在音乐教室之内，我也愿你在音乐教室之外。

诗诗，雨或者在下，或者已不下，而我们已饱饫今日下午的音乐。音乐中有许多动人的冥思，有许多温热的联想。诗诗，愿天地是一间大音乐教室，愿萧萧的万木是琴柱，愿温柔的千涧是长弦，诗诗，让我们能说，我们已歌过，我们曾是我们这一代的声音。

遇　见

一个久晦后的五月清晨，四岁的小女儿忽然尖叫起来。

“妈妈！妈妈！快点来呀！”

我从床上跳起，直奔她的卧室，她已坐起身来，一语不发地望着我，脸上浮起一层神秘诡异的笑容。

“什么事？”

她不说话。

“到底是什么事？”

她用一只肥匀的有着小肉窝的小手，指着窗外。而窗外什么也没有，除了另一座公寓的灰壁。

“到底什么事？”

她仍然秘而不宣地微笑，然后悄悄地透露一个字。

“天！”

我顺着她的手望过去，果真看到那片蓝过千古而仍然年轻的蓝天，一尘不染令人惊呼的蓝天，一个小女孩在生字本上早已认识却在此刻仍然不觉吓了一跳的蓝天，我也一时愣住了。

于是，我安静地坐在她的旁边，两个人一起看那神迹似的晴空，她平常是一个聒噪的小女孩，那天竟也像被震慑住了似的，流露出虔诚的沉默。透过惊讶和几乎不能置信的喜悦，她遇见了天空。她的眸光自小窗口出发，响亮的天蓝从那一端出发，在那美丽的五月清晨，它们彼此相遇了。那一刻真是神圣，我握着她的小手，感觉到她不再只是从笔画结构上认识“天”，她正在惊讶赞叹中体认了那份宽阔、那份坦荡、那份深邃——她面对面地遇见了蓝天，她长大了。

那是一个夏天的长得不能再长的下午，在印第安那州的一个湖边，我起先是不经意地坐着看书，忽然发现湖边有几棵树正在飘散一些白色的纤维，大团大团的，像棉花似的，有些飘到草地上，有些飘入湖水里，我仍然没有十分注意，只当偶然风起所带来的。

可是，渐渐地，我发现情况简直令人暗惊，好几个小时过去了那些树仍旧浑然不觉地，在飘送那些小型的云朵，倒好像是一座无限的云库似的。整个下午，整个晚上，漫天漫地都是那种东西，第二天情形完全一样，我感到诧异和震撼。

其实，小学的时候就知道有一类种子是靠风力靠纤维播送的，但也只是知道一条测验题的答案而已。那几天真的看到了，满心所感到是一种折服，一种无以名之的敬畏，我几乎是第一次遇见生命——虽然是植物的。

我感到那云状的种子在我心底强烈地碰撞上什么东西，我不能不被生命豪华的、奢侈的、不计成本的投资所感动。也许在不分昼夜的飘散之余，只有一颗种子足以成树，但造物者乐于做这样惊心动魄的壮举。

我至今仍然常在沉思之际想起那一片柔媚的湖水，不知湖畔那群种子中有哪一颗种子成了小树。至少，我知道有一颗已经成长，那颗种子曾遇见了一片土地，在一个过客的心之峡谷里，蔚然成荫，教会她，怎样敬畏生命。

母亲的雨衣

讲完了牛郎织女的故事，细看儿子已经垂睫睡去，女儿却犹自瞪着坏坏的眼睛。

忽然，她一把抱紧我的脖子把我赘得发疼：

“妈妈，你说，你是不是仙女变的？”

我一时愣住，只胡乱应道：

“你说呢？”

“你说，你说，你一定要说。”她固执地扳住我不放，“你到底是不是仙女变的？”

我是不是仙女变的？——哪一个母亲不是仙女变的？

像故事中的小织女，每一个女孩都曾住在星河之畔，她们织虹纺霓，藏云捉月，她们几曾烦心挂虑？她们是天神最偏怜的小女儿，她们终日临水自照，惊讶于自己美丽的羽衣和美丽的肌肤，她们久久凝注着自己的青春，被那份光华弄得痴然如醉。

而有一天，她的羽衣不见了，她换上了人间的粗布——她已经决定做一个母亲。有人说她的羽衣被锁在箱子里，她再也不能飞翔了，人们还说，是她丈夫锁上的，钥匙藏在极秘密的地方。

可是，所有的母亲都明白那仙女根本就知道箱子在哪里，她也知道藏钥匙的所在，在某个无人的时候，她甚至会惆怅地开启箱子，用忧伤的目光抚摸那些柔软的羽毛，她知道，只要羽衣一着身，她就会重新回到云端，可是她把柔软白亮的羽毛拍了又拍，仍然无声无息地关上箱子，藏好钥匙。

是她自己锁住那身昔日的羽衣的。

她不能飞了，因为她已不忍飞去。

而狡黠的小女儿总是偷窥到那藏在母亲眼中的秘密。

许多年前，那时我自己还是一个小女孩，我总是惊奇地窥伺着母亲。

她在口琴背上刻了小小的两个字——“静鸥”，那里面有什么故事吗？那不是母亲的名字，却是母亲名字的谐音，她也曾梦想过自己是一只静栖的海鸥吗？她不怎么会吹口琴，我甚至想不起她吹过什么好听的歌，但那名字对我而言是母亲神秘的羽衣，她轻轻写那两个字的时候，她可以立刻变了一个人，她在那名字里是另外一个我所不认识的有翅的什么。

母亲晒箱子的时候是她另外一种异常的时刻，母亲似乎有好些东西，完全不是拿来用的，只为放在箱底，按时年年在三伏天取出来曝晒。

记忆中母亲晒箱子的时候就是我兴奋欲狂的时候。

母亲晒些什么？我已不记得，记得的是樟木箱又深又沉，像一个混沌黝黑初生的宇宙，另外还记得的是阳光下竹竿上富丽夺人的颜色，以及怪异却又严肃的樟脑味，以及我在母亲喝禁声中东摸摸西探探的快乐。

我唯一真正记得的一件东西是幅漂亮的湘绣被面，雪白的缎子上，绣着兔子和翠绿的小白菜，和红艳欲滴的小杨花萝卜，全幅上还绣了许多别的令人惊讶赞叹的东西。母亲一面整理，一面会忽然回过头来说："别碰，别碰，等你结婚就送给你。"

我小的时候好想结婚，当然也有点害怕，不知为什么，仿佛所有的好东西都是等结了婚就自然是我的了，我觉得一下子有那么多好东西也是怪可怕的事。

那幅湘绣后来好像不知怎么就消失了，我也没有细问。对我而言，那么美丽得不近真实的东西，一旦消失，是一件合理得不能再合理的事。譬如初春的桃花，深秋的枫红，在我看来都是美丽得违了规的东西，是茫茫大化一时的错误，才胡乱把那么多的美堆到一种东西上去，桃花理该一夜消失的，不然岂不教世人都疯了？

湘绣的消失对我而言简直就是复归大化了。

但不能忘记的是母亲打开箱子时那份欣悦自足的表情，她慢慢地看着那幅湘绣，那时我觉得她忽然不属于周遭的世界，那时候她会忘记晚饭，忘记我扎辫子的红绒绳。她的姿势细想起来，实在是仙女依恋地轻抚着羽衣的姿势，那里有一个前世的记忆，她又快乐又悲哀地将之一一拾起，但是她也知道，她再也不会去拾起往昔了——唯其不会重拾，所以回顾的一刹那更特别的深情凝重。

除了晒箱子，母亲最爱回顾的是早逝的外公对她的宠爱。有时她胃痛，卧在床上，要我把头枕在她的胃上，她慢慢地说起外公。外公似乎很舍得花钱（当然也因为有钱），总是带她上街去吃点心，她总是告诉我当年的肴肉和汤包怎么好吃，甚至煎得两面黄的炒面和女生宿舍里早晨订的冰糖豆浆（母亲总是强调"冰糖"豆浆，因为那是比"砂糖"豆浆更为高贵的），都是超乎我想象力之外的美味。我每听她说那些事的时候，都惊讶万分——我无论如何不能把那些事和母亲联想在一起。我从有记忆起，母亲就是一个吃剩菜的角色，红烧肉和新炒的蔬菜简直就是理所当然地放在父亲面前的，她自己的面前永远是一盘杂拼的剩菜和一碗“擦锅饭”（擦锅饭就是把剩饭在炒完菜的剩锅中一炒，把锅中的菜汁都擦干净了的那种饭），我简直想不出她不吃剩菜的时候是什么样子。

而母亲口里的外公、上海、南京、汤包、肴肉全是仙境里的东西，母亲每讲起那些事，总有无限的温柔，她既不感伤，也不怨叹，只是那样平静地说着。她并不要把那个世界拉回来，我一直都知道这一点，我很安心，我知道下顿饭她仍然会坐在老地方，吃那盘我们大家都不爱吃的剩菜。而到夜晚，她会照例一个门一个窗地去检点去上闩。她一直都负责把自己牢锁在这个家里。

哪一个母亲不曾是穿着羽衣的仙女呢？只是她藏好了那件衣服，然后用最黯淡的一件粗布把自己掩藏了，我们有时以为她一直就是那样的。

而此刻，那刚听完故事的小女儿鬼鬼地在窥伺着什么？

她那么小，她何以得知？她是看多了卡通，听多了故事吧？她也发现了什么吗？

是在我的集邮本偶然被儿子翻出来的那一刹那吗？是在我拣出石涛画册或汉碑并一页页细味的那一刻吗？是在我猛然回首听他们弹一阕熟悉的钢琴练习曲的时候吗？抑是在我带他们走过年年的春光，不自主地驻足在杜鹃花旁或流苏树下的一瞬间吗？

或是在我动容地托住父亲的勋章或童年珍藏的北平画片的时候，或是在我翻拣夹在大字典里的干叶之际，或是在我轻声地教他们背一首唐诗的时候……

是有什么语言自我眼中流出呢？是有什么音乐自我腕底泻过吗？为什么那小女孩会问道：

“妈妈，你是不是仙女变的呀？”

我不是一个和千万母亲一样安分的母亲吗？我不是把属于女孩的羽衣收折得极为秘密吗？我在什么时候泄露了自己呢？

在我的书桌底下放着一个被人弃置的木质砧板，我一直想把它挂起来当一幅画，那真该是一幅庄严的画，那样承受过万万千千生活的刀痕和凿印的，但不知为什么，我一直也没有把它挂出来……

天下的母亲不都是那样平凡不起眼的一块砧板吗？不都是那样柔顺地接纳了无数尖锐的割伤却默无一语的砧板吗？

而那小女孩，是凭什么神秘的直觉，竟然会问我：

“妈妈？你到底是不是仙女变的？”

我掰开她的小手，救出我被吊得酸麻的脖子，我想对她说：

“是的，妈妈曾经是一个仙女，在她做小女孩的时候，但现在，她不是了，你才是，你才是一个小小的仙女！”

但我凝注着她晶亮的眼睛，只简单地说了一句：

“不是，妈妈不是仙女，你快睡觉。”

“真的？”

“真的！”

她听话地闭上了眼睛，旋又不放心地睁开：

“如果你是仙女，也要教我仙法哦！”

我笑而不答，替她把被子掖好，她兴奋地转动着眼珠，不知在想什么。

然后，她睡着了。

故事中的仙女既然找回了羽衣，大约也回到云间去睡了。

风睡了，鸟睡了，连夜也睡了。

我守在两张小床之间，久久凝视着他们的睡容。

我交给你们一个孩子

我交给你们一个孩子

小男孩走出大门，返身向四楼阳台上的我招手，说：

“再见！”

那是好多年前的事了，那个早晨是他开始上小学的第二天。

我其实仍然可以像昨天一样，再陪他一次，但我却狠下心来，看他自己单独去了。他有属于他的一生，是我不能相陪的，母子一场，只能看作一把借来的琴弦，能弹多久，便弹多久，但借来的岁月毕竟是有其归还期限的。

他欢然地走出长巷，很听话的既不跑也不跳，一副循规蹈矩的模样。我一人怔怔地望着油加利下细细的朝阳而落泪。

想大声地告诉全城市，今天早晨，我交给你们一个小男孩，他还不知恐惧为何物，我却是知道的，我开始恐惧自己有没有交错？

我把他交给马路，我要他遵守规矩沿着人行道而行，但是，匆匆的路人啊，你们能够小心一点吗？不要撞到我的孩子，我把我至爱的交给了纵横的道路，容许我看见他平平安安地回来！

我不曾搬迁户口，我们不要越区就读，我们让孩子读本区内的国民小学而不是某些私立明星小学，我努力去信任自己国家的教育当局，而且，是以自己的儿女为赌注来信任的——但是，学校啊，当我把我的孩子交给你，你保证给他怎样的教育？今天清晨，我交给你一个欢欣诚实又颖悟的小男孩，多年以后，你将还我一个怎样的青年？

他开始识字，开始读书，当然，他也要读报纸、听音乐或看电视、电影，古往今来的撰述者啊！各种方式的知识传递者啊！我的孩子会因你们得到什么呢？你们将饮之以琼浆，灌之以醍醐，还是哺之以糟粕？他会因而变得正直忠信，还是学会奸猾诡诈？当我把我的孩子交出来，当他向这世界求知若渴，世界啊，你给他的会是什么呢？

世界啊，今天早晨，我，一个母亲，向你交出她可爱的小男孩，而你们将还我一个怎样的呢！

小蜥蜴如何藏身在草丛里的奇观

我给小男孩请了一位家庭教师，在他七岁那年。

听到的人不免吓一跳：

“什么？那么小就开始补习了？”

不是的，我为他请一位老师是因为小男孩被蝴蝶的三部曲弄得神魂颠倒，又一心想知道蚂蚁怎么回家；看到世上有那么多种蛇，也使他欢喜得着了慌，我自己对自然的万物只有感性的欢欣赞叹，没有条析缕陈的解释能力，所以，我为他请了老师。

有一张征求老师的文字是我想用而不曾用过的，多年来，它像一坛忘了喝的酒，一直堆栈在某个不显眼的角落。春天里，偶然男孩又不自觉地转头去听鸟声的时候，我就会想起自己心底的那篇文字：

> 我们要为我们的小男孩寻找一位生物老师。
>
> 他七岁，对万物的神奇兴奋到发昏的程度，他一直想知道，这一切“为什么是这样的？”
>
> 我们想为他找的不单是一位授课的老师，也是一位启示他生命的奇奥和繁富的人。
>
> 他不是天才，他只是一个好奇而且喜欢早点知道答案的孩子。我们尊重他的好奇，珍惜他兴奋易感的心，我们不是富有的家庭，但我们愿意好好为他请一位老师，告诉他花如何开？果如何结？蜜蜂如何住在六角形的屋子里？蚯蚓如何在泥土中走路吃饭……他只有一度童年，我们，急于让他早点享受到“知道”的权利。
>
> 有的时候，也请带他到山上到树下去上课，他喜欢知道蕨类怎样成长，杜鹃怎样红遍山头，以及小蜥蜴如何藏身在草丛里的奇观……
>
> 有谁愿意做我们小男孩的生物老师？

小男孩后来读了两年生物，获益无穷，而这篇在心底重复无数遍的“征求老师”的腹稿却只供我自己回忆。

寻人启事

我坐在餐桌上修改自己的一篇儿童诗稿，夜渐渐深了。

男孩房里的灯仍亮着，他在准备那些考不完的试。

我说：

“喂，你来，我有一篇诗要给你看！”

他走过来，把诗拿起来，慢慢看完，那首诗是这样写的：

寻人启事

妈妈在客厅贴起一张大红纸
上面写着黑黑的几行字：　兹有小男孩一名不知何时走失
谁把他拾去了啊，仁人君子
他身穿小小的蓝色水手服
他睡觉以前一定要念故事
他重得像铅球又快活得像天使
满街去指认金龟车是他的专职
当电扇修理匠是他的大志
他把刚出生的妹妹看了又看露出诡笑：
“妈妈呀，如果你要亲她就只准亲她的牙齿。”
那个小男孩到哪里去了，谁肯给我明示？
听说有位名叫时间的老人把他带了去
却换给我一个国中的少年比妈妈还高
正坐在那里愁眉苦脸的背历史
那昔日的小男孩啊不知何时走失
谁把他带还给我啊，仁人君子。

看完了，他放下，一言不发地回房去了。第二天，我问他：

“你读那首诗怎么不发表一点高见？”

“我读了很难过，所以不想说话……”

我茫然走出他的房间，心中怅怅，小男孩已成大男孩，他必须有所忍受，有所承载，我所熟知的一度握在我手里的那一双小手有如飞鸟，在翩飞中消失了。

仅仅只在不久以前，他不是还牵着妹妹的手，两人诡秘地站在我的书房门口吗？他们同声用排练好的做作的广告腔说：

好立克大王
张晓风女士
请你出来
为你的儿子女儿冲一杯好立克

这样的把戏玩了又玩，一杯杯香浓的饮料喝了又喝，童年，繁华喧天的岁月，就如此跫音渐远。

爱恋

地毯的那一端

德：

从疾风中走回来，觉得自己像是被浮起来了。山上的草香得那样浓，让我想到，要不是有这样猛烈的风，恐怕空气都会给香得凝冻起来！

我昂首而行，黑暗中没有人能看见我的笑容。白色的芦荻在夜色中点染着凉意——这是深秋了，我们的日子在不知不觉中临近了。我遂觉得，我的心像一张新帆，其中每一个角落都被大风吹得那样饱满。

星斗清而亮，每一颗都低低地俯下头来。溪水流着，把灯影和星光都流乱了。我忽然感到一种幸福，那种混沌而又淘然的幸福。我从来没有这样亲切地感受到造物的宠爱——真的，我们这样平庸，我总觉得幸福应该给予比我们更好的人。

但这是真实的，第一张贺卡已经放在我的案上了。洒满了细碎精致的透明照片，灯光下展示着一个闪烁而又真实的梦境。画上的金钟摇荡，遥遥地传来美丽的回响。我仿佛能听见那悠扬的音韵，我仿佛能嗅到那沁人的玫瑰花香！而尤其让我神往的，是

那几行可爱的祝词："愿婚礼的记忆存至永远，愿你们的情爱与日俱增。"

是的，德，永远在增进，永远在更新，永远没有一个边和底——六年了，我们护守着这份情谊，使它依然焕发，依然鲜洁，正如别人所说的，我们是何等幸运。每次回顾我们的交往，我就仿佛走进博物馆的长廊。其间每一处景物都意味着一段美丽的回忆。每一件东西都牵扯着一个动人的故事。

那样久远的事了。刚认识你的那年才十七岁，一个多么容易错误的年纪！但是，我知道，我没有错。我生命中再没有一件决定比这项更正确了。前天，大伙儿一块吃饭，你笑着说："我这个笨人，我这辈子只做了一件聪明的事。"你没有再说下去，妹妹却拍手起来，说："我知道了！"啊，德，我能够快乐的说，我也知道。因为你做的那件聪明事，我也做了。

那时候，大学生活刚刚展开在我面前。台北的寒风让我每日思念南部的家。在那小小的阁楼里，我呵着手写蜡纸。在草木摇落的道路上，我独自骑车去上学。生活是那样黯淡，心情是那样沉重。在我的日记上有这样一句话："我担心，我会冻死在这小楼上。"而这时候，你来了，你那种毫无企冀的友谊四面环护着我，让我的心触及最温柔的阳光。

我没有兄长，从小我也没有和男孩子同学过。但和你交往却是那样自然，和你谈话又是那样舒服。有时候，我想，如果我是男孩子多么好呢！我们可以一起去爬山，去泛舟。让小船在湖里任意飘荡，任意停泊，没有人会感到惊奇。好几年以后，我将这些想法告诉你，你微笑地注视着我："那，我可不愿意，如果你真想做男孩子，我就做女孩。"而今，德，我没有变成男孩子，但我们可以去遨游，去做山和湖的梦，因为，我们将有更亲密的关系了。啊，想象中终生相爱相随该是多么美好！

那时候，我们穿着学校规定的卡其服。我新烫的头发又总是被风刮得乱蓬蓬的。想起来，我总不明白你为什么那样喜欢接近我。那年大考的时候，我蜷曲在沙发里念书。你跑来，热心地为我讲解英文文法。好心的房东为我们送来一盘春卷，我慌乱极了，竟吃得洒了一裙子。你瞅着我说："你真像我妹妹，她和你一样大。"我窘得不知如何是好，只是一径低着头，假作抖那长长的裙幅。

那些日子真是冷极了。每逢没有课的下午我总是留在小楼上，弹弹风琴，把一本拜尔琴谱都快翻烂了。有一天你对我说："我常在楼下听你弹琴。你好像常弹那首《甜蜜的家庭》。怎样？在想家吗？"我很感激你的窃听，唯有你了解、关切我凄楚的心情。德，那个时候，当你独自听着的时候，你想些什么呢？你想到有一天我们会组织一个家庭吗？你想到我们要用一生的时间以心灵的手指合奏这首歌吗？

寒假过后，你把那叠泰戈尔诗集还给我。你指着其中一行请我看：“如果你不能爱我，就请原谅我的痛苦吧！”我于是知道发生什么事了。我不希望这件事发生，我真的不希望。并非由于我厌恶你，而是因为我太珍重这份素净的友谊，反倒不希望有爱情去加深它的色彩。

但我却乐于和你继续交往。你总是给我一种安全稳妥的感觉。从头起，我就付给你我全部的信任，只是，当时我心中总向往着那种传奇式的、惊心动魄的恋爱。并且喜欢那么一点点的悲剧气氛。为着这些可笑的理由，我耽延着没有接受你的奉献。我奇怪你为什么仍作那样固执的等待。

你那些小小的关怀常令我感动。那年圣诞节你把得来不易的几颗巧克力糖，全部拿来给我了。我爱吃笋豆里的笋子，唯有你注意到，并且耐心地为我挑出来。我常常不晓得照料自己，唯有你想到用自己的外衣披在我身上。（我至今不能忘记那衣服的温暖，它在我心中象征了许多意义）。是你，敦促我读书。是你，容忍我偶发的气性。是你，仔细纠正我写作的错误。是你，教导我为人的道理。如果说，我像你的妹妹，那是因为你太像我大哥的缘故。

后来，我们一起得到学校的工读金，分配给我们的是打扫教室的工作。每次你总强迫我放下扫帚，我便只好遥遥地站在教室的末端，看你奋力工作。在炎热的夏季里，你的汗水滴落在地上。我无言地站着，等你扫好了，我就去挥挥桌椅，并且帮你把它们排齐。每次，当我们目光偶然相遇的时候，总感到那样兴奋。我们是这样地彼此了解，我们合作的时候总是那样完美。我注意到你手上的硬茧，它们把那虚幻的字眼十分具体地说明了。我们就在那飞扬的尘影中完成了大学课程——我们的经济从来没有富裕过；我们的日子却从来没有贫乏过。我们活在梦里，活在诗里，活在无穷无尽的彩色希望里。记得有一次我提到玛格丽特公主在她婚礼中说的一句话："世界上从来没有两个人像我们这样快乐过。"你毫不在意地说，"那是因为他们不认识我们的缘故。"我喜欢你的自豪，因为我也如此自豪着。

我们终于毕业了，你在掌声中走到台上，代表全系领取毕业证书。我的掌声也夹在众人之中，但我知道你听到了。在那美好的六月清晨，我的眼中噙着欣喜的泪，我感到那样骄傲，我第一次分沾你的成功，你的光荣。

"我在台上偷眼看你，"你把系着彩带的文凭交给我，"要不是中国风俗如此，我一走下台来就要把它送到你面前去的。"

我接过它，心里垂着沉甸甸的喜悦。你站在我面前，高昂而谦和、刚毅而温柔，我忽然发现，我关心你的成功，远远超过我自己的。

那一年，你在军中。在那样忙碌的生活中，在那样辛苦的演习里，你却那样努力地准备研究所的考试。我知道，你是为谁而作的。在凄长的分别岁月里，我开始了解，存在于我们中间的是怎样一种感情。你来看我，把南部的冬阳全带来了。那厚呢的陆战队军服重新唤起我童年时期对于号角和战马的梦。我一直没有告诉你，当时你临别敬礼的镜头烙在我心上有多深。

我帮着你搜集资料，把抄来的范文一篇篇断句、注释。我那样竭力地做，怀着无上的骄傲。这件事对我而言有太大的意义。这是第一次，我和你共赴一件事，所以当你把录取通知转寄给我的时候，我竟忍不住哭了。德，没有人经历过我们的奋斗，没有人像我们这样相期相勉，没有人多年来在冬夜图书馆的寒灯下彼此伴读。因此，也就没有人了解成功带给我们的兴奋。

我们又可以见面了，能见到真真实实的你是多么幸福。我们又可以去作长长的散步，又可以蹲在旧书摊上享受一个闲散黄昏。我永不能忘记那次去泛舟。回程的时候，忽然起了大风。小船在湖里直打转，你奋力摇橹，累得一身都汗湿了。

“我们的道路也许就是这样吧！”我望着平静而险恶的湖面说，“也许我使你的负担更重了。”

“我不在意，我高兴去搏斗！”你说得那样急切，使我不敢正视你的目光，“只要你肯在我的船上，晓风，你是我最甜蜜的负荷。”

那天我们的船顺利地拢了岸。德，我忘了告诉你，我愿意留在你的船上，我乐于把舵手的位置给你。没有人能给我像你给我的安全感。

只是，人海茫茫，哪里是我们共济的小舟呢？这两年来，为着成家的计划，我们劳累到几乎虐待自己的地步。每次，你快乐的笑容总鼓励着我。

那天晚上你送我回宿舍，当我们迈上那斜斜的山坡，你忽然驻足说：“我在地毯的那一端等你！我等着你，晓风，直到你对我完全满意。”

我抬起头来，长长的道路伸延着，如同圣坛前柔软的红毯。我迟疑了一下，便踏向前去。

现在回想起来，已不记得当时是否是个月夜了，只觉得你诚挚的言词闪烁着，在我心中亮起一天星月的清辉。

“就快了！”那以后你常乐观地对我说，“我们马上就可以有一个小小的家。你是那屋子的主人，你喜欢吧？”

我喜欢的，德，我喜欢一间小小的陋屋。到天黑时分我便去拉上长长的落地窗帘，捻亮柔和的灯光，一同享受简单的晚餐。但是，哪里是我们的家呢？哪儿是我们自己的宅院呢？

你借来一辆半旧的脚踏车，四处去打听出租的房子，每次你疲惫不堪地回来，我就感到一种痛楚。

“没有合意的，”你失望地说，“而且太贵，明天我再去看。”

我没有想到有那么多困难，我从不知道成家有那么多琐碎的事，但至终我们总算找到一栋小小的屋子了。有着窄窄的前庭，以及矮矮的榕树。朋友笑它小得像个巢，但我已经十分满意了。无论如何，我们有了可以憩息的地方。当你把钥匙交给我的时候，那重量使我的手臂几乎为之下沉。它让我想起一首可爱的英文诗：“我是一个持家者吗？哦，是的，但不止，我还得持护着一颗心。”我知道，你交给我的钥匙也不止此数。你心灵中的每一个空间我都持有一枚钥匙，我都有权径行出入。

亚寄来一卷录音带，隔着半个地球，他的祝福依然厚厚地绕着我。那样多好心的朋友来帮我们整理。擦窗子的、补纸门的、扫地的、挂画儿的、插花瓶的，拥拥熙熙地挤满了一屋子。我老觉得我们的小屋快要炸了，快要被澎湃的爱情和友谊撑破了。你觉得吗？他们全都兴奋着，我怎能不兴奋呢？我们将有一个出色的婚礼，一定的。

这些日子我总是累着。去试礼服，去订鲜花，去买首饰，去选窗帘的颜色。我的心像一座喷泉，在阳光下涌溢着七彩的水珠儿。各种奇特复杂的情绪使我眩昏。有时候我也分不清自己是在快乐还是在茫然，是在忧愁还是在兴奋。我眷恋着旧日的生活，它们是那样可爱。我将不再住在宿舍里，享受阳台上的落日。我将不再偎在母亲的身旁，听她长夜话家常。而前面的日子又是怎样的呢？德，我忽然觉得自己好像要被送到另一个境域去了。那里的道路是我未走过的，那里的生活是我过不惯的，我怎能不惴惴然呢？如果说有什么可以安慰我的，那就是：我知道你必定和我一同前去。

冬天就来了，我们的婚礼在即。我喜欢选择这季节，好和你厮守一个长长的严冬。我们屋角里不是放着一个小火炉吗？当寒流来时，我愿其中常闪耀着炭火的红火。我喜欢我们的日子从黯淡凛冽的季节开始，这样，明年的春花才对我们具有更美的意义。

我即将走入礼堂，德，当结婚进行曲奏响的时候，父亲将挽着我，送我走到坛前，我的步履将凌过如梦如幻的花香。那时，你将以怎样的微笑迎接我呢？

我们已有过长长的等待，现在只剩下最后的一段了。等待是美的，正如奋斗是美的一样，而今，铺满花瓣的红毯伸向两端，美丽的希冀盘旋而飞舞。我将去即你，和你同去采撷无穷的幸福。当金钟轻摇，蜡炬燃起，我乐于走过众人去立下永恒的誓愿。因为，哦，德，因为我知道，是谁，在地毯的那一端等我。

爱情篇

一 两岸

我们总是聚少离多，如两岸。

如两岸——只因我们之间恒流着一条莽莽苍苍的河。我们太爱那条河，太爱太爱，以至竟然把自己站成了岸。

站成了岸，我爱，没有人勉强我们，我们自己把自己站成了岸。

春天的时候，我爱，杨柳将此岸绿遍，漂亮的绿绦子潜身于同色调的绿波里，缓缓地向彼岸游去。河中有萍，河中有藻，河中有云影天光，仍是《国风·关雎》的河啊，而我，一径向你泅去。

我向你泅去，我正遇见你向我泅来——以同样柔和的柳条。我们在河心相遇，我们的千丝万绪秘密地牵起手来，在河底。

只因为这世上有河，因此就必须有两岸，以及两岸的绿杨堤。我不知我们为什么只因坚持要一条河，而竟把自己矗立成两岸，岁岁年年相向而绿，任地老天荒，我们合力撑住一条河，死命地呵护那千里烟波。

两岸总是有相同的风，相同的雨，相同的水位。乍酱草匀分给两岸相等的红，鸟翼点给两岸同样的白，而秋来蒹葭露冷，给我们以相似的苍凉。

蓦然发现，原来我们同属一块大地。

纵然被河道凿开，对峙，却不曾分离。

年年春来时，在温柔得令人心疼的三月，我们忍不住伸出手臂，在河底秘密地挽起。

二　定义及命运

年轻的时候，怎么会那么傻呢?

对“人”的定义，对“爱”的定义，对“生活”的定义，对莫名其妙的刚听到的一个“哲学名词”的定义……

那时候，老是郑重其事地把左掌右掌看了又看，或者，从一条曲曲折折的感情线，估计着感情的河道是否决堤。有时，又正经地把一张脸交给一个人，从鼻山眼水中，去窥探一生的风光。

奇怪，年轻的时候，怎么什么都想知道?定义，以及命运。年轻的时候，怎么就没有想到过，人原来也可以有权不知不识而大剌剌地活下去。

忽然有一天，我们就长大了，因为爱。

去知道明天的风雨已经不重要了，执手处张发可以为风帜，高歌时，何妨倾山雨入盏，风雨于是不重要了，重要的是找一方共同承风挡雨的肩。

忽然有一天，我们把所背的定义全忘了，我们遗失了登山指南，我们甚至忘了自己，忘了那一切，只因我们已登山，并且结庐于一弯溪谷。千泉引来千月，万窍邀来万风，无边的庄严中，我们也自庄严起来。

而长年的携手，我们已彼此把掌纹叠印在对方的掌纹上，我们的眉因为同蹙同展而衔接为同一个名字的山脉，我们的眼因为相同的视线而映出为连波一片，怎样的看相者才能看明白这样两双手的天机，怎样的预言家才能说清楚这样两张脸的命运？

蔷薇几曾有定义，白云何所谓其命运，谁又见过为劈头迎来的巨石而焦灼的流水？

怎么会那么傻呢，年轻的时候？

三 从俗

当我们相爱——在开头的时候——我们觉得自己清雅飞逸，仿佛有一个新我，自旧我中飘然游离而出。

当我们相爱时，我们从每一寸皮肤、每一缕思维中伸出触角，要去探索这个世界，拥抱这个世界，我们开始相信自己的不凡。

相爱的人未必要朝朝暮暮相守在一起——小说里都是这样说的，小说里的男人和女人一眨眼便已暮年，而他们始终没有生活在一起，他们留给我们的是凄美的回忆。

但我们是活生生的人，我们不是小说，我们要朝朝暮暮，我们要活在同一个时间，我们要活在同一个空间，我们要相厮相守，相牵相挂，于是我们放弃飞腾，回到人间，和一切庸俗的人同其庸俗。

如果相爱的结果是使我们平凡，让我们平凡。

如果爱情的历程是让我们由纵横行空的天马变为忍辱负重、行向一路崎岖的承载驾马，让我们接受。

如果爱情的转迹总是把云霄之上的金童玉女贬为人间烟火中的匹妇匹夫，让我们甘心。

我们只有这一生，这是我们唯一的筹码，我们要合在一起下注。

我们只有这一生，这是我们唯一的戏码，我们要同台演出。

于是，我们要了婚姻。

于是，我们经营起一个巢，栖守其间。

有厨房，有餐厅，那里有我们一饮一啄的牵情。

有客厅，那里有我们共同的朋友以及他们的高谈阔论。

有兼为书房的卧房，各人的书站在各人的书架里，但书架相衔，矗立成壁，连我们那些完全不同类的书也在声气相求。

有孩子的房间，夜夜等着我们去为一双娇儿痴女念故事，并且盖他们老是踢掉的棉被。

至于我们曾订下的山之盟呢？我们所渴望的水之约呢？让它们等一等，我们总有一天会去的，但现在，我们已选择了从俗。

贴向生活，贴向平凡，山林可以是公寓，电铃可以是诗，让我们且来从俗。

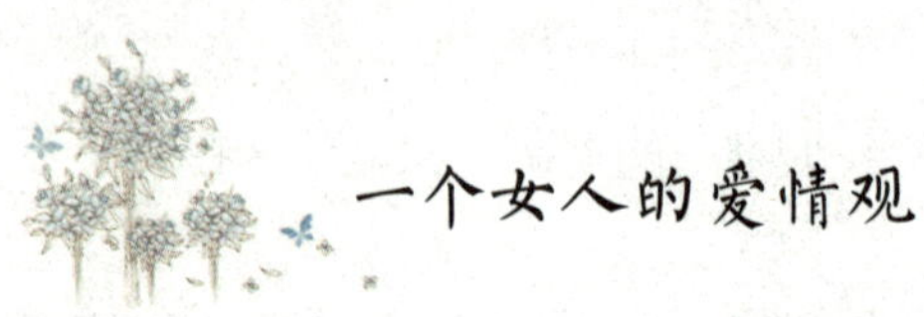

一个女人的爱情观

忽然发现自己的爱情观很土气，忍不住笑了起来。

对我而言，爱一个人就是满心满意要跟他一起“过日子”。天地鸿蒙荒凉，我们不能妄想把自己扩充为六合八方的空间，只希望以彼此的火烬把属于两人的一世时间填满。

客居岁月，暮色里归来，看见有人当街亲热，竟也视若无睹。但每看到一对人手牵手提着一把青菜一条鱼从菜场走出来，一颗心就忍不住恻恻地痛了起来，一蔬一饭里的天长地久原是如此味永难言啊！相拥的那一对也许今晚就分手，但一鼎一镬里却有其朝朝暮暮的恩情啊！

爱一个人原来就只是在冰箱里为他留一只苹果，并且等他归来。

爱一个人原来就是在寒冷的夜里，不断在他的杯子里斟上刚沸的热水。

爱一个人就是喜欢两人一起收尽桌上的残肴，并且听他在水槽里刷碗的音乐——事后再偷偷把他不曾洗干净的地方重洗一遍。

爱一个人就有权利霸道地说：

“不要穿那件衣服，难看死了，穿这件，这是我新给你买的。”

爱一个人就是一本正经地催他去工作，却又忍不住躲在他身后想捣几次小小的蛋。

爱一个人就是在拨通电话时忽然不知道要说什么，才知道原来只是想听听那熟悉的声音，原来真正想拨通的，只是自己心底的一根弦。

爱一个人就是把他的信藏在皮包里，一日拿出来看几回、哭几回、痴想几回。

爱一个人就是在他迟归时想上一千种坏的可能，在想象中经历万般劫难，发誓等他回来要好好罚他，一旦见面却又什么都忘了。

爱一个人就是在众人暗骂：“讨厌！谁在咳嗽！”你却急道：

“唉，唉，他这人就是记性坏啊！我该买一瓶川贝枇杷膏放在他的背包里的！”

爱一个人就是上一刻钟想把美丽的恋情像冬季的松鼠秘藏坚果一般，将之一一放在最隐秘最安妥的树洞里，下一刻钟却又想告诉全世界这骄傲自豪的消息。

爱一个人就是在他的头衔、地位、学历、经历、善行、劣迹之外，看出真正的他不过是个孩子——好孩子或坏孩子——所以疼了他。

也因此，爱一个人就喜欢听他儿时的故事，喜欢听他有几次大难不死，听他如何淘气惹厌、怎样善于玩弹珠或打“水漂漂”，爱一个人就是忍不住替他记住了许多往事。

爱一个人就不免希望自己更美丽，希望自己被记得，希望自己的容颜体貌在极盛时于对方如霞光过目，永远想望，即使在繁花谢树的残冬，也有一个人沉如历史典册的瞳仁可以见证你的华彩。

爱一个人总会不厌其烦地问些或回答些傻问题，例如：“如果我老了，你还爱我吗？”“爱！”“我的牙都掉光了呢？”“我吻你的牙床！”

爱一个人便忍不住迷上那首《白发吟》：

亲爱的，我年已渐老
白发如霜银光耀
唯你永是我爱人
永远美丽又温柔

爱一个人常是一串奇怪的矛盾，你会依他如父，却又怜他如子，尊他如兄，又复宠他如弟，想师事他，跟他学，却又想教导他，把他俘虏成自己的徒弟，亲他如友，又复气他如仇，希望成为他的女皇，他唯一的女主人，却又甘心做他的小丫鬟小女奴。

爱一个人会使人变得俗气，你不断地想：晚餐该吃牛舌好呢，还是猪舌？蔬菜该买大白菜呢，还是小白菜？房子该买在三张犁呢，还是六张犁？而终于在这份世俗里，你了解了众生，你参与了自古以来匹夫匹妇的微不足道的喜悦与悲辛，然后你发觉这世上有超乎雅俗之上的情境，正如日光超越调色盘上的色样。

爱一个人就是喜欢和他拥有现在，却又追记着和他在一起的过去。喜欢听他说，那一年他怎样偷偷喜欢你，远远地凝望着你。爱一个人又总期望着未来，想到地老天荒的他年。

爱一个人便是小别时带走他的吻痕，如同一幅画，带着鉴赏者的朱印。

爱一个人就是横下心来，把自己小小的赌本跟他合起来，向生命的大轮盘去下一番赌注。

爱一个人就是让那人的名字在临终之际成为你双唇间最后的音乐。

爱一个人，就不免生出共同的、霸占的欲望。想认识他的朋友，想了解他的事业，想知道他的梦。希望共有一张餐桌，愿意同用一双筷子，喜欢轮饮一杯茶，合穿一件衣，并且同衾共枕，奔赴一个命运，共寝一个墓穴。

前两天，整理房间，理出一只提袋，上面赫然写着“××孕妇服装中心”，我愕然许久。既然这房子只我一人住，这只手提袋当然是我的了，可是，我何曾跑到孕妇店去买过衣服？于是不甘心地坐下来想，想了许久，终于想出来了。我那天曾去买一件斗篷式的土褐色短褛，便是用这只绿色袋子提回来的，我的确闯到孕妇店去买衣服了。细想起来那家店的模特儿似乎都穿着孕妇装，我好像正是被那种美丽沉甸的繁殖喜悦所吸引而走进去的。这样说来，原来我买的那件宽松适意的斗篷式短褛竟真是给孕妇设计的。

这里面有什么心理分析吗？是不是我一直追忆着怀孕时强烈

的酸苦和欣喜而情不自禁地又去买了一件那样的衣服呢？想多年前冬夜独起，灯下乳儿的寒冷和温暖便一下子涌回心头，小儿吮乳的时候，你多么希望自己的生命就此为他竭泽啊！

对我而言，爱一个人，就不免想跟他生一窝孩子。

当然，这世上也有人无法生育，那么，就让共同培育的学生，共同经营的事业，共同爱过的子侄晚辈，共同谱成的生活之歌，共同写完的生命之书来做他们的孩子。

也许还有更多更多可以说的，正如此刻，爱情对我的意义是终夜守在一盏灯旁，听车声退潮再复涨潮，看淡紫的天光愈来愈明亮，凝视两人共同凝视过的长窗外的水波，在矛盾的凄凉和欢喜里，在知足感恩和渴切不足里细细体会一条河的韵律，并且写一篇叫《爱情观》的文章。

别人的同学会

出门的时候，她蔫蔫的，一副意兴阑珊的样子。

多年夫妻了，装高兴的那种把戏看来也大可不必了。装假，实在是很累人的事，更何况，装得不好是会给人拆穿的，反而没趣。

他应该也看出来了，但大概由于理亏，也就不好意思说什么。两人叫了计程车，便往豪华饭店驰去。她本来就讨厌吃“泼费”(“尽量吃饱”的意思)，何况又是去跟丈夫的同学吃。

世上无聊的事很多，陪配偶的老同学吃饭大概也算是一桩吧？今天的晚宴，她想象起来，也不觉得会有什么乐趣。所谓“老友”，本来天经地义，就该有点排外。老友聊天如果不能令别人目瞪口呆，片言只语也插不进，那也不叫“老友”了。

这种场合，她知道，做妻子的去了，实在了无生趣。但不去，又显得做丈夫的没面子，连个老婆也搬不动，只好勉勉强强无精打采的去走一遭。等一下，等到达饭店，她会把笑容拿出来挂上脸去，她会把自己装作“鸽派人士”。但现在，她想要休息一下，她把自己缩成一条还没有吹胀的气球，萎绉且扭曲，窝在座椅上。

坐上桌以后，果不出所料，几个男人开始大谈想当年，女人则静静地听，静静地吃，完全插不上嘴。同学会这种地方是不该带配偶的，太不人道了，她想，各人跑各人自己的同学会才对。好在几个太太都是质朴的人，大家低头吃东西，倒也相安。曾经碰到某些太太没话找话说，那才叫累人。

忽然，话锋一转，他们谈到了作弊。而且，他们一致把眼睛望向她的丈夫。

“哎呀，真的，我们班上唯一考试不作弊的人，就是你呀！”

“对呀，就是你，只有你一个！”

她吃了一惊，原来他是唯一的一个！她自己考试不作弊，总以为天下人都该不作弊，没料到丈夫当年竟是唯一的一个。

“那你呢？你也作弊啦！”有个太太多此一举的瞪眼问自己的丈夫。

“我不作我就毕不了业了！”那丈夫理直气壮底地回答。

她默默地吃着，什么话也没讲。心里却对自己说，啊，想来那男孩当年也满可爱的，虽然现在的他已是“忠厚”人士，虽然他坐在自己身边竭力不为那份诚实而自得自豪。他的确是个诚实的君子，相处三十多年后，她倒也能为这句话盖上印章，打上包票。

“有时去参加别人的同学会倒也不完全是无聊的事。”

回家的路上，挽着丈夫的手，她想。

我喜欢跟你用同一个时间

他去欧洲开会，然后转美国，前后两个月才回家，我去机场接他，提醒他说："把你的表拨回来吧，现在要用台湾时间了。"

他愣了一下，说：

"我的表一直是台湾时间啊！我根本没有拨过去！"

"那多不方便！"

"也没什么，留着台湾的时间我才知道你和小孩在干什么，我才能想象，现在你在吃饭，现在你在睡觉，现在你起来了……我喜欢跟你用同一个时间。"

他说那句话，算来也有十年了，却像一幅挂在门额的绣锦，鲜色的底子历经岁月，却仍然认得出是强旺的火红。我和他，只不过是凡世中，平凡又平凡的男子和女子，注定是没有情节可述的人，但久别乍逢的淡淡一句话里，却也有我一生惊动不已、感念不尽的恩情。

师友

有 些 人

有些人，他们的姓氏我已遗忘，他们的脸却恒常浮着——像晴空，在整个雨季中我们不见它，却清晰地记得它。

那一年，我读小学二年级，有一个女老师——我连她的脸都记不起来了，但好像觉得她是很美的（有哪一个小学生心目中的老师不美呢？）也恍惚记得她身上那片不太鲜丽的蓝。她教过我们些什么，我完全没有印象，但永远记得某个下午的作文课，一位同学举手问她“挖”字该怎么写，她想了一下，说：

“这个字我不会写，你们谁会？”

我兴奋地站起来，跑到黑板前写下了那个字。

那天，放学的时候，当同学们齐声向她说“再见”的时候，她向全班同学说：

“我真高兴，我今天多学会了一个字，我要谢谢这位同学。”

我立刻快乐得有如肋下生翅一般——我生平似乎再没有出现那么自豪的时刻。

那以后，我遇见无数学者，他们尊严而高贵，似乎无所不知。但他们教给我的，远不及那个女老师为多。她的谦逊，她对人不吝惜的称赞，使我忽然间长大了。

如果她不会写“挖”字，那又何妨，她已挖掘出一个小女孩心中宝贵的自信。

有一次，我到一家米店去。

“你明天能把米送到我们的营地吗？”

“能。”那个胖女人说。

“我已经把钱给你了，可是如果你们不送，”我不放心地说，

“我们又有什么证据呢？”

“啊！”她惊叫了一声，眼睛睁得圆突突，仿佛听见一件耸人听闻的罪案，“做这种事，我们是不敢的。”

她说“不敢”两字的时候，那种敬畏的神情使我肃然，她所敬畏的是什么呢？是尊贵古老的卖米行业？还是“举头三尺即有神明”。

她的脸，十年后的今天，如果再遇到，我未必能辨认，但我每遇见那无所不为的人，就会想起她——为什么其他的人竟无所畏惧呢！

有一个夏天，中午，我从街上回来，红砖人行道烫得人鞋底都要烧起来似的。

忽然，我看到一个衣衫褴褛的中年人疲软地靠在一堵墙上，她的眼睛闭着，黎黑的脸曲扭如一截枯根，不知在忍受什么？

他也许是中暑了，需要一杯甘洌的冰水。他也许很忧伤，需要一两句鼓励的话，但满街的人潮流动，美丽的皮鞋行过美丽的人行道，但没有人驻足望他一眼。

我站了一会儿，想去扶他，但我闺秀式的教育使我不能不有所顾忌，如果他是疯子，如果他的行动冒犯我——于是我扼杀了我的同情，让自己和别人一样地漠然离去。

那个人是谁？我不知道，那天中午他在眩晕中想必也没有看到我，我们只不过是路人。但他的痛苦却盘踞了我的心，他的无助的影子使我陷在长久的自责里。

上苍曾让我们相遇于同一条街，为什么我不能献出一点手足之情，为什么我有权漠视他的痛苦？我何以怀着那么可耻的自尊？如果可能，我真愿再遇见他一次，但谁又知道他在哪里呢？

我们并非永远都有行善的机会——如果我们一度错过。

那陌生人的脸于我是永远不可弥补的遗憾。

对于代数中的行列式，我是一点也记不清了。倒是记得那细瘦矮小貌不惊人的代数老师。

那年七月，当我们赶到联考考场的时候，只觉整个人生都摇晃起来，无忧的岁月至此便渺茫了，谁能预测自己在考场后的人生？

想不到的是代数老师也在那里，他那苍白而没有表情的脸竟会奔波过两个城市而在考场上出现，是颇令人感到意外的。

接着，他蹲在泥地上，拣了一块碎石子，为特别愚鲁的我讲起行列式来。我焦急地听着，似乎从来未曾那么心领神会过。泥土的大地可以成为那么美好的纸张，尖锐的利石可以成为那么流丽的彩笔——我第一次懂得，他使我在书本上的朱注之外了解了所谓“君子谋道”的精神。

那天，很不幸的，行列式没有考，而那以后，我再没有碰过代数书，我的最后一节代数课竟是蹲在泥地上上的。我整个的中学教育也是在那无墙无顶的课室里结束的，事隔十多年，才忽然咀嚼出那意义有多美。

代数老师姓什么？我竟不记得了，我能记得国文老师所填的许多小词，却记不住代数老师的名字，心里总有点内疚。如果我去母校查一下，应该不甚困难，但总觉得那是不必要的，他比许多我记得住姓名的人不是更有价值吗？

一半儿春愁，一半儿水
——溪城忆旧

那年，她十七岁，我也是。夏天发榜，她考取了东吴，我也是。她读会计，我读中文，我们都很快乐。

我们相约去看新校区，南部乡下来的同班同学——真的很南部，比高雄还南，我们是屏东来的小孩。

同学叫她“狮子”，倒不是因为她凶恶，而是因为她名叫师瑾，“师”“狮”同音，大家就叫她“狮子”。

“狮子”长得美，一双大眼睛，慧黠灵动，莹澈渊深，仿佛一串说不完的谜面，令人沉吟费猜。狮子且清瘦，腰肢一把，轻盈若无，穿起那时代流行的蓬裙，直如云中仙子。

我们终于找到外双溪，那时是一九五八年，住在台北的人一时还没有学会污染的本领。我们站在溪边，我惊异于碧涧濑石之美——啊，教我怎么说呢，我只能说，那时候的水，真是水。没有杂质的水。

我当时忍不住跟狮子胡扯：

“我们去弄件游泳衣，下去游泳吧！”

其实，我只是说说，因为，第一，我根本不会游泳。第二，水也太浅，不可能施展身手。

但狮子这个人一向认真，她立刻很淑女地骂了一句：

“你神经啦！”

我懂她的意思，她是指光天化日，众目睽睽，一个女孩子只穿一件游泳衣便去戏水，岂不有伤风化？

而我当时那么说，无非想表达，此水清清，清到值得我们跳进去嬉戏！

四十年后的今天，我每周去东吴上小说课，经过溪边，总不免扼腕叹息。溪水啊！你昔日的美丽呢？虽然也有胆大的钓鱼者继续钓鱼，虽然也有一两只白鹭穿梭其间。但，那曾经澄澈如玉的溪水却早已不见了。

狮子，继续着她在人世间循规蹈矩的步伐，继续流盼她的美目，但乳癌却攫住她。她抗拒，她去开刀，她去复检，她认真地前往大陆寻求医疗，然而，三年前她终于走了。灵堂布满白色的姬百合，她连葬礼都规划得一丝不苟。

我该向谁去讨回我误撞异域的朋友呢？

一九五八年，东吴在外双溪的第一栋校舍落成，中文系一年级在“第一教室”上课（那位置，现在是注册组在使用）。班上同学只有十人，如果用成本会计的眼光来看，真是浪费。但小班上课实在是令人难忘的好经验，认真的教授甚至可以记得我们作品中的某些句子，像张清徽（张敬）老师，三十年后她偶然还能当面背诵我大四“曲选习作”的句子：

“沟里波澜拥又推，乱成堆，一半儿春愁一半儿水。”

令我又喜又愧。

然而，清徽老师也走了，祭吊时播放的不是哀乐而是她生前最喜欢的昆曲。啊！真是奇异的告别式啊！

“袅晴丝，吹来闲庭院……”

幽缓的《水磨调》，人生却是如此匆匆啊！

老师是旧式才女，有才华，又用功，连她的字我也是极喜欢的(虽然，不太有人知道她的书法)。她的古诗更写得好，浑茂质朴，情深意切，当今之日，华文世界，能写出这种水准的人，想来也不超过十个啊！

忆起清徽师，常忍不住恻恻而痛，因为同为女性，也因为疼惜，疼惜她这样的才女，却生不逢辰。她对自己的婚姻愤有烦言。但据我看，师丈并不坏。我有次在老师家中看到一帧佩剑少年的旧照片，那美少年英姿飒爽，足以令任何女子怦然心动，我问师丈：

“咦！这人是谁呀？”

“就是我呀！”

我当时大吃一惊！原来这不修边幅，说起话来颠三倒四的师丈，曾是早期清华的高才生，他英挺俊俏，眼神如电，令人自惭形秽。他且又因抗战投身空军，可谓是才子又是英雄。老师当年倾心此人，本来应该可成一段佳话，但才子往往不容易与人相处，至于逢迎阿谀，当然更为不屑。在事业饱受挫折之余，他变得成天谈玄说命，不事生产。老师于是自怨自艾起来，词曲于她不失为一种及时的救赎。

啊！如果老师晚生五十年或者六十年，命运会不会好些？女性主义的大纛是不是让她可以活得更理直气壮一点？但反过来说如果她晚生六十年，那些来自书香世家的良好旧学根底也就没了——唉，人生实难啊！

何况，多年后，老师告诉我，她原为家计困窘，才在台大之外寻求兼课东吴的。那么，倒是我捡到便宜了，让我有一年之久领略她风趣隽永的授课。世事的凶吉休咎原是如此难卜，她的不幸，不料反而成就了我的幸运。

当这世上你可以称之为老师的人越来越少，学生却愈来愈多，真是件可悲的事。你眼看老成凋谢，却阻止不了他们的消失。于是你渐渐了解，原来，学者也不是永恒的，如果你不趁可请益的时候请益，将来，总有一天，你再也无法向他们请益了。

汪薇史（汪经昌）老师是我另一位恩师，不料在香港教书时发生车祸谢世。命运真是很奇怪的东西，汪老师和大多数外省老辈一样，对台湾的政治定位没什么把握。刚好，香港有意延聘他教书，他是希望能终老香港的，却不意为一辆不负责任的车子断了命。那司机何曾知道这一撞，撞碎了多少宝贵的曲学传承啊！

汪老师是曲学大师吴瞿安（吴梅）先生的弟子，在台湾曲学界可算得一代宗师。但奇怪的是他当初受聘中文系，所授的课程竟是“社会学”。

有一次，我请教汪老师要学词曲应该如何入手，他说应从《花间词》读，我再问从《花间词》读起如何读，他说，你来我家，我讲给你听。我从此每周两次去老师家听《花间词》，他讲给我一个人听，免费，而且供应晚餐。甚至我后来结了婚，仍赖皮如故。有时在老师家谈得兴起，不觉已至午夜。忽听得日式房子的矮墙外，有人用压低的清亮男高音的嗓子在叫：

“晓风！”

我一惊而起，推开抑扬清激的工尺谱，完了完了，一定又过了十二点了。于是乖乖出门，跟来“捉”我的丈夫一起回家。从龙泉街到永康街，坐在脚踏车后座上，一路犹想着老师婉转的笛声。这种情节一路上演到我生了孩子，实在脱不了身，才算罢休。而那时候，老师也正打算赴香港上任去了。

我如今每次打开《花间词集》都不敢久读，因为一想起往事，就要流泪。

溪声千回，前尘如烟。连当年那可爱的会写情诗的学弟林焖阳也走了（至于他曾取得博士学位，当过中文系系主任，算来都属“末节”，他的诗人履历还是最可敬的）。我想，如今我只能珍惜活着的师友，并期待下一世纪的江山代出的人才。钟灵毓秀的溪城当能回应我的祈愿吧？

她曾教过我

——为纪念中国戏剧导师李曼瑰教授而作

秋深了。

后山的蛩吟在雨中渲染开来，台北在一片灯雾里，她已经不在这个城市里了。

记忆似乎也是从雨夜开始的，那时她办了一个编剧班，我去听课。那时候是冬天，冰冷的雨整天落着，同学们渐渐都不来了，喧哗着雨声和车声的罗斯福路经常显得异样的凄凉，我忽然发现我不能逃课了，我不能把她一个人丢给空空的教室。我必须按时去上课。

我常记得她提着百宝杂陈的皮包，吃力地爬上三楼，坐下来常是一阵咳嗽，冷天对她的气管非常不好，她咳嗽得很吃力，常常憋得透不过气来，可是在下一阵咳嗽出现之前，她还是争取时间多讲几句书。

不知道为什么，想起她的时候总是想起她提着皮包，佝着背踽踽行来的样子——仿佛已走了几千年，从老式的师道里走出来，从湮远的古剧场里走出来，又仿佛已走几万里地，并且涉过最荒凉的大漠，去教一个最懵懂的学生。

也许是巧合，有一次我问文化学院戏剧系的学生对她有什么印象，他们也说常记得站在楼上教室里，看她缓缓地提着皮包走上山径的样子。她生平不喜欢照相，但她在我们心中的形象是鲜活的。

那一年她为了纪念父母，设了一个“李圣质先生夫人剧本奖”，她把首奖颁给了我的第一个剧本《画》，她又勉励我们务必演出。在认识她以前，我从来不相信自己会投入舞台剧的工作——我不相信我会那么傻，可是，毕竟我也傻了，一个人只有在被另一个傻瓜的精神震撼之后，才有可能成为新起的傻瓜。

常有人问我为什么写舞台剧，我也许有很多理由，但最初的理由是“我遇见了一个老师”。我不是一个有计划的人，我唯一做事的理由是：“如果我喜欢那个人，我就跟他一起做”。在教书之余，在家务和孩子之余，在许多繁杂的事务之余，每年要完成一部戏是一件压得死人的工作，可是我仍然做了，我不能让她失望。

在《画》之后，我们推出了《无比的爱》、《第五墙》、《武陵人》、《自烹》（仅在香港演出）、《和氏璧》和今年即将上演的《第三害》，合作的人如导演黄以功，舞台设计聂光炎，也都是她的学生。

我还记得，去年八月，我写完和氏璧，半夜里叫了一部车到新店去叩她的门，当时我来不及誊录，就把原稿呈给她看。第二天一清早她的电话就来了，她鼓励我，称赞我，又嘱咐我好好筹演，听到她的电话，我感动不已，她一定是漏夜不眠赶着看的。现在回想起来不免内疚，是她太温厚的爱把我宠坏了吧，为什么我兴冲冲地去半夜叩门的时候就不会想想她的年龄和她的身体呢？她那时候已经在病着吧？还是她活得太乐观太积极，使我们都忘了她的年龄和身体呢？

我曾应幼狮文艺之邀为她写一篇生平介绍和年表，有很长一段时间，我仔细观察她的生活，她吃得很少（家里倒是常有点心），穿得也马虎，住宅和家具也只取简单实用，连出租车都不大坐。我记得我把写好的稿子给她看时，她只说："写得太好了——我哪里有这么好？"接着她又说，"看了你的文章别人会误会我很孤单，其实我最爱热闹的，亲戚朋友大家都来了我才喜欢呢！"

那是真的，她的独身生活过得平静、热闹而又温暖，她喜欢一切愉悦的东西，她像孩子。很少看见独身的女人那样爱小孩的，当然小孩也爱她，她只陪小孩玩，送他们巧克力，她跟小孩在一起的时候只是小孩，不是学者，不是教授，不是立法委员。

有一夜，我在病房外碰见她所教过的两个女学生，说是女学生，其实已是孩子读大学的华发妈妈了，那还是她在大学毕业和进入研究所之间的一年，在广东培道中学所教的学生，算来已接近半世纪了（李老师早年尝试用英文写过一个剧本《半世纪》，内容系写一传教士终生奉献的故事，其实现在看看，她自己也是一个奉献了半世纪的传教士）。我们一起坐在廊上聊天的时候，那太太掏出她儿子从台中写来的信，信上记挂着李老师，那大男孩说："除了爸妈，我最想念的就是她了。"——她就是这样一个被别人怀念，被别人爱的人。

作为她的学生，有时不免想知道她的爱情，对于一个爱美、爱生命的人而言，很难想象她从来没有恋爱过，当然，谁也不好意思直截地问她，我因写年表之便稍微探索了一下，我问她："你平生有没有什么人影响你最多的？"

"有，我的父亲，他那样为真理不退不让的态度给了我极大的影响，我的笔名雨初（李老先生的名字是李兆霖，字雨初，圣质则是家谱上的排名）就是为了纪念他。”“除了长辈，我也指平辈，平辈之中有没有朋友是你所佩服而给了你终生的影响的？”她思索了一下说：“真的，我有一个男同学，功课很好，不认识他以前我只喜欢玩，不太看得起用功的人，写作也只觉得单凭才气就可以了，可是他劝导我，使我明白好好用功的重要，光凭才气是不行的——我至今还在用功，可以说是受他的影响。”

作为一个女孩子，我很难相信一个女孩既折服于一个男孩而不爱他的，但我不知道那个书念得极好的男孩现今在哪里，他们有没有相爱过？我甚至不敢问他叫什么名字。他们之间也许什么都没开始，什么都没有发生——当然，我倒是宁可相信有一段美丽的故事被岁月遗落了。

据她在培道教过的两个女学生说：“倒也不是特别抱什么独身主义，只是没有碰到一个跟她一样好的人。”我觉得那说法是可信的，要找一个跟她一样有学养、有气度、有原则、有热度的人，质之今世，是太困难了。多半的人总是有学问的人不肯办事，肯办事的没有学问，李老师的孤单何止在婚姻一端，她在提倡剧运的事上也是孤单的啊！

有一次，一位在香港导演舞台剧的江伟先生到台湾来拜见她，我带他去看她，她很高兴，送了他一套签名著作。江先生第二次来台的时候，她还请他吃了一顿饭。也许因为自己是谷山人，跟华侨社会比较熟，所以只要听说海外演戏，她就非常快乐、非常兴奋，她有一件超凡的本领，就是在最无可图为的时候，仍然兴致勃勃的，仍然相信明天。

我还记得那一次吃饭，她问我要上哪一家，我因为知道她一向俭省（她因为俭省惯了，倒从来不觉得自己是在俭省了，所以你从来不会觉得她是一个在吃苦的人），所以建议她去云南人和园吃“过桥面”，她难得胃口极好，一再鼓励我们再叫些东西，她说了一句很慈爱的话：“放心叫吧，你们再吃，也不会把我吃穷，不吃，也不会让我富起来。”而今，时方一年，话犹在耳，老师却永远不再吃一口人间的烟火了，宴席一散，就一直散了。

今秋我从国外回来，赶完了剧本，想去看她，会问黄以功她能吃些什么，“她什么也不吃了，这三个月，我就送过一次木瓜，反正送她什么也不能吃了……”

我想起她最后的一个戏《瑶池仙梦》，汉武帝会那样描写死亡：

“你到如今还可以活在世上，行着、动着、走着、谈着、说着、笑着；能吃、能喝、能睡、能醒、又歌、又唱，享受五味，鉴赏五色，聆听五音，而她，却蛰伏在那冰冷黑暗的泥土里，她那花容月貌，那慧心灵性……都……都……”

心中黯然久之。

李老师和我都是基督徒，都相信永生，她在极端的痛苦中，我们会手握着手一起祷告，按理说是应该不在乎“死”的——可是我仍然悲痛，我深信一个相信永生的人从基本上来说是爱生命的，爱生命的人就不免为死别而凄怆。

如果我们能爱什么人，如果我们要对谁说一句感恩的话，如果我们要送礼物给谁，就趁早吧！因为谁也不知道明天还能不能表达了。

其实，我在八月初回台湾的时候，如果立刻去看她，她还是精神健旺的，但我却拼着命去赶一个新剧本《第三害》，赶完以后又漏夜誊抄，可是我还是跑输了，等我在回台湾二十天后把抄好的剧本带到病房去的时候，她已进入病危期了，她的两眼睁不开，她的声音必须伏在胸前才能听到，她再也不能张开眼睛看我的剧本了。子期一死，七弦去弹给谁听呢？但是我不会摔破我的琴，我的老师虽走了，众生中总有一位足以为我之师为我之友的，我虽不知那人在何处，但何妨抱着琴站在通衢大道上等待呢，舞台剧的艺术总有一天会被人接受的。

年初，大家筹演老师的《瑶池仙梦》的时候，心中已有几分忧愁，聂光炎曾说："好好干吧，老人家就七十岁了，以后的精力如何就难说了，我们也许是最后一次替她效力了。"不料一语成谶，她果真在"瑶池仙梦"三个月以后开刀，在七个月后不治。《瑶池仙梦》后来得到最佳演出的金鼎奖，其导演黄以功则得到最佳导演奖，我不知对一位终生不渝其志的戏剧家来说这种荣誉能给她增加什么，但多少也表现社会对她的一点尊重。

有一次，她开玩笑地对我说：

"我们广东有句话：'你要受气，就演戏。'"

我不知她一生为了戏剧受了多少气，但我知道，即使在晚年，即使受了一辈子气，她仍是和乐的，安详的。甚至开刀以后，眼看是不治了，她却在计划什么时候出院，什么时候出国去为她的两个学生黄以功和牛川海安排可读的学校，寻找一笔深造的奖学金，她的遗志没有达成便撒手去了，以功和川海以后或者有机会深造，或者因恩师的谢世而不再有肯栽培他们的人，但无论如何，他们已自她得到最美的遗产，那是她的诚恳和关注。

她在病床上躺了四个月，几上总有一本圣经，床前总有一个忠心不渝的管家阿美，她本名叫李美丹，也有六十了，是李老师邻村的族人，从抗战后一直跟从李老师至今，她是一个瘦小的，大眼睛的，面容光洁的，整日身着玄色唐装而面带笑容的老式妇女，老师病重的时候曾因她照料辛苦而要加她的钱，她黯然地说：

"谈什么钱呢？我已经服侍她一辈子了，我要钱做什么用呢？她已经到最后几天了，就是不给钱，我也会伺候的。"我对她有一种真诚的敬意。

亚历山大大帝会自谓：“我两手空空而来，两手空空而去。”但作为一个基督徒的她却可以把这句话改为：“我两手空空而来，但却带着两握盈盈的爱和希望回去，我在人间会播下一些不朽是给了别人而依然存在的。”

最后我愿将我的新剧“第三害”和它的演出，作为一束素菊，献于我所爱的老师灵前，会有人赞美过我，会有人诋毁过我，唯有她，曾用智慧和爱心教导了我。她会在前台和后台看我们的演出，而今，我深信她仍殷殷地从穹苍俯身看我们这一代的舞台。

老师，这样，可以吗？

醒过来的时候只见月色正不可思议的亮着。

这是中爪哇的一个古城，名叫日惹，四境多是蠢蠢欲爆的火山，那一天，因为是月圆，所以城郊有一场舞剧表演，远远近近用黑色火岩垒成的古神殿都在月下成了舞台布景，舞姿在夭矫游走之际，别有一种刚猛和深情。歌声则曼永而凄婉欲绝（不知和那不安的时时欲爆的山石，以及不安的刻刻欲震的大地是否有关）。看完表演回旅舍，疲累之余，倒在床上便睡着了。

梦里，我遇见李老师。

她还是十年前的老样子，奇怪的是，我在梦中立刻想到她已谢世多年。当时，便在心中暗笑起来："老师啊，你真是老顽皮一个哩！人都明明死了，却偷偷溜回来人世玩。好吧，我且不说破你，你好好玩玩吧！"

梦中的老师依然是七十岁，依然兴致冲冲，依然有女子的柔和与男子的刚烈炽旺，也依然是台山人那份一往不知回顾的执拗。

我在梦中望着她，既没有乍逢亲故的悲恸，也没有梦见死者的惧怖，只以近乎宠爱的心情看着她。觉得她像一个小女孩，因为眷恋人世，便一径跑了回来，生死之间，她竟能因爱而持有度牒。

然后，老师消失了，我在异乡泪枕上醒来。搬了张椅子，独坐在院子里，流量惊人的月光令人在沉浮之际不知如何自持。我怔怔然坐着，心中千丝万绪轻轻互牵，不是痛，只是怅惘，只觉温温的泪与冷冷的月有意无意的互映。

是因为方才月下那场舞剧吗？是那上百的人在舞台上串演其悲欢离合而引起的悸动吗？是因为“拉玛耶那”戏中原始神话的惊怖悲怆吗？为甚么今夜我梦见她呢？

想起初识李老师时，她极力鼓励我写一出戏。记得多次在冬天的夜晚，我到她办公的小楼上把我最初的构想告诉她，而她又如何为我一一解惑。

而今晚她来，是要和我说什么呢？是兴奋地要与我讨论来自古印度的拉玛耶那舞剧呢？还是要责问我十年来有何可以呈之于人的成就呢？赤道地带的月色不意如此清清如水，我有一点点悲伤了，不是为老师，而是为自己。所谓一生是多么长而又多么短啊，所谓人世，可做的是如许之多而又如许之少啊！而我，这个被爱过，被期待过，被呵宠过，且被诋毁过的我，如今魂梦中能否无愧于一个我会称她为老师的人呢？

月在天，风在树，山在远方沸腾其溶浆，老师的音容犹在梦沿趑趄。此际但觉悲喜横胸，生死无隔。我能说的只是，老师啊，我仍在活着、走着、看着、想着、惑着、求着、爱着，以及给着——老师啊！这样，可以吗？

——一九八八，夏，印尼旅次

一九八九·冬订

后记:《画》是我的第一个剧本，因为觉得练习成分太多，便没有正式收入剧集里，近日蒙友人江伟改写为粤语演出，特记此梦付之。李曼瑰老师是当年鼓励（说确实一点是勉强）我写剧的人，今已作古十年，此文怀师之余，兼以自勉，希望自己是个“有以与人”的人。

天　门
——记旅法画家朱德群先生

一 樟木箱里的朱砂仍在红着

是三伏暑天，白土镇的太阳直哗哗地照下来，大院子里陆续搬出来好多好多只大樟木箱子。箱子扎实芬芳而巨大，在阳光下有一种千年不变的悠悠强势，简直像一列森严的城寨子一般坚固威猛。

男孩有七八岁了，浓眉大眼隆准，嘴唇习惯性地紧闭着，有一种和他年龄不相称的自持自重的神气。屋子里散发着长年以来隐约的草药香，箱子里则传来淡淡的樟脑味，男孩浑然不觉，入定似的站在阳光下，阳光把一切晒成空无状态，四下有一种奇怪的宁静，男孩有几分紧张，箱子就要打开了——

真打开了！每年这种时节，做医生的父亲，都要晒晒箱子里的宝贝，小男孩瞪着眼睛看，只见一会是查士标的山水，一会是仇十洲的人物，一会是董其昌的对联，一会是深深黯黯的绢画。绢画画的是什么，小男孩也不甚了然，但那凝重如华北平原泥土的绢色却令小男孩迷惑，古绢的颜色，其实就是岁月的颜色啊！

那幅画其实是作者和岁月一起画出来的，小男孩当然说不清楚，但晒画的日子总是兴奋的。他不知道那是他最初接触的画展，年年七月，铺陈在烈阳下的中国历代画家的回顾展。

其实印象最深的也许不是那些伟大的名字，而是樟木箱的大盖子乍然掀开时，从闭锁的沉暗中忽然夺箱而出的石绿和朱砂的颜色，那样鲜艳跳脱，男孩迷惑了，几百年前的画怎么好像今天上午才刚刚着好色似的？

二 画门神的张师傅

张师傅住在对街，微微有些瘸腿，年纪有五六十岁了。

男孩站在店门口，看张师傅拿起一支毛笔，在纸上画了起来，男孩的父亲也画，但他隐约知道这张师傅的画法和父亲不同。张师傅正在画一幅门神，是刚才一家人家来订的，墙上还悬着一张财神画，也是村人订的。墙角则堆些白纸扎成的房子车马，是丧家要用来烧给死人的。张师傅画画的时候，凝定专注，有一份不自觉的庄严，几乎令人忘记他是个瘸子了。

张师傅窄逼而昏暗的小店面里有一种神秘不可解的气氛，他是一个那样卑微不起眼的角色，却能把生前和死后的福气随手许给众人。他把平安给了那些来订门神画的，让厉鬼邪魔不敢入侵；他把富裕的希望给了那些求财神画的；他把丰盛的衣食住行给了那些只身前赴黄泉的，让他们无虞匮乏。一个卑微的张师傅，如何在一挥毫之际横跨在可知与不可知的世界之间，把人间和阴间的好处慷慨地一一散给众人？

男孩的眼睛大而黑，看起东西来有一种专精不二、欲搏欲攫的表情，像白土镇上盘桓于松林之上的青鹰。

三 你不知道下一秒钟会发生什么！

他渐渐感觉到自己的成长，感觉到自己体内用不完的弥弥精力，整个身体像通了电的导体，急于发动。他迷上了球，迷上了运动，而最迷人的却是在运动的时候自己的身体充满弹性，每一个别人的身体也充满弹性，每个球员自己本身就像一触即发的球类，全场每个人都要对场子上别人的动作立即反应，球场因此成为不可预期的地方，每一秒钟都有情况，每一个动作都可能让形势逆转……

“我本来想去考体专的，”五十年后，他回忆往事淡淡的笑了，“可惜家里不准，所以就去考艺专——”

一张画和一场球赛对他来说其实是一个东西，两者都充满无限的可能，你都不知道下一秒钟情况会转成什么！运动和绘画最迷人的地方皆在于此。

除了学校的体育，他最不能忘怀的是猎兔。每到冬天，绝早起床，长辈带着驯好的鹰，到朱家的大陵墓上去。陵墓深达十几公里，枯黄的土石坡上，孩子们各拿一根竹竿，每隔一百公尺站一个，一声令下，只消拿竹竿在地上横向一拨，黄褐色的野兔便从石缝里窜逃出来，青鹰立刻一攫成擒。青鹰俯冲的角度准确无比，它惯于先用拇指往兔子尾部一插，等兔子惊痛回首，再用其他三指兜住兔胸，便把整只尺把长的野兔握在掌里提飞而起了。

一个冬天总要捉二三百只兔子，少年一遍遍地看，仍觉不可思议，他隐约知道那样在一秒钟之间发生且完成的精准手法，那样从高天俯冲然后腾空的生动轨迹和日后自己要做的事是有些关联的。至于那冬日的枯原，原上的青鹰，鹰爪上一攫成擒的野觅，许多年来已成为心中一种熟悉的律动——创作从灵思一现到灵思成擒，不也是这样的吗？

四 借来的名字

村子周围是河，河边长满二人才能合抱的大柳树，春来千丝万绪，日复一日更绿胀起来，男孩已成长为少年。他爱自己到一个地方去玩，那地方叫天门寺。

一般寺庙都建在山上，这座寺很特别，建在谷底，反而四山如插，垂手拱立。天门寺离家只有七里路，少年放了假便自己跑来。灰墙俨然，巨大的松树在半天空里举起一片小草原，僧人从长廊行过，悄然无息，如同风声、钟声或松涛，一一都成为梵唱的一部分。

四十年后，在巴黎，在画完水墨或写完字的时候，他落下“天门居士”的名字。

想起故乡徐州，他总想起那些山，枯索的、多石多棱角的山，像乡人方棱的脾性。

那大寺为什么叫天门呢？那少年后来不曾有任何宗教信仰，对他而言，大自然就是那扇天门，由人而天的门。

那些山后来没想到成了哥哥打游击的屏障，为了峻拒日本人，哥哥带着游击队藏在山里，日本人不明就里，撞了进去，不料层峦叠嶂，处处都是死亡关卡。日本人吃了亏，后来就用轰炸来报复，他们家也就在轰炸中灰飞烟灭，包括那一大箱一大箱的收藏，那在三伏天的阳光上，比正午的日照更灿烂的记忆。

少年自己的名字叫朱德翠，他有个堂哥名叫朱德群，但世事难料，后来少年和堂哥竟用了同一个名字。事情是由于十五岁那年，初中毕业，来不及等毕业证书到手，立刻直奔杭州，打算和朋友会合，再学点素描，好能去考向往已久的杭州艺专。当时拿了堂哥的毕业证书去考，也让他考中了，等他去找老师说明真相，想改回本名的时候，学籍已经报上去了。他只好将错就错，一生一世和堂哥共用一个名字。他没有想到这个名字后来会成为播扬画坛的一个名字——如果说他比一般人更不在乎名气应该是可信的，反正“朱德群”于他只是借来的番号。让别人去记那个可有可无的名字，他要做的事很简单，他要好好监督自己，他要自己更丰富，他希望这个“自己”能画出更好的画来。至于这个“自己”叫朱德群或朱德翠又有什么相干呢？

连“天门居士”也是借来的名字，他是和寺同名，和寺一同立在神人之间的。

五 反正有手在

进了杭州艺专，他忽然狠下心放弃了打球。

“不行，人只能选一样，打完了球画画，连手指都是抖的。”

必须有大割舍吧！想要有所攫取的人怎能不有所抛散。虽然只是一双手，但这双手却不可不小心持护。

当时的军训教育是在前三个月里把来自各校的人集中来的。在十一个人的班里，他因为长得高，是排头，另外有个小个子，叫吴冠中，是排尾。他每次做完徒手动作跑到排尾站好，就刚好和小个子的吴冠中站在一起，两个人之间因而产生了一段友谊。如果没有碰到朱德群，吴冠中大约会读他那愈来愈觉无趣的电机，但由于这个狂热的朋友，他也练起画来了，特别是素描和水彩部分。从四月一日到六月三十日，军训集训结束，“画训”也完成。

那个暑假朱德群干脆没有回家，陪着这个朋友待他考取艺专，这人至今也是大陆上有名的画家了。

“如果现在有一个年轻人，如果现在他是你的学生，你会给他什么劝告呢？”六十岁以后，有人这样问他。

“素描，素描的底子最重要！而且水墨和西画要并重——因为到后来这两样其实是一样东西，还有，就是他不能有名利心，人一有名利心，就难有大发展了。

“你自己还有没有保留早期的素描？”

“没有，一九五五年去法国以前的画一张也没有了，我念书时期的画都放在老家，日本人一轰炸，二三进的大房子全部片瓦不留了。后来我毕业做助教，在重庆留了一批画，还都的时候一张也没带。离开大陆来台湾也没带画——当时也不觉得可惜，反正有手在，丢了画算什么？一九五五年在中山堂开画展，卖了画就做去巴黎的旅费，这次回来想找我卖出去的画，可惜一张也没找着——”

找不到早期的画虽然不无遗憾，但人到巴黎之后，已有三十年了，每年要画出五六十幅，至今也有一千五百幅以上了，有手在，总不怕没有画吧？

六 也该从形里解脱出来了！

“在法国，你怎么开始画抽象画的？”

“其实，”他的妻子替他回答，“刚到巴黎的时候，因为参加两次春季沙龙，临时画了属于具象的两幅人像去，也都得了奖哩！”

“我当时画具象也画了二十多年，觉得也该让自己从形里解脱出来才对，我希望能画一种更自由更奔放更离谱的东西。我喜欢抽象，是因为它让看画的人更多用自己想象的权利——其实抽象和具象并无好坏之别，抽象画有好画也有坏画，具象也是，画抽象画具象画纯粹是画家个人性向问题。”

“一个人，到满街都是画家的地方打天下，开头的时候，日子会不会很苦？”

“是啊，”朱太太说，“紧的时候就只能吃面包——其实那时候我们还是有钱的——但画廊没有给我们，我们就拉不下脸来去要。外国朋友听了都笑我们傻，该要的钱，有什么不好意思的，但我们中国人就是脸皮薄——而且又替画廊想，怕画廊不好意思呢！”

“当时你初到巴黎，有没有特别受到某个画家的影响？”

“有，有位叫尼歌尔斯塔 (Nicola de stael) 的画家，他是沙皇时代的人，后来在比利时的皇家艺术学院学画。他初到巴黎穷愁潦倒，后来又忽然大出风头，给人捧上天；忽冷忽热之间大概失去了适应力，四十多岁的人，就这样自杀了。我当时到巴黎不久，他的回顾展在国立现代博物馆展出。不得了，一百四五十幅画，一起拿出来，那时是秋天，十一月前后，我到博物馆去看，惊奇一个人怎么可以画到如此奔放不羁，我选择抽象画绝对和这人有关系。”

“能够刚去就被画廊看上应该算是幸运的吧？”

“对，的确很幸运，尤其当时的我除了会画画以外，什么都不懂。说来好笑，当时我在巴黎碰到学音乐的许常惠，两人住在同一个旅舍。许常惠说要带个日本朋友来看我的画，我又不懂日文，那日本人看了以后，透过许常惠比手画脚强调我一定要有个经纪人。有一次，我拿画到画廊去，经过几次来往，他们对我很欣赏；但那时是夏天，巴黎人一到夏天便要去度假——忽然有一天，星期天早上，我还没起床，就有人来叩门，说要完全经营我的画，说要跟我订合同——我当时愣住了。我连什么叫合同都不知道，所以赶快去请教朋友什么叫合同，可不可以订？朋友笑了，说合同嘛，就像结婚，订是可以订的，只是要小心有没有不利于你的条文，后来我跟这画廊合同一订就是六年。”

七 传统的包袱有什么不好？

是你自己提不动罢了！

“有没有西方画评家，会把你们归类成东方画家？‘东方的’或者‘中国的’，会不会变成了你的设限？”

“一般来说，是有这种倾向。西方画评家，碰到东方画家，习惯的要说上几句：‘他表现了中国的、韩国的或者日本的趣味’什么的……”

“你呢？会不会受这种说法的影响，弄得自己必须去‘中国’一点，这件事会不会影响你的创作？”

“不会，我从来没有要刻意表达什么中国，我知道‘中国’自然会从我笔端出来的——其实以前在国内我倒是很西化的一个人，没想到人到国外反而跟传统认同了。像西方画家，他们画风景，一向只算人物的背景罢了——但是中国画，像范宽的溪山行旅，像李唐的万壑松风，你去看他们的画，一块块石头都画得跟铁一样重，他们不仅仅在画自然，也画人跟自然的关系。你看他们的画，你就知道他们跟自然有关系，你就知道他们画出来的是他们体会出来的东西；中国山水的艺术性，显然比西画要高出许多。西方人对大自然有其客观的分析——但中国人对山水对月光却是善感的……”

“你自己为什么要选择油画呢？”

“因为油画有最大的可能性，像表现光，表现色，都可以没有阻碍。油画像大交响乐团，有最大的包容性。”

“有的画家，很急于摆脱传统，你呢？”

“这真是笑话，传统有什么不好？为什么要排斥？有人骂‘传统的包袱’，我说，这‘传统的包袱’是你没那个力气，提不起来罢了！要是提得起来，可够你用的了。”

八 如果再年轻一次

“如果你自己能再年轻一次，你会怎么样选择？你会怎样要求自己？”

“我？“他毫不犹疑地冲口而出：“我要多读中国文学，画家画到最后，需要的就是这个——”

在巴黎城东，在城里和城外交界处，朱德群的画室高踞在十九层的顶楼（这栋大楼属于政府，下层作其他用途，顶楼则廉价——约合台币近万元——租给职业画家，在他们居住的那一区里这类画室共有六个，法国政府对巴黎这“艺术之都”的美名，是花了些精神和金钱维护的），整排的落地窗外，碗大的玫瑰正盛放，全个巴黎尽收眼底。画室约十坪大，古典音乐和阳光一起流漾生辉——在这间屋子里，他翻得最勤的两套书是《全唐诗》和《全宋词》。他也写字，也画水墨，每当此时，他会想起父亲，那逼他写颜字写隶书的父亲。但私底下，他却偷偷写行云流水般的王字，在巴黎的十九层楼上，他仍是“天门居士”，仍是那个在古城城郊天门寺里玩耍的孩子。

画室下的十八楼是住家，长子以华，次子以峰，都在这个城市长大。叫以华，是要他们不忘中国；叫以峰，则希望孩子登峰造极——他对孩子的期望其实刚好也是他自己三十年来的成就，他在油画世界里建树了中国这个国度，他攀登了一座座艰难的险峰。

九 向前走，并且不停的思索

通常早晨从九点到十二点，下午从一点到五点，夏天天亮得早黑得晚，就开始得更早，结束得更晚（巴黎的夏日，有时到十点钟天还亮着）。平均算来，每天可以画到十个小时，这样年复一年，日复一日，除非离开巴黎，他没有一天休假，工作比劳工还要辛苦。

“不能多睡！时间不够用，经不起浪费啊！”他喃喃自语，像一个时间方面的守财奴。从某些方面看，他仍像华北大平原上劳苦的农民，口里唱着“拴住太阳好干活”的那不甘心的跟时间竞走的汉子。

“怎么能到巴黎郊外租间房子画画就好了！租间房子放大画，我一口气把想画的大画都画出来放好，画它一百张存在那里，要是死了，就死了好了！”

明眸凝肤的朱太太坐在一旁，小声地嘀咕了一句，对他开口

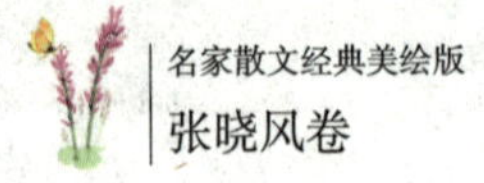

闭口说死很不以为然。画家每是不顾死活欲泄天机的孩子，女子则常是有效地制衡，把他们拉回生命质朴的本相上来。

“以后的路，你会怎么走?”

“向前走，并且不停地思索。”他说，“技巧不算什么，技巧是一个人想出来表现他思想的，是自然流露出来的，要紧的是一直走，走到更深更远的地方去。”

可以想见的是，在巴黎的东城，在楼高十九层的绝顶，在可以纵览阳光和远景的画室里，在唐诗宋词余芳的熏陶里，在对王羲之、范宽和李唐的思念里，在对于无形之形、无象之象的“执迷且悟”的心情里，他会日复一日的继续画下去——天也许无门，但绘画的手是一双肉质的凿子，可以凿破一线天机。

半　局

汉武帝读司马相如的《子虚赋》，忽然怅恨地说：

“朕独不得与此人同时哉！”

他错了，司马相如并没有死，好文章并非一定都是古人做的，原来他和司马相如活在同一度的时间里。好文章、好意境加上好的赏识，使得时间也有情起来。

我不是汉武帝，我读到的也不是《子虚赋》，但蒙天之幸，让我读到许多比汉赋更美好的“人”。

我何幸曾与我敬重的师友同时，何幸能与天下人同时，我要试着把这些人记下来。千年万世之后，让别人来羡慕我，并且说：

“我要是能生在那个时代多么好啊！”

大家都叫他杜公——虽然那时候他才三十几岁。

他没有教过我的课——不算我的老师。

他和我有十几年之久在一个学校里，很多时候甚至是在同一间办公室里——但是我不喜欢说他是“同事”。

说他是朋友吗？也不然，和他在一起虽可以聊得逸兴遄飞，但我对他的敬意，使我始终不敢将他列入朋友类。

说“敬意”几乎又不对，他这人毛病甚多，带棱带刺，在办公室里对他敬而远之的人不少，他自己成天活得也是相当无奈，高高兴兴的日子虽有，唉声叹气的日子更多。就连我自己，跟他

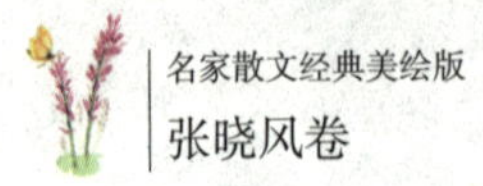

也不是没有斗过嘴，使过气，但我惊奇我真的一直尊敬他，喜欢他。

原来我们不一定喜欢那些老好人，我们喜欢的是一些赤裸的、直接的人——有瑕的玉总比无瑕的玻璃好。

杜公是黑龙江人，对我这样年龄的人而言，模糊的意念里，黑龙江简直比什么都美，比爱琴海美，比维也纳森林美，比庞贝古城美，是榛莽渊深，不可仰视的，是千年的黑森林，千峰的白积雪加上浩浩万里、裂地而奔窜的江水合成的。

那时候我刚毕业，在中文系里做助教，他是讲师。当时学校规模小，三系合用一个办公室，成天人来人往的。他每次从单身宿舍跑来，进了门就嚷：

“我来‘言不及义’啦！”

他的喉咙似乎曾因开刀受伤，非常沙哑，猛听起来简直有点凶恶（何况他又长着一副北方人魁梧的身架），细听之下才发觉句句珠玑，令人绝倒。后来我读到唐太宗论魏征（那个凶凶的、逼人的魏征），却说其人“妩媚”，几乎跳起来，这字形容杜公太好了——虽然杜公粗眉毛，瞪凸眼，嘎嗓子，而且还不时骂人。

有一天，他和另一个助教谈西洋史，那助教忽然问他那段历史中兄弟争位后来究竟是谁死了，他一时也答不上来，两个人在那里久久不决，我听得不耐烦：

“我告诉你，既不是哥哥死了，也不是弟弟死了，反正是到现在，两个人都死了。”

说完了，我自己也觉一阵悲伤，仿佛《红楼梦》里张道士所说的一个吃它一百年的疗妒羹——当然是效验的，百年后人都死了。

杜公却拊掌大笑：

“对了，对了，当然是两个都死了。”

他至此对我另眼看待，有话多说给我听，大概觉得我特别能欣赏——当然，他对我特别巴结则是在他看上跟我同住的女孩之后，那女孩后来成了杜夫人。这是后话，暂且不提。

杜公在学生餐厅吃饭，别的教职员拿到水淋淋的餐盘都要小心地用卫生纸擦干（那是十几年前，现在已改善了），杜公不然，只把水一甩，便去盛两大碗饭，他吃得又急又多又快，不像文人。

“擦什么？”他说，“把湿细菌擦成干细菌罢了！”

吃完饭，极难喝的汤他也喝。

“生理食盐水，”他说，“好哎！”

他大概吃过不少苦，遇事常有惊人的洒脱。他回忆在政大政治研究所时说：

“蛇真多——有一晚我洗澡关门时夹死了一条。”

然后他又补充说：

“当时天黑，我第二天才看到的。”

他住的屋子极小，大约是四个半榻榻米，宿舍人又杂，他种了许多盆盆罐罐的昙花，不时邀我们清赏，夏天招待桂花绿豆汤、郁李（他自己取的名字，做法是把黄肉李子熬烂，去皮核，加蜜冰镇），冬天是腊八粥或猪腿肉红煨干鱿鱼加粉丝。我一直以为他对莳花深感兴趣，后来才弄清楚，原来他只是想用那些多刺的盆盆罐罐围满走廊，好让闲杂人等不能在他窗外聊天——穷教员要为自己创造读书环境真难。

“这房子倒可以叫‘不畏斋’了！”他自嘲道，“‘四十五十而无闻焉，其亦不足畏也’——孔夫子说的。”

他那一年已过了四十岁了。

当然，也许这一代的中国人都不幸，但我却特别同情二十年代出生的人。更老的一辈赶上了风云际会，多半腾达过一阵；更年轻的在台湾长大，按部就班地成了青年才俊；独有五十几岁的那一代，简直是为受苦而出世的，其中大部分失了学，甚至失了家人，失了健康，勉力苦读的，也拿不出漂亮的学历，日子过得抑郁寡欢。

这让我想起汉武帝时代的那个三朝不被重用的白发老人的命运悲剧——别人用“老成谋国”者的时候，他还年轻；别人用“青年才俊”的时候，他又老了。

杜公能写字，也能作诗，他随写随掷，不自珍惜，却喜欢以米芾自居。

“米南宫哪，简直是米南宫哪！”

大伙也不理他。他把那幅“米南宫真迹”一握，也就丢了。

有一次，他见我因为一件事而情绪不好，便仿韩愈《送李愿归盘谷序》中“大丈夫之不得意于时也”的意思作了一篇《大小姐之不得意于时也》的赋，自己写了，奉上，令人忍俊不禁。

又有一次，一位朋友画了一幅石竹，他抢了去，为我题上“渊渊其声，娟娟其影”，墨润笔酣，句子也庄雅可喜，裱起来很有精神。其实，我一直没有告诉他，我喜欢他，远在米芾之上。米芾只是一个遥远的八百年前的名字，他才是一个人，一个真实的人。

杜公爱憎分明，看到不顺眼的人或事他非爆出来不可。有一次他极讨厌的一个人调到别处去了，后来得意洋洋地穿了新机关的制服回来，他不露声色地说：

“这是制服吗？”

“是啊！”那人愈加得意。

“这是制帽？”

“是啊！”

“这是制鞋？”

“是啊！”

那个不学无术的家伙始终没有悟过来制鞋、制帽是指丧服的意思。

他另外讨厌的一个人，一天也穿了一身新西装来炫耀。

“西装倒是好，可惜里面的不好！”

“哦，衬衫也是新买的呀！”

“我是指衬衫里面的。”

“汗衫？”

“比汗衫更里面的！”

很多人觉得他的嘴刻薄，不厚道，积不了福，我倒很喜欢他这一点，大概因为他做的事我也想做——却不好意思做。天下再没有比相怨更讨厌的人，因此我连杜公的缺点都喜欢。

——而且，正因为他对人对物的挑剔，使人觉得受他赏识真是一件好得不得了的事。

其实，除了骂骂人，看穿了他还是个“剪刀嘴巴豆腐心”。记得我们班上有个男孩，是橄榄球队队长，不知怎么阴错阳差地分到中文系来了。有一天，他把书包搁在山径旁的一块石头上，就去打球了，书包里的一本《中国文学发达史》滑出来，落在水沟里，泡得透湿。杜公捡起来，给他晾着，晾了好几天，这位仁兄才猛然想到书包和书，杜公把小心晾好的书还他，也没骂人，事后提起那位成天一身泥水一身汗的男孩，他总是笑孜孜地，很温和地说：

“那孩子！”

杜公绝顶聪明，才思敏捷，涉猎甚广，而且几乎可以过目不忘，所以会意独深。他说自己少年时喜欢诗词，好发诗论。忽有一天读到王国维的《人间词话》，大吃一惊，原来他的论调竟跟王国维一样，他从此不写诗论了。

杜公的论文是《中国历代政治符号》，很为识者推崇，指导教授是当时政治研究所主任浦薛凤先生。浦先生非常欣赏他的国学，把他推荐来教书，没想到一直开的竟是国文课。

学生国文程度不好——而且也不打算学好，他常常气得瞪眼。

有一次我在叹气：

“我将来教国文，第一，扮相就不好。”

“算了，”他安慰我，“我扮相比你还糟。”

真的，教国文似乎要有其扮相，长袍，白髯，咳嗽，摇头晃脑，诗云子日，阴阳八卦，抬眼看天，无视于满教室的传纸条、瞌睡、K 英文。不想这样教国文课的，简直就是一种怪异。

碰到某些老先生，他便故作神秘地说：

“我叫杜奎英，奎者，大卦也。”

他说得一本正经，别人走了，他便纵声大笑。

日子过得不快活，但无妨于他言谈中说笑话的密度，不过，笑话虽多，总不失其正正经经读书人的矩度。他创立了《思与言》杂志，在十五年前以私人力量办杂志，并且是纯学术性的杂志，真是要有“知其不可而为之”的勇气。杜公比大多数《思与言》的同仁都年长些，但是居然慨然答应做发行人。台大政治系的胡佛教授追忆这段往事，有很生动的记载：

> 那时的一些朋友皆值二十与三十之年，又受过一些高等教育，很想借新知的介绍，做一点知识报国的工作。所以在兴致来时，往往商量着创办杂志，但多数在兴致过后，又废然而止。不过有一次数位朋友偶然相聚，又旧话重提，决心一试。为了躲避台北夏季的热浪，大家另约到碧潭泛舟，

再作续谈。奎英兄虽然受约，但他的年龄略长，我们原很怕他涉世较深，热情可能稍减。正好在买舟时，他尚未到，以为放弃。到了船放中流，大家皆谈起奎英兄老成持重，且没有公教人员的身份，最符合政府所规定的杂志发行人的资格，惜他不来。说到兴处，忽见昏黑中，一叶小舟破水追踪而来，并靠上我们的船舷。打桨的人奋身攀沿而上，细看之下竟是奎英兄。大家皆高声叫道：发行人出现了。奎英兄的豪情，的确不较任何人为减，他不但同意一肩挑起发行人的重责，且对刊物的编印早有全盘的构想。”

其实，何止是发行人？他何尝不是社长、编辑、校对，乃至于写姓名发通知的人？（将来的历史要记载台湾的文人，他们共有的可爱之处便是人人都灰头土脸地编过杂志。）他本来就穷，至此更是只好“假私济公”，愈发穷了，连结婚都要举债。杜公的恋爱事件和我关系密切，我一直是电灯泡，直到不再被需要为止。那实在也是一场痛苦缠绵的恋爱，因为女方全家几乎是抵死反对。

杜公谈起恋爱，差不多变了一个人，风趣、狡黠、热情洋溢。

有一次他要带我带一张英文小纸条回去给那女孩，上面这样写：

“请你来看一张全世界最美丽的图画，
会让你心跳加速
呼吸急促
……”

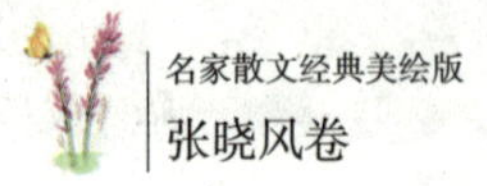

小宝（我们都这样叫她）和我想不通他从哪里弄来一张这种图画，及至跑去一看，原来是他为小宝加洗的照片。

他又去买些粗铁丝，用槌子把它锤成烤CHE（燑），带我们去内双溪烤肉。

也不知他从哪里学来那么多稀奇古怪的本领，问他，他也只神秘地学着孔子的口吻说：“吾多能鄙事。”

小宝来请教我的意见，这倒难了，两个人都是我的朋友，我曾是忠心不二的电灯泡，但朋友既然问起意见，我也只好实说：

“要说朋友，他这人是最好的朋友；要说丈夫，他倒未必是好丈夫，他这种人一向厚人薄己，要做他太太不容易，何况你们年龄相悬十七岁，你又一直要出国，你全家又都如此反对……”

真的，要家长不反对也难，四十多岁了，一文不名，人又不漂亮，同事传话，也只说他脾气偏执，何况那时候女孩子身价极高。

从一切的理由看，跟杜公结婚是不合理性的——好在爱情不讲究理性，所以后来他们还是结婚了。奇怪的是小宝的母亲至终也投降了，并且还在小宝出国进修期间给他们带了两年孩子。

杜公不是那种怜香惜玉低声下气的男人，不过他做丈夫看来比想象中要好得多，他居然会烧菜、会拖地、会插个不知什么流的花，知道自己要有孩子，忍不住兴奋地叨念着：“唉，姓杜真讨厌，真不好取名字，什么好名字一加上杜字就弄反了。”

那么粗犷的人一旦柔情起来，令人看着不免心酸。

他的女儿后来取名“杜可名”，出于《老子》，真是取得好。

他后来转职政大，我们就不常见面了，但小宝回台时，倒在我家吃了一顿饭，那天许多同事聚在一起，加上他家的孩子，我家的孩子——着实热闹了一场。事后想来，凡事都是一时机缘，事境一过，一切的热闹繁华便终究成空了。

不久就听说他病了，一打听已经很不轻，肺中膈长癌，医生已放弃开刀，杜公是何等聪明的人，他立刻什么都明白了，倒是小宝，他一直不让她知道。

我和另外两个女同事去看他，他已黄瘦下来，还是热乎乎地弄两张椅子要给我们坐，三个人推来让去都不坐，他一径坚持要我们坐。

“哎呀，”我说，“你真是要二椅杀三女呀！”

他笑了起来——他知道我用的是“二桃杀三士”的典故，但能笑几次了呢？我也不过强颜欢笑罢了。

他仍在抽烟，我说别抽了吧！

“现在还戒什么？”他笑笑，“反正也来不及了。”

那时节是六月，病院外夏阳艳得不可逼视，暑假里我即将有旅美之行——我知道那是我最后一次看他了。

后来我寄了一张探病卡，勉作豪语：

“等你病好了，咱们再煮酒论战。”

写完，我伤心起来，我在撒谎，我知道旅美回来，迎我的将是一纸过期的讣闻。

旅美期间，有时竟会在异国的枕榻上惊醒，我梦见他了，我感到不祥。

对于那些英年早逝弃我而去的朋友，我的情绪与其说是悲哀，不如说是愤怒！

正好像一群孩子，在广场上做游戏，大家才刚弄清楚游戏规则，才刚明白游戏的好玩之处，并且刚找好自己的那一伙，其中一人却不声不响地半局而退了，你一时怎能不愕然得手足无措，甚至觉得被什么人骗了一场似的愤怒！

满场的孩子仍在游戏，属于你的游伴却不见了！

九月返台，果真他已于八月十四日去世了，享年五十二岁，孤女九岁。他在病榻上自拟一副挽联，但写得尤好的则是代女儿挽父的白话联：

> 爸爸说要陪我直到结婚生了娃娃，而今怎教我立刻无处追寻，你怎舍得这个女儿；
>
> 女儿只有把对您那份孝敬都给妈妈，以后希望你梦中常来看顾，我好多喊几声爸爸。

读来五内翻涌，他真是有担当、有抱负、有才华的至情至性之人。

也许因为没有参加他的葬礼，感觉上我几乎一直欺骗自己他还活着，尤其每有一篇自己比较满意的作品，我总想起他来。他那人读文章严苛万分，轻易不下一字褒语，能被他击节赞美一句，是令人快乐得要晕倒的事。

每有一句好笑话，也无端想起他来，原来这世上能跟你共同领略一个笑话的人竟如此难得。

每想一次，就怅然久之，有时我自己也惊讶，他活着的时候，我们一年也不见几面，何以他死了我会如此茫然若失呢？我想起有一次看到一副对联，现在也记不真切，似乎是江兆申先生写的……

真的，人和人之间有时候竟可以淡得十年不见，十年既见却又可以淡得相对无一语。即使相对应答，又可以淡得没有一件可以称之为事情的事情，奇怪的是淡到如此无干无涉，
却又可以是相知相重、生死不舍的朋友。

我的药呢？

一九七五年，我旅经爱荷华州。记忆里笔直的大路上，远远浮悬一轮落日，像跟什么人较劲似的，到了六点、七点、八点……久久不肯落下去。玉米的绿波弥天盖地。来自北欧的“爱弥须人”驱着马车，穿着深色的衣裳，带着安分的微笑走人二百年前的村舍，这宁静的城令我着迷。

我请朋友带我去爱大看看。到了有名的“作家工作坊”，看到袁则难在那里，这人稍有些羞赧，有“香港文人”浪漫和细致的底子。他很热心地带我去看保罗和聂。

不记得是怎么回事，也许是因为天气太好，在他们家坐不到几分钟，我们便身在爱荷华河上了——倒好像那条河是他们家客厅似的，真是过分，他们竟用整整一条河来招待朋友。

聂很中国女人，临出门抱了一罐腰果，说：

“咱们带点东西磨牙！”

保罗一到河上就一头钻进水里，他在水里很自在，他大约也知道我们在船上很自在。

游了一阵，他回来，扒着船舷说：

"我的药呢?"

聂递给他一小瓶琴酒,他在暖暖的阳光下啜了两口,无限满足。

"这药,"我问,"管医什么呢?"

他笑而不答,河水汤汤,他又游开了。整条河如此温柔,像满槽初熟的酒等待蒸馏。

十六年后我在报上看到他的死讯,他那天在河中索酒的眼神又回来了。"我的药呢?"他问。但生和死之间原是无药石可投的啊!

我翻开最近常读的陶诗:

> 千秋万岁后,谁知荣与辱?但恨在世时,饮酒不得足。春醪生浮蚁,何时更能尝?

纷纷扰扰的人间,春酒年年熟,但那生命的饮者何时再折返索尝呢?

湖　洄

一　掌灯时分

一九三一年，江南的承平岁月依依暖暖如一春花事之无限。

四月，陌上桃花渐歇，栀子花满山漫开如垂天之云。春江涨绿，水面拉宽略如淡水河。江有个名字，叫汨罗江，水上浮着倏忽来往的小船，他的家离江约需走一小时，正式的地名是湖南湘阴县白水乡宴家冲。家里有棵老樟树，树上还套生了一株梅花。黄昏时分年轻的母亲生下这家人家的长孙。五十二年后，她仍能清楚地述起这件事：

“是酉时哩，那时天刚黑，生了他，就掌上灯了。”

渐渐开始有了记忆，小小的身子站在绣花绷子前看母亲绣花。母亲绣月季、绣蝴蝶，以及燕子、梅花。母亲绣大一点的被面、屏幛就先画稿子，至于绣新娘用的鞋面枕套竟可以随手即兴的直接绣下去。绣到一半，不免要停下来料理一下家务。小男孩一俟母亲走开，立刻抓起针往白色缎面上扎下去。才绣几针，母亲回来了，看看，发觉不对，而重拆是很麻烦的。绣花当时是家庭副业，哪容小男孩捣蛋玩这种“奢侈的游戏”，所以按理必须打一顿。只是打完了，小男孩下次仍受不了诱惑又从事这种“探险”，怎样的葱绿配怎样的桃红？怎样以线组成面？为何半瓣梅花、半片桃叶，皆能于光暗曲折之间自有其大起伏大跌宕——这样绣了挨打，打完又绣。奇怪的是忽有一天母亲不打人了，因为七八岁的小男孩已经可以绣到和母亲差不多的程度了。

家里还织布染布，煮染的时候小男孩总在一旁兴奋地守着。如果是染衣服，就更讲究些。母亲懂得如何在袖口领口口袋等处绑上特殊的图案，染好以后松开绑线，留在蓝布或紫布上的白花常令小男孩惊喜错愕。

比较简单的方法是在夏末把整疋布铺在莲花池畔，小男孩跳下池子去挖藕泥，挖好泥浆以后涂在布上曝晒。干了就洗掉，再敷再晒。五六遍以后粗棉布便成了夹褐的灰紫色。家里的男人几乎都穿这种布衣。

还放牛，还自己酿米酒、捡毛栗、捡菌子、捡栀子花结成的栀实。日子过得忙碌而优游——似乎知道日后那一场别离，所以预先贮好整个一生需用的回忆。

十五岁读初中，学校叫汨罗中学，设在屈子祠里。祠就在江边上，学生饮用的便是汨罗江水。做父亲的挑着一肩行李把儿子送到祠中，注了册，直走到最后一进神殿，跪下，对着阳雕金字“楚三闾大夫屈子之神位”叩了三个头，男孩也拜了三下。做父亲的大概没想到磕了三个头后，这中国的诗神便收了男孩为门徒，使男孩的一生都属于诗魂。

起先，在十岁那年，男孩曾跟宋容生教授读过《左传》和《诗经》。宋教授从北大回乡养病，男孩在他家看到故宫的出版品和文物图片，遂悠然有远志。他不知道二十七年以后他自己也进入故宫，并且在器物研究之余也是《故宫文物月刊》的编辑委员。他回想起来，觉得遇见宋先生是生平最早出现的大事。另一件大事则是在理化老师家读到了长沙出版的新文学杂志，知道世上有小说、散文和诗歌。

民国三十七年，从军。长沙城的火车站里男孩看着车窗外的舅舅跑来跑去在满月台找他，想抓他回家，他狠心不顾而去。在兵籍簿上他写下自己的名字，因而分到一枚框着红边的学兵符号佩在胸上，上面写着“袁德星”。

二　“到西安城外，娶一汉家平民女子……”

而同一年，远方另有一男孩才一岁，住在西安城的小雁塔下。和他生命相系的最早的这条河叫渭水。

外曾祖父那一代在西安做知府，慈禧逃庚难那一年还是他接的驾。大概由于拥有这么一种家世，他被取了一个大有期许意味的名字：蒋勋。

辛亥革命之后，身为旗人的外曾祖父那一代败落了。外曾祖父临死传下遗命，要儿子必须娶个西安城外的汉家女子，平民出身，刻苦坚忍的那一种，家道才有可能中兴起来。外婆就这样嫁过来。外祖父显然不太爱这位妻子，一径逃到燕京大学去念书了。但这位外婆倒真是过日子的一把好手，丈夫不在，她便养一窝猫。日本人侵华的那些年，西安城里别家没吃的，她却能趁早晨城门乍开之际，擦身偷挤出去。一出城，她便如纵山之虎，城外到处都是她的乡亲朋友，弄点粮食是不成问题的。后来她又把大屋子划成一百多个单位，分租给人，租钱以面粉计，大仓房里面粉堆得满满的。

看到小外孙出生，她极高兴，因为小男孩已有哥哥，她满心相信可以把这孩子祧给母系，所以格外疼爱。西安城里冬天苦冷，她把小婴儿绑在厚棉裤的裤裆里，像一串不容别人染指的钥匙。

母亲当年念了西安女子师范，毕业典礼上的那首歌她一直都在唱：“我们今天是桃李芬芳，明天是社会的栋梁。”她还有一把上海来的蝴蝶牌口琴，后来因为穷，换了面粉，事后大约不免有秦琼卖马之悲，也因此每和父亲吵架，都会把“口琴事件”搬出来再骂一遍。

中国民间女子的豪阔亮烈，蒋勋是在母亲身上看到的。

她到台北的故宫博物院去参观，看到那些菲薄透明的瓷碗，冷冷笑道：

“这玩意儿，我们家多的是，从前，你外婆心情不好的时候，就摔它一个。”

看到贵妇人手上的翡翠，她也笑：“这算什么，从前旗人女子后脑勺都要簪一根扁簪，一尺长咧，纯祖母绿，放在水里，一盆尽绿——这种东西，逃难的时候，还不是得丢吗？丢了就丢了就是了。”

母亲有着对美的强烈直觉和本能，却能不依恋，物我之间，清净无事。

往南方逃亡的时候，已经是一九五一年了，逃到福建，从长乐上船。小男孩哭，母亲把他藏在船舱下面，吓唬他不准再哭了——早期的恐惧经验在后来少年的心里还不断成为梦魇，他时时梦见古井，梦到惊惶的窒闷和追捕。

暂时住在西沙群岛一个叫白犬的地方，好心的打鱼人有时丢给他们几尾鱼，日子就这样过下来。奇怪的是，许多年后，做姊姊的仍然恋恋不舍想起那些渔人分给他们的鱼：

“好大的鱿鱼啦，拿来放在灰里煨熟——哎，那种好吃……”

逃难的岁月，毁家荡产的悲痛都退去了，只剩下一尾好吃的鱼的回忆。

终于，全家到了台湾，住在大龙峒，渭水换成了淡水河，孔庙是小男孩每天要去玩的地方。至于那轻易忘掉翠尺的母亲宁可找些胭脂来为过年的馒头点红，这才是真正的人间喜气。那一年，是一九五二年。

三　失踪的湖

一九五二年，小女孩九岁，住在一个叫湾仔的地方。逃学的坡路上有杂色的马缨丹，刚刚够一个小女孩可以爬得上去。热闹的街角有卖凉茶的，她和妹妹总是去喝——为的是赚取喝完之后那粒好吃的陈皮梅。当然，还有别的：例如迷途的下午被警察牵着回家时留在手心的温暖、例如高斜如天梯的老街、例如必须卷起舌头来学说的广东话、例如假日里被年轻父亲带去浅水湾玩水的喜悦、例如英记茶行那份安详稳泰的老店感觉……然而，这一家人住在那栋楼上是奇怪的——他们是蒙古人，整个湾仔和整个港岛对他们而言，还不及故乡的一片草原辽阔，草原直漫到天涯，草香亦然，一条西喇木伦河将之剖为两半，父亲和母亲各属于左岸和右岸，而伯父和祖父沿湖而居，那湖叫汗诺日美丽之湖（汗诺日湖系蒙语“皇帝之湖”的意思）。二次大战前日本某学术团体曾有一篇《蒙古高原调查记》，文中描述的湖是这样的：

“沿途无限草原，由远而近，出现名曰汗诺日的美丽之湖，周围占地约四华里，湖水清湛，断定为一淡水湖，湖上万千水鸟群栖群飞，牛群悠然饮水湖边，美景当前，不胜依恋……”

但对小女孩而言，河亦无影，湖亦无踪，她只知道湾仔的炫目阳光，只知道下课时福利社里苏打水的滋味。五年之间，由小学而初中，她的同学都知道她叫席慕蓉，没有人知道她真正的名字叫穆伦·席连勃，那名字是“大江河”的意思。

读到初一，全家决定来台湾，住在北投的山径上，那一年是一九五四年，她十一岁了。

四 湖口街头初绽的梅幅

那一年，袁德星早已辗转经汉口、南京、上海而基隆而湖口，在岛上生活五年了。“受恩深处便为家”，他已经不知不觉将湖口认作了第二故乡。

也许因为有个学了点裱画的朋友，他也凑趣画些梅花、枇杷让对方裱着玩，及至裱好了两人又拿到湖口街上唯一的画店去悬挂。小镇从来没出现过这种东西，不免轰动一时——算来也许是他的第一次画展，如果那些初中时代的得奖壁报不算的话。

楚戈这笔名尚未开始取，当时忙着做的事是编刊物、到田曼诗女士家去看人画画、结交文人朋友。一九五七年，他拿画到台北忠孝西路去裱，裱褙店的人转告他说有人想买此画，遂以六百元成交，那是生平卖出的第一张画，得款则够自己和朋友们大醉一场。

仍然苦闷，一个既不能回乡也不能战死的小兵，在一个偶然的机会里他请缨赴中南半岛作游击战，当时他的一位老大哥赵玉明也报了名，别人问他原因，他说：

“不行啊，袁宝报了名，他那人糊里糊涂，我不跟着去照顾他怎么行呢？”

结果虽然没有成行，好在他却在知识和艺术的领域里找到了更大的挑战！戈之为戈，总得及锋而试啊！

五 密密的芙蓉花，开在防空洞上

搬进村子的第一天，蒋勋就去孔庙看野台歌仔戏。母亲一向喜欢河南梆子，所以也去了。一面看，她一面解释说起来：

“这是武家坡啊！”

母亲居然看得懂歌仔戏，也是怪事。家居的日子，母亲是讲故事的能手。她的故事有时简单明了，如：

“那王宝钏啊，因为一直挖野菜来吃，吃啊，吃啊，后来就变成一张绿肚皮……”

她言之凿凿，令人不得不信。也有时候，她正正经经讲起《聊斋》，邻居小孩也凑进来听。弟弟又怕又爱听，不知在哪一段高潮上吓得向后翻倒，头上缝了好几针，这件让为人笃实的父亲骂了又骂。

每到三月十二日，公家就发下树苗，当时政府规定家家要做防空洞，幼年的蒋勋和家人便把分到的芙蓉插在防空洞上。芙蓉一大早是白的，渐渐呈粉色，最后才变成艳红。此外又家家种柳，柳树长得泼旺如炽。防空洞当然一次也没用过，却变成小孩游戏的地方，在里面养鸟，养乌龟，连鸭子也跑进里面去秘密地孵了一窝蛋，小孩和鸭子共守这份秘密——及至做母亲的看到凭空冒出一窝小黄鸭，不免大吃一惊。

所谓战争，大概有点像那座防空洞，隐隐地坐落在那里，你不能说它不存在，却竟然上面栽上芙蓉，下面孵着鸭子，被生活所化解了。男孩穿花拂柳一路跑到淡水河堤上去放风筝，跑得太快，线断了，风筝跨河而去。他放弃了风筝转头去看落日，顺便也看跟落日同方位的观音山，观音凝静人定，他看得呆了——那一年，他小学四年级，十岁。

六 我可不可以来学画？

十四岁考上台北师范，席慕蓉背个大画夹，开始了她的习画生涯。那一年，在军中的楚戈开始努力看画展和画评，后来因为觉得别人说的不够鞭辟，便自己动手来写。而十三岁的蒋勋出现在民众服务处的教室里，站在老画家的面前问说：

“我没有钱出学费——可不可以来学画？”

老画家凝望了少年一眼，点头说：

“可以啊！”

一九六六年，楚戈退役，考入艺专夜间部美术科。而蒋勋，这时候刚开始念文化大学历史系，毕业以后，又读了文大的艺术研究所，一九七二年，二十五岁的他启程赴巴黎。

“以前我以为西安是我的乡愁，飞机起飞的刹那才知道不是，台湾在脚下变得像一张小小的地图，那感觉很奇怪，我才知道西安是我爸爸妈妈的乡愁，台北才是我自己的乡愁啊！”

七 回

终于能回台湾了，那一年是一九七〇年，心中胀着喜悦，腹中怀着孩子，席慕蓉觉得那一去一回是她生平最大的关键。

蒋勋回台湾则是在一九七六年。

楚戈也回来了——虽然他并未出国。许多年来，他一向纵身于现代诗与现代画的巨浪里，但从一九六八年供职故宫博物院开始，也陆续发表了不少有关青铜器的论文。一九七一年，他在《中华文化复兴月刊》上辟栏连续写了两年《中国美术史》。认识他的人不免惊奇于他向传统的急遽回归，但深识他的人也许知道，楚戈的性情是变中有不变，不变中有变的。一九八一年，蒋勋出版《母亲》诗集，在序文里，他说：

“我读自己第一本诗集《少年中国》，发现有许多凄厉的高音，重复的时候，格外脸红。”

接着他又说：

“这几年我在大屯山下，常常往山上走走。一到春天，地气暖了，从山谷间氤氲着云岚，几天的雨，使溪涧四处响起，哗啦哗啦，在乱石间争窜奔流，在深洼之处汇聚成清澈的水潭……我观看这水，只是看它在动、静、缓、急、回、旋、崩、腾，它对自己的形状好像丝毫没有意见，在陡直的悬崖上奋力一跃，或澄静如处子，那样不同的变貌，你还是认得出它来，可以回复成你知道的水。

“我对人生也有这样的向往，无论怎样多变，毕竟是人生。

“我对诗也有这样的向往，无论怎样的风貌，毕竟是诗，不在乎它是深渊，是急湍，是怒涛，是浅流。它之所以是诗，不在于它的变貌，而在于你知道它可以回复成诗。”

回来的不只是从前那个离去的蒋勋，还要更多，多了一整腔沉潜的关情。一九七三年，他接受了东海美术系系主任的职位。

至于席慕蓉，她在一个叫龙潭的地方住了下来，画画、教画、写诗并且做母亲。前后开的画展分别是人像系列、明镜系列、荷花系列、夜色系列。

楚戈的情节发生了一点变化，一九八〇年底他发现得了鼻咽癌，此后便一只手抗癌，一只手工作，且战且前却也出版了三本书，出过四趟国，开了港、台五六次画展。

八 各在水一方

一九八六年秋，蒋勋为毕业班同学开了一门课名叫“文人画”，他自己和楚戈、席慕蓉合授此课。属于渭水和淡水河的蒋勋，属于汨罗江和外双溪的楚戈，属于西喇木伦和大汉溪的席慕蓉，本是三条流向不同的河，此刻却在交汇处冲积出肥腴的月湾土壤。

“学生受了四年的专业训练，”蒋勋说，“我现在着急的不是要为他们再‘立’什么，而是要为他们‘破’，找三个人来开这门课，就是要为他们‘破一破’！”

受惠的不只是学生，三个老师也默默欣赏起彼此的好处来。那属于蒙古高原的席慕蓉，可以汲饮汨罗之水，那隶籍福建却来自西安小雁塔的蒋勋可以细绎草原的秩序，至于那来自楚地的楚戈亦得聆听大度山的清歌。一干原来不可能相逢的人物，在灾劫之余相知相遇，并且互灌互注，增加了彼此的水量与流速，形成一片美丽丰沃的流域。

九 溪谷桃李

一九八七年春四月，沿太鲁阁国家公园的绿水、文山、回头弯、九梅一路走下去是桃塞溪和整片石基的河床（原名陶花，此是故意的笔误）。再往里面走，则是密不透天的桃花，桃花开得极饱满的时候雄峙如一片颇有历史感的故垒。躺在树下苔痕斑斑的青石上看晴空都略觉困难那一天教室便在花下。

“席老师，”一个女孩走来，眼神依稀是自己二十年前的困惑，

“这桃花，画它不下来，怎么办？”

“画不下来？”她的口气有时刚决得近于凶狠，“你问我，我告诉你，我自己也画它不下来呀！谁说你要画它下来的？你就真把它画了下来，又怎么样？”

“画家这行业根本是多余的！”爬到一块大石头上的蒋勋自言自语地宣布，这话，不知该不该让学生听到。忽然，他对着一块满面回纹的石头叫了起来，“你看，这是水自己把自己画在石头上了。”

楚戈则更无行无状，速写簿上一笔未着，却跟一位当地的“莲花池庄主”聊上了，一个劲的打听如何来此落地生根。

“山水，”蒋勋说，“我想是中国人的宗教。”

那山是坐落于大劫大难与大恩大宠之间的山，那水是亦悲激亦喜悦之水。那山是半落青天之外淡然复兀然的山，那水是山中一夜雨后走势狂劲直奔人间不能自止的水——各挟其两岸的风景以俱来。

一阵风起，悬崖上的石楠撒下一层红雾，溪水老是拣最难走的路走，像一个自己跟自己过不去的艺术家，弄得咻咻不已。师生一行的语音逐渐稀微，终至被风声溪声兼并，纳入一山春声。

火中取莲

认识孙超这人，会使人有个冲动——老想给他写传记，因为太精彩。其实说传记还不太对，传记嫌平面，孙超的生平适合编成话本，有说有唱有板有眼一路演绎下去（或演义下去），这，先从三代前说起吧：

轰然一声，三进大屋的第一进炸成平地。

接着，第二进也倒了。

那是抗日战争的年代，地点则在自古以来一直和“战争”连在一起的徐州城。

一家人都逃光了，只剩下一位老妇人不动如山，端坐在第三进堂屋里。有个日本军人直走进来，看见她夷然自若地抽着水烟袋，啪嚏——啪嚏——，日本人刚入城，是这片沦陷区的新主人，但她是这所屋子的主人，一向就是。现在屋子虽炸了，但主人还是主人，她不打算站起身来。

日本军人心虚了，他恭恭敬敬地放了一些东西在桌上，是罐头，沦陷区最实惠的礼物。老妇人用大袖一拂，所有的罐头砰砰然全落在地上。

依照当时战胜军人的气焰，此刻洗劫全家，亦无不可，但那军人走开了，走到藏书的地方，拿了几本书就走了。

那老妇人是孙超的奶奶。

她把全家赶走，说："逃得愈远愈好。"可是她自己却留了下来。只凭一口气，跟整个日本军比强。

逃难的孙超和母亲冲散了，母亲炸死，父亲也回了老家。开始自己流浪的那一年，他八岁。等胜利还乡，他十六了，在徐州女师附小读了二年半，又碰到第二次劫难，于是又开始第二次的飘徙，平生最拿得出手的资历，大约就是流浪吧！

"绝不拿别人的东西！"

从小离家，但从来没遭过人白眼，只因家里规矩大，教得严，看到别人有好东西，规定先把手背到背后才准看，绝对不去碰一下。这简单而彻底的训练使孙超成为一介不取的人，而且，日后艺术上也一空依傍，绝不捡现成的便宜，他永远只取属于自己的东西。

出来的时候是青年军。连保送军校也不肯去念，他只想纯当兵，只想打最直接的仗。舍生不是难事，难的是二十年刻板严苛的军旅生活适应。那些年最大的慰藉是读书，读极硬的书。

记得有一本罗光著的《中国哲学史》，定价四十元，当年他的月薪十八元，他便去替人打毛衣（奇怪，一个大男人竟会织毛衣），三个月以后才存够买书的钱。

有一年，岁暮，有位中学老师邀他到家里去吃饭。他从清泉岗出发到台中市赴宴。绕着主人的屋子走了几圈，伸出的手几度缩回，竟不敢按铃，篱内的温暖家居图，不是这身二尺半可以撞进去的吧？严重的自尊心和自卑感交战后，他终于爽约了。

回部队的车子晚上才有，他竟不知该去哪里。逛着逛着，他很自然地走进书店，老板娘站近他，眼睛盯着他不放，她怀疑这年轻的大兵是来偷书的，她的疑虑不算太错，他的确没钱买书，但不是来偷书，他来看书——也许不是看书，只因店里有光，书里有知识的闸门，而当晚他正无处可去。出身于有钱有势有根柢的家庭，几会受过这种侮辱，他夺门而出。

去哪里呢？无非是另一家书店。

第二家书店是客家人开的，他们暗暗地用自以为别人听不懂的客家话说："那个兵，看样子要偷书。"他惊怒欲绝，放回书，冲出店门，把自己投身在十二月的冷风里。总不能再到第三家书店去受凌辱吧？他踉跄华灯四射的小城里。

忽然，他听到歌声，前面是一所教堂，门口站着一个外国牧师，红润的脸，亲和的微笑，看到这年轻的兵，他恭恭敬敬地鞠了一个躬，伸手延客说：

"请进。"

他走了进去，诗班正唱着巴哈的弥撒曲，他忽然大恸，跪倒圣坛前，泪下如雨，再也站不起来。礼拜的人陆续离去，他仍跪在那里哭，善解人意的牧师远远站着，等他哭，所有的人早走光了，但一腔的委屈和压抑的泪却是流不完的啊。牧师耐心地等着，他走的时候，牧师和他握手，说："下回再来。"

曾经，在战时，炸弹炸死前前后后的人，他却幸运地捡回了自己的生命。

而这一个圣诞夜，在一颗心几乎被痛苦扼死之际，一个微笑一声请进，使他及时重新觅得自己的心，这番惊险，其实也等于捡得一命啊！

"那一刹那，我只有一个感觉，我这才又是'人'了。我重新有了人的尊严，所谓人间的平等，大概只有向宗教世界里才找得到吧？”他没有再去教堂，但宗教的柔和宽敬在他的创作里如泉源般一一涌现。

退役了，拿了七千元。

做什么好呢？真正想做的是念书，但钱不够。他跑到三张犁养鸡，透过“鸡生蛋，蛋生鸡”的原理，他希望为自己筹得“三万元教育基金”放在银行里，每月拿三百元利息省吃俭用，也就可以去念书了。

他忘了一件事，养鸡可以赚钱却也可以赔钱。他不幸属于后者。

为了投考艺专，仅读过二年半书而没有报考资格的他，只好制造假证件。他用肥皂，自己刻印，他这件罕见的罪行也被识破，主事人一眼看穿、是上天见怜吧，那人拿起笔来批了几个字：“姑念该生，有志向学，准予报名。”他欣喜欲狂，捧着批示：心里想：

“我不是违法的了，我现在是合法的了！”

大专联考后不久，他到摊子上吃了碗阳春面，然后就真正的一文不名了。

他去找赵老师。

“赵老师，我没钱了……”

“没钱？哈哈，”赵老师朗声大笑，“没钱，那算啥？”

天气热，他把席子铺在地上，两人一起躺着聊天：

“孙超，你说没钱，我来问你，你卖过血没有？”

“卖血？没有。”

“哈哈，连血也没卖过，那还不叫真没钱呢！”

赵老师为他找了工读的机会，但他真正受益而不能忘的还是那不在乎的大笑：

醉心于寻根究底，醉心于百分之百的投入，日子原来也就这样过下去了，不料有一天忽然后山山崩，整个科技室都埋在土里，他拨开水泥砸碎后的屋顶钢筋爬出来，再次捡回了一条命。所有精心收藏的书，所有曾经爱恋的资料全埋掉了，三个助手也死了，还记得一位助手在里面急急哀哀叫着：“孙先生啊！孙先生啊！快啊！……”

生命原来是如此脆弱，如此不堪一击啊！经此一劫，他决心要作最无情的割舍，把其他都抛开，只专心致意弄一种结晶釉吧！

日本人有时把陶瓷艺术叫成“炎艺术”，让人看了不免一惊。世上的艺术，有些真的是要经千度的火来煅，万分的情来炼，才能成形成器的啊！陶瓷艺术就是这一种，陶是奇怪的东西，既可以是小儿无心的玩捏，也可以是一生探之不尽、究之不穷的大学问。看来人也是大化或工或拙的捏塑吧？否则为什么人也是如此单纯又如此复杂的个体？为什么人也是探针指测不明，形制规范不尽，釉彩淋漓不定的一种艺术？人本身也是一种成于水、成于火、且复受煎熬于火的成品吧？

艺术理论上有人颇以为作品因个人的境遇而有悲喜，其实这话只说对了一半。莫里哀一生穷愁潦倒，最后死在舞台上，却是喜剧圣手。莫扎特贫病交加，英年早逝，其乐章却华美流畅，如天际朝霞，花溪春水，浑不知人间有忧愁。有的人是奇怪的战士，受创愈重，流血愈多，他愈刻意掩藏怆痛，只让你看、也只许你看他的微笑。孙超似乎也是这种人，看到他的结晶釉，清澈美丽，透明处是雪：艳异时似紫水晶原矿，令人想起云母，想起冰河，想起菲薄匀整的细胞切片图。我虽因性情所趋，一向比较偏好质木素朴之美，也不得不承认孙超所经营的精致无瑕的艺术。这种精纯唯美，几乎可以解释为一种赌气，命运，你要给我砂砾吗？好，我就报之以珍珠。命运陷我于窑火吗？我就偏偏生出火中莲花。

一只陶皿，是大悲痛大磨难大创痕之余的定慧。那些一度经火的器皿，此刻已凉如古玉，婉似霜花。经过火——但不要让你看到烟熏火燎之气，经过火——但只容别人看到沉静收敛的光华。

我说到哪里了？是孙超的半生？还是他的火中取莲的结晶釉？我自己也弄不分明了。

再跟我们讲个笑话吧
——怀念世棠

不知怎么开的头，他谈起他小时候，在上海弄堂里住，对面有一家义学，夜间上课，来的人都是目不识丁的三轮车夫或苦力之类的。夜晚，对面亮着灯，那些汉子诚心诚意地扮起乖乖的小学生来，一个个拉长调子念道：

“晋太元中，武陵人……”

他一边说，一边就吟起那调子。

我立刻为之五内震动，并且牢牢记住那吟法——我为什么如此？大约是为那些劳力者对知识的崇敬而感触万端。黄昏，拉了一天的车，扛了一天的货，那些人必然累了，但他们勉力来上学，来读《桃花源记》，美丽的晋代的桃花源对他们的现实生活能产生什么好处？大约什么都没有吧？但他们仍虔诚地大声吟诵，觉得那里有点什么可攀的高贵，什么可及的梦想……

我也怜徐世棠——这个说故事给我听的友人，他必然曾是个富厚之家的寂寞小男孩吧？他为什么凭窗而望，并且牢牢记住那些汗污的面孔和书声？他重述那场景时为什么眼中有湿意，声中有悲悯？

认识世棠，是我大一那年，到最后一次和他通电话——在他死前二十天，这段友谊共是三十九年。

世棠在艺专读音乐，擅钢琴，所以在教会担任司琴的工作。他的钢琴在我听来简直是出神人化，像他的人，雄辩，滔滔不绝，而又娓娓动听。大伙隐约知道他家世不错，住在中山北路不知几条胡通里，反正那是某些有钱人住的地方。但世棠的穿着却刻意邋遢，大概那是他年轻时叛逆的一种方式吧！一双肥头而又半张嘴的旧鞋尤其令人印象深刻。教会里向例都有个奉献箱，供人投进金钱，某次奉献箱里有位不知名的好心人提供了一笔钱，上面注明“供司琴弟兄买鞋之用”。他居然被当成济贫的对象了，朋友闻之，无不绝倒。

又有一次，下雨天，他不知哪里弄到一件又旧又大的斗篷式黑雨衣穿着，站在许昌街上，竟有路人把他当成三轮车夫，问他：

“× × 路去不去？”

那种款式的雨衣的确是车夫常穿的。我想他努力要在衣着上让自己摆脱那个有钱的家。他想做他自己，很普罗大众的自己，其实，只此一件事，大概就把他累得半死。

世棠圆脸上的圆眼睛，鼓胀的腮颊充满可爱的喜感。圣诞节扮起圣诞老人来非他莫属，我现在还能忆起他背上的礼物袋，他这一世也真像个圣诞老人，到处去散播好东西，只是，他似乎忘了留一件给自己了。

世棠天生有老人和小孩缘，读大学的时候，他有一次和朋友一起赴深山，到原住民的村落去，他背着一架手风琴，走到哪里便拉到哪里，每到一个村子，总能把一村的小孩迷死。朋友相聚的时候世棠的角色永远不变，他是负责逗大家快乐的人，他总有说不完的笑话，又极善模仿人，大家笑得滚做一团的时候，他一

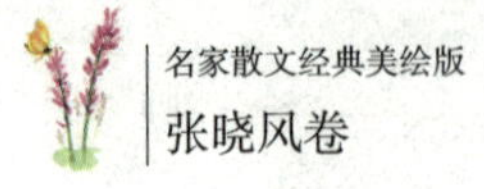

径保持木木的一张脸，死撑着不笑，现在回想起来，不知道那里面有没有一种成分叫寂寞。

世棠有个奇怪的嗜好，是做蛋糕，当时很少人家里有烤箱，即使有，做蛋糕也该是女孩子的事——当然，这件事多少也和他的英文好有关系，当年并没有什么中文蛋糕的食谱，要看懂英文食谱在当年来说是件难事。

世棠是梁实秋迷，梁教授是他的父执辈，他一提起梁教授便话题不绝：

“刚来台湾的时候，他就借住在我们家呀！到台湾，梁先生心情并不好。可是，晚上，梁师母在白灯罩上点了几点红点，梁先生便加上枝干，一幅红梅图就蹦出来了。”

我又一惊，和三轮车夫的故事一样动人，一个是劳力阶级对知识的虔敬信仰，一个是读书人对困厄环境的夷然眼神。两者都令我默然久之。

世棠后来一直常去梁家做客，梁家当年座上客不少，但能得梁先生的冷隽和幽默之传的，似乎只世棠一人。

世棠的父母和冰心夫妇也熟，他小时候甚至是冰心的干儿子，前些年他还去访问过这位干妈。

世棠在艺专读书似乎不是什么乖乖牌的学生，但由于英文好，他倒是常被选作学生代表，去美国开些国际性的会。

“啊！美国有一种冰的点心，叫‘火烧阿拉斯加’一块雪糕，浇上酒一点上火一烧，立刻端上来。还有一种饮料叫 Root Bear，厚厚的玻璃杯，事先冰得透透的，杯上结了霜，把饮料倒进去，一喝，哇！——”我垂涎三尺，立志在有生之年一定要吃到这两种好东西。

由于爱英文，继艺专之后他又去读了辅仁外文。他的梦想是做个口译员，后来他果真考上联合国英翻中的口译员。后来辞了职回来，供职于新闻局。

由于没有正式的公务员铨叙资格，他的薪水极低，到了难以维生的程度。绝处逢生，倒也被他想出了一个办法，就是下班后到餐厅去弹钢琴，一方面赚外快，另一方面，勉强算是公余的休息——一个人想要拥抱自己的土地和人民，从现实层面来说有时也真是很艰难的。

那段时间世棠也回辅仁教书，倒是发生了一件特别的事。有位女生，从南部来，读大一，是他英文班上的，她对老师的课十分入迷。不料到了下学期，她被学校分到第二班，而世棠教的是第一班。这女生很失望，打算不修这门课了，宁可去世棠班上旁听。世棠知道此事后力劝女孩照规定选课，女孩忖度，以为选了课之后，或者老师有什么神通把她调到第一班也未可知——不料没有。但等上课的时候，她才赫然发现世棠已经把自己调到第二班来了！这女孩说：

“我当时从南部来台北，土土的，从来不知道重视自己——而这件事改变了我的一生，我知道我得做好，免得让老师为我这样做却不值得。”

这女孩名叫黄乃毓，目前是师大家政研究所的教授。

世棠后来转去文建会工作，那是在申学庸教授主掌文建会的时候。

之后他又参与外贸协会的工作，前后共十三年，最近八年一直驻伦敦。也许由于年龄，他非常渴望回台湾，无奈未蒙许可，他有时候短期回来——只为听几场昆剧，真是手法豪奢。

他死后有人为他没能早离英国回到台湾惋惜，我则说：

“如果我是他长官，我也不放他，这种中英文俱佳的人才到哪里去找！”

有一件事，世棠曾多次谢我，因为我一度对他说：

“你，那么能说的人，怎么可能不会写呢？试试看写点什么吧！”

世棠写了，果真文笔爽飒明亮，如短笛信吹，自成佳趣。

“都是晓风叫我写的呀！她说的，‘能言者必能文’！”

我每次都想订正他的话，但都没说——其实，不是所有擅长说话的人都能写好文章。是那些说完故事能令人心神震动如山崩海啸的高手才能。世棠其实很像英文所形容的“讲故事的人”(storyteller)，他永远能把故事陈述得那么好！奇怪的是有时候他那么孤傲难处，但有时候他又那么认真卑微地用故事和笑话来取悦于人，什么场合只要有世棠在便热闹融洽，这种令人愉悦的才分不是常人轻易可以拥有的。

有时候世棠也试用文言文写文章，我惊奇之余才悟到他有些地方是十分古典的。例如他爱写信。其实这一点，颇令人难以招架。古老的书信艺术不是一般人能身体力行的，因而不免让自己陷入“欠信”的不义状态。欠信不比欠债好受，尤其在世棠过去后，我每次想到自己常不回他信，就内疚不已。

近五年来我一直希望世棠做一件事，我希望他能录一卷录音带。他讲的故事那么活灵活现，他不只属于我们这个时代，下个世纪的孩子应该也有权利分享他的声音。他立刻就被说动了，也许他本来即有此意吧？

最后一个暑假，他真的走进录音室，要为孩子们讲一个故事。什么故事呢？他想起自己八岁起就极爱的故事——王尔德的《快乐王子》。五十年过去了，他坐在录音室里娓娓地复述起这故事，他的声音干净敦实，充满感情：

——但是，他还没有张开翅膀，第三滴水又落了下来，他仰起头去看，他看见——啊！他看见了什么？

快乐王子的眼里装满了泪水，泪珠沿着他的黄金的脸颊流下来。他的脸在月光里显得这么美，叫小燕子的心里也充满了怜悯。

"你是谁？"他问道。

"我是快乐王子。"

"那么你为什么哭呢？"燕子又问，"你看，你把我一身都打湿了。"

"从前我活着，有一颗人心的时候，"王子慢慢地答道，

"我并不知道眼泪是什么东西，因为我那时候住在无愁宫里，悲哀是不能进去的——"

"我觉得，他自己就是那个'快乐王子'！"他去世之后一位朋友斩钉截铁地说。

我想的确是吧，那个悲愁的快乐王子。

世棠走后我曾和他的老母亲通过电话，据她老人家说，世棠年少时曾立志当牧师，母亲以为不可，说他生性太爱说笑取闹，有所不宜。我听了不免吓一跳，因为三十多年的老友，我竟不知他当年有此心愿。当年一起长大的朋友中有几个看来特别虔诚深稳的，他们后来倒也的确不负众望做了牧师。但大家万万没有想到这位每次聚会都负责把大家肚子笑痛的一位，内心深处竟期望自己是一位驻堂牧师。

现在想来，也许他这一生所做的事都只是在实践他少年时期的梦想：他做口译员，他去新闻局、文建会，他做台湾驻英国的贸协主任，他写文章，他为孩童录音，他勤于给朋友写信并鼓励

他们，这一切全等于在牧养这个时代，在服役这些人群。他终于做了另一种意义的牧师。

世棠独居在伦敦市郊，一九九七年十二月二十六日有人还看见他，他可能死于十二月二十七日的心脏病，十二月三十日同事破门而入，才发现他已远行，得年五十九岁。死前他似乎正要出门，所以西装领带俨然，这样有尊严而不受苦的死法当然值得羡慕，悲伤的是我们这群还留在世上的朋友。谁能来跟我们再讲个笑话呢？人生的欢乐原来是这样稀少易逝，讲笑话的人一走，场子岂不立刻冷了。

什么时候，再跟我们讲个笑话吧！世棠！

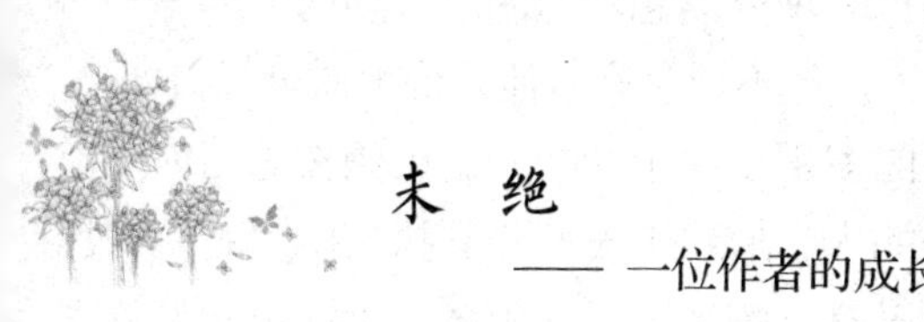

未 绝
—— 一位作者的成长

桃正红，柳正绿，风正若有若无地穿梭其间。

一只小小的乌篷船不着痕地沿水而下，小男孩坐在船里，乌黑沉静的大眼齐窗望去，望见窄窄两岸间的红桃绿柳俯身而下，心里有说不出的温柔的惊动！那一年他四岁。

小男孩的身世说来也是一奇，他祖籍辽宁，生在四川，此刻却只身被藏在苏州城郊的一座尼姑庵里。他的父亲是国际知名的地质学家，母亲是当年的少数女留学生，擅打网球。两人当时都留学日本，不意中日宣战，政府只能营救少数人才回国，父亲在名单上，而母亲不在。情急之下，她只好寄名夫妻以求回国。及至船到国内，男方家长多年来早就为独子疯狂做学问而不肯结婚一事愤恚，但人在国外，也奈何他不得。此刻由于战争，回到家人鞭长可及的地方，证件上又分明是“已婚”，怎容分说，立刻强迫两人成亲。这场弄假成真的婚姻来得很勉强。

以后几年里，两个孩子陆续出生，做母亲的倒也认了，父亲一心所想的仍是他的学术世界，一个人打着绑腿满山跑，洪荒宇宙，天玄地黄，混沌初开之日这世界究竟是何等世界？他的“地壳滑动说”至今仍被看作一项充满想象力的对大地的解释——可是，这霸气而自信的男人，他不要家庭，他只要地质世界。

一场姻缘到小男孩四岁那年终于切断，姐弟俩按着习惯归父亲，但父亲岂是养小孩的人，他终于被寄养父执家中。聪明白净的他倒也得宠，对于自己身世的悲凉所知不多，生活里却有许多可以惊奇的东西。例如，一朵红花，也能使他痴想忘情，一天就那样过去了。

而母亲却找人去把他“偷”了出来，沿长江，搭江轮，藏到苏州城去。人世间的悲苦，以及身为“没娘孩子”的种种凄凉，他此刻一概不知，知道的只是苏州城里一片好风景，其实连一片好风景他也说不上来，只知道一切都“好”。

当年苏州乌篷船里的那一场，恐怕是这半生际遇的一番幻影吧，有大悲恸，有大凄伤，却又无碍于他一片澄明的心，去领略天地间的好风好景。

终于被父亲找到，一同到了台湾，站在国语实小的办公室里，老师摸着他的头问了一句简单的“你叫什么名字？”便已使他惶急欲哭，如面临生死存亡之大关。只因为他有两个名字，一个是随父姓的名字，一个是随母姓的名字，一个六岁的小孩要在一霎时决定自己的去从，那一分钟的苦难竟如此漫长苦烈，永世难忘。

母亲也跟来台湾，想作最后的尝试，她舍不下这一儿一女，但终于没有成功。她回到大陆，留下的两件手制的绒布睡衣，给女儿的那一件内层用毛笔写“妹妹”，儿子的这一件写“弟弟”。许多年来，那是想念母亲的一线凭藉。

学期终了，他得到第十二名，他看着看着，不服气，拿走橡皮就擦，擦掉了“一”字，剩下“二”字，回家居然被父亲嘉许了一番。他这半辈子在学校里就没有得过好名次，初中没毕业，高中没毕业，艺专的毕业证书也不知塞到哪里去了。唯一凭藉的大概就是当年那种“不服气”的心情，学校可以给他第十二名，他却认定自己是第二名。

被寄养在姑妈家里，日子非常不好过。那是一个台北常有的落雨的冬夜，他十岁，姐姐和家人都睡了，他起身整理了一个小包。小包小得可怜，里面除了几件衣服以外主要是一卷白纸，他准备离家出走了。白纸是他想象中的谋生工具，他觉得自己可以卖画生活。走到门口，大狼狗迎上来，他抱着狗哭了一场，掩门去了。小小瘦瘦的身子，被街灯拉得异常孤苦无依，他艰难地走到巷口，终于折回家，钻回被窝睡觉。

出走没成功，倒是写出了一篇“大倒霉”的文章，老师当堂宣读，以后他又配上插画，弄上壁报，算是渐渐知道往哪里藏躲可以减缓挫折感。

天天挨打，理由是几代单传的男孩，不能不管。从学校借来的《水浒传》正读得兴起，早上起来却见它在地上，撕得粉碎。要命的是来不及伤心，因为首先要应付的是学术股长死催活催要他还书，而他一文不名。那种痛苦，真令人想死。

可是，读书仍然给他最大的乐趣和拯救。

读到《冯谖市义》，读到《缇萦救父》，读到《吴凤画传》、《汪跻殉国》，居然气血翻涌。而读鲁滨逊，他真的到院子里用树枝树叶搭营，想要试试野外求生。他自己找放大镜就着日光看它能否烧起纸来，他自己制标本，他在《爱迪生传》里看到这位科学家的手相，自己左对右对，竟自以为很相似……

对付姑妈他也想到了一个好办法，他凭想象把姑妈缩小，一时之间他仿佛看到她一寸寸消下去，矮下去，一直小到巴掌大，站在窗台上——不过，事情也真怪，他望着想象中站在窗台上的小姑妈，居然心里仍在害怕。

痛恨数学，因为想不通为什么需要把鸡跟兔子关在一起？以及为什么一个人要到某地，忘记某物，折回走，取了物又前行等等无聊的设计，他拒绝也搞这种“没道理的东西”。

日子也有好的一面，例如黄昏以后，当时的台北是很沉寂的，他熄灯燃烛，把大人的风衣呢帽弄来，扮演福尔摩斯及赌国仇城给表弟、表妹、邻居小孩看，那种感觉很过瘾。

隔壁人家常找孙玉鑫来说书，他坐在墙头听，听得如醉如痴，立志长大要做“说书人”，并且立刻就拿那批“基本特约观众”做实验。自己胡编的故事，居然也能把表弟、表妹弄哭。他忽然悟出一番跟希腊悲剧家所见略同的观念，亦即“把不该死的弄死，该死的且不让他死”。

因为成绩不好，留了级，从附中转建中，建中逃学更方便，对面是中央图书馆，不愁没去处。读到国父的三民主义讲词，大为倾倒，一时又正正经经地想当起政治家来，对于“说书人”一职，一时也管不了如何身兼两项大业。

仍然功课不好，但没空去伤这份脑筋，因为太忙。所谓忙是忙于画画，忙于写小说，忙着看自己找来的书，例如胡适的《中国哲学史》、朱光潜的《文艺心理学》，真是目不暇接，至于功课好不好，也就不管它了。父亲是个一板一眼的人，居然写信告诉学校不必姑息这样的学生，勒令退学算了，但他略施小计，跑到邮局，把那封信骗了出来。然后是我行我素地继续自己读书，一个人到山里去念古文，找和尚胡乱论道，偷偷参加中广的小说选播，充当个小角色，唯一的好处是因而熟读了《红楼梦》。

走过中华路，一家小馆里悬着幅于右任的字，他停下来读：

与世乐其乐，为人平不平。

看了半晌，心中洞然，他对自己说，为人一世，就拿这句话做终生志业吧！那一年他是十七岁的纤弱少年。

父亲有一天忽然说：

“你，搬出去！”

他把那句话记在心里，当下安排起来，如何走，如何谋生，如何继续读书。不久以后，父亲出国一趟，凑巧姑父也在那时去世，他帮忙料理了丧事，等父亲一回家，他当晚就走了。

“人不可以被侮辱，”他说，“虽然我走对父亲是个打击，但我还是走了。”

走到哪里去呢？和同学合租了一间两个榻榻米的阁楼，屋顶是斜的，高的地方勉强可以站身。因为没有钱交电费，电线给剪断了，只好点蜡烛过日子。当时的生计是卖煤炭、卖橘子、送报。其中干得最成功的是推销《学生周报》，曾有一天之间拉到八十二位订户的纪录，报社很惊动，竟想组织一批人交他“调教”。

他自己却淡然处之，只庆幸可以用这份刊物当枕头睡觉，当抹布擦桌椅，并且，天冷的时候，可以塞在被套里增加破棉絮的温度，麻烦的是翻身时总会弄出窸窸窣窣的声音。

当时他又立了一番小小的心愿，希望自己能从推销员变成记者就好了。

因为没有钱注册，他去找“东方夜校”的陆校长，准许他分期交学费。那年，胡适死了，他郑重地前去瞻仰遗容。想起初一逃学，在市立图书馆初读胡先生的《留学日记》，到后来读他的《中国哲学史》，心中竟是以他为老师的，这番看了遗容，也大大咧咧地跟着人群去送殡。

大专联考，数学因为做对了一题三角填充，得零点六分，四舍五入，算作一分，这一分很重要，否则其他分数不计。他进了艺专影剧科。其实不但那一分很惊险，更惊险的是他本来根本就不打算再念书了，却因一位父亲的老友吴英荃教授的怜惜，把他从阁楼生涯里抓回来，安顿在台北学苑。这一个转机带来太多幸运，影剧是他从小喜欢的东西，大学里再不逼人了，日子又重新幸福起来。随邓老师接触“俗文学”，连精神都振奋起来了。

依然穷，依然读书。

大学毕了业，他重新回去见父亲一面，住了几天依然走了，走到一个叫黎和里的地方。当年那地方鸟多人少，山屋里野鸟站在窗前叫，屋子的主人喜欢打着悠悠的调子说：“茫茫人海，随手行方便。”那句话后来一直留在他心里，变成了他自己的观念。

许多年的挫辱，使他渴望做一个强人以为补偿，可是自己身体一向又瘦弱，连打架都不肯一试的小男孩，何从逞强？“既然打不赢，当然就不打。”打人的事生平只干过一次，居然是打老师。设计好了要用橡皮筋大弹老师，却因老师走避而罢，事情的结果是留校察看。就连这生平唯一一次动手，也未得逞。读书至艺专二年级，忽一日觉得不妥，于是专程回建中去正式道歉——并不是因为发现老师是对的，只是发现自己打人是错的。

不喜欢动手的人，凭什么逞英雄呢？他想到了“动口”，至于“动笔”，好像反而是附带的事。曾有一段时间，他很以“伶牙俐齿”为荣，在文教圈里，有老一辈的四大名嘴和小一辈的四小名嘴，他是四小名嘴之一。

当年想做“说书人”，后来终于没成功。但半生以来吃的竟真的是“开口饭”，或做播音员或教书，或教洋人中国文化，他的“事业”全和嘴有关。可是，渐渐地，他开始有更深一层的领悟，与其伶牙俐齿，不如自嘲吧！人世如此无奈，何不调侃自己一番就算了？

很有“女孩子缘”，从十三岁就帮同学写情书，及至到艺专又为影剧、音乐、美术等科女孩代写作文。一向关心稿费的他对这份差事倒是不求报酬的。但交女朋友则不太顺利，一直到遇见陶晓清——那个能干洒脱而又肯温柔踏实的女孩。

当然，那其中或许也另有原因，她是苏州人，那乌篷船的记忆恍惚回来了，多么柔和的春水……及至两人结了婚，生了孩子，他偶然听妻子哼苏州小调哄小孩入睡，眼睛就不禁湿了。

和晓清在一起，一向做事拖泥带水的他忽然有了快节奏的决定，竟打算在最短期间结婚。两人一起去国际学舍听音乐会，他事先注意她那几天感冒，有些咳嗽，便藏了一盒喉片在口袋里。及至音乐进行一半，果然天从人愿，晓清咳了起来，他不动声色，把喉片塞过去，据说此事跟求婚节奏很有关系。

对陶晓清来说，这个人真令人不胜惊奇。她自己从小没淋过一次雨，天稍阴了，家里就送雨衣和雨鞋来；这个人却干脆在雨天的急雨里走，因为不喜欢学别人那样缩在檐下，因为一旦淋透了以后，也就不再怕雨了。她从小没挨一次打，他却在“不打不成器”的口号下被姑爹姑妈一人按着，一人执刑。她从来没挨过一顿饿，他却为了逃避毒打每每流连街头，三四天不回家也不吃一顿饭。她听他絮絮叨叨地说个不停，怜惜而讶异。

她的父亲惊觉起来，这年轻人是谁？初识两个月，女儿竟要嫁给他，那人不像坏人，却也不像规规矩矩剪裁合度的树，他跑到警察局要求查查此人有没有前科。

前科倒没有，被查的人不免吓出一身冷汗。但单纯可爱的准岳父，却很高兴，这人既不是坏人，大概就是好人了，把女儿给他吧！

当真没有前科吗？

从小到大，如果要照命运来说，他不断地遇到“贵人”，或者，说得更平实一点，遇见“好人”。少年穷途潦倒，沦落街头之余，跟“前科”的距离岂不只在薄纸之间？为什么总有好心的同学，同学的父亲，或者朋友，巧至朋友的亲戚——绕着弯子来帮他的忙？或一饭之恩，或一屋之庇，都及时拉了他一把。

除了人，整个社会都在拉着他。

第一个拉着他的是书。父子虽然缘薄，但知识世界的真诚无伪却是他自幼熟知的。知识是权力，知识是尊严，知识有其永恒不移的确凿性，而身为读书人，自有其放眼天下的规模气度。这一点，对他而言，无论如何颠沛失所，却是死不能忘的真理。

第二个拉着他的是全社会的人所共同经营出来的一种氛围。例如小时候坐火车转汽车再加走路，到一个住在穷乡僻壤的同学家去玩，没想到同学家极穷，泥草和的墙，胡乱拼凑的家具，一切简陋至极。奇怪的是看到远方小客人来了，竟也揖让有度，菜虽简而不怠，礼虽少而不慢，笑谈之间绝无寒俭气。他暗自吃惊，原来文化就是一种使人可以穷得如此彻底而不失其尊严的东西。又例如当兵在蚵仔寮，见渔人生涯的朴拙勤苦，其中有一份无言的大定力，令人惶愧不敢不自振。甚至像左营路边一个卖鸭肉面的宵夜摊子，竟也题上“爱晚亭”那么美丽的名字，使人感到虽身为市井之人，亦有其无所不在的诗情。或如静夜里墙头危坐，闲听隔壁人家在院子里说书，五千年讲不完的忠孝节义……

所谓没有前科，岂真是自己有什么过人之处，是整个民族文化的大磁场吸住了吧？

要结婚了，竟自庄严正经起来，前去见老父。两个倔强的灵魂乖隔多年，此刻做儿子的为了不让岳父生疑，前去请父亲主婚，心甘情愿地委曲求全。意外的是那终生与石头为伍的老人竟因婚讯而大喜，他兴冲冲地跑去借薪水，为儿子媳妇买家具，又送了一只雷达表给媳妇做见面礼，外加一部照相机。

十二月，轻寒的梨山，早起的新郎摘了满满一大抱红叶。新娘醒来，一枕火灼灼的忘不掉的颜色，多年以后他们还把红叶的拓片当圣诞卡寄给朋友。

然后，是努力做一个播音员，一度也主持“早晨的公园”，不是当年的说书人，然而，也算另一番说书吧？

母校艺专请他去教书，教了几年，竟做起广电科主任来。

当年读不惯教科书而又不擅打架的小男孩现在教起“语意学”和“口头传播”来，当年的贫穷、赤裸和剥夺铸成了自卑，而自卑又复升华成对自我尊严的要求，他钻研跟“讲道理”有关的学问，并且把跟“道理”有关的种种讲得鞭辟入里，使学生颠倒倾服。他穿干净的长衫，或西装。利落的表情，精纯的声音，不说一句废话，曾经失去的尊严，他要一点点认真地重建起来，他做到了。

写作对他而言几乎是一种把说话加以记录的“话本”，他可以算是一个对语言着迷的人。和说话的条畅自如不同，他的写作是认真而出手迟缓的，其辛辣冷隽处，不让林语堂。例如论演讲，有如下的片段：

> 忘记是谁的一篇文章里提到，演说是二十世纪人类一大发明，这话我不同意。演说可以是人类的一大发明，却不一定要到二十世纪才有。把一大群人唤到跟前听自己演说，是多么过瘾的事！人类不会笨到等了几千年甚至几万年，才会发现这种价廉物美的享受。

又写生活中贸然撞人的一只野猫，在种种冲突矛盾，穷追死赶之余，终于心慈手软下不了手的曲折：

> 一只野跛猫，跟另一只猫风流之后，毫不犹豫地负起了事后一切沉重的责任。它没有咬牙切齿地露出悲壮，也不哀鸣，只是极其平静地接受了自然的律则，它也真有它的！
>
> “只有两只吗？”
>
> “没见它再叨来。”
>
> 我用脚指头拨弄着空空的铝盘子：“买点猫食吧，先喂几天。”声音软弱得不像是我的。
>
> “已经买了。”太太轻描淡写地回答，宁静得如一尊菩萨。

当然，行年渐长，哲学意味是免不了的，在一篇谈“瓶”的文章里，他说遍各种瓶子，忽然笔锋一转：

有一次，我住在日月潭，清晨起身，沿潭散步，此时潭水与天色碧蓝如海，晨曦自天际浮云中隐隐透出，水面上一阵阵薄雾疾逝而去，山树在昏濛中也是一片墨绿。这时我但觉自己置身天地的大瓶子里，通体也染上了湛蓝，除了悚然惊慑于如此的苍凉外，不觉也有几分悲哀，想到茫茫大千，实际上也不过是一个我们永远跳不出去的瓶子。

令人思之味之，欣然神会中亦有其怅然。

他的散文为他带来了中山文艺的散文奖。

有一方父亲使用了三十年的方砚，他曾有意要来作为结婚礼物，但略一犹疑，想再过一个礼拜开口不迟，不意第二周砚台竟消失了。原来父亲的一位故旧来访，见到是故乡水岩所制，一时乡心大动，父亲便慨然相赠了，他只能怅怅跌足。

三年前，父亲撒手而去。

和在大陆上的母亲联络上，她托人带了两锭古墨来，黑沉粗巧，淡淡的玄色的芬芳。他想起多年前内侧写着“弟弟”的那件柔软的绒布睡衣，然而，又能如何呢？一别三十年，虽被朋友说成名嘴，一时也竟无言了。如果当年把父亲的方砚要来就好了，桌上如果能有父亲的砚和母亲的墨也算一场小小的补偿性的聚合，然而，毕竟那方砚也流入茫茫人海里去了。

终于懂得释然，懂得感谢，懂得珍惜。他为自己修了个年谱，自己加了段话：

> 与朋友交，每多任情任性，偕妻儿处，复得相让相忍。困厄快意相参半，有事无事尽平安，天固未绝我，亲友陌路尤未绝我，若有数则命好，无则天地人群好。料此生无以为报，唯愿不弃绝于君子，得徜徉于大化。

走着走着，他仿佛又复是当年苏州城中乌篷船里看桃花的小男孩，人世间一片好风好水，沉静的大黑眼睛放心地望着一程一程的波光，一程一程的歌声和橹声，有土的地方便有路，有水的地方便有船，人生，还能再求什么呢？

后记：也许，读完了长长的故事你会忽然想起一件事——他，故事中的主角，叫什么名字？他叫马国光，笔名叫亮轩。当然，他还有其他笔名，甚至，他也有另外的“本名”（当年母亲给的），但这一切都不重要，重要的是那人结实而顶真地活了过来，在人世的霜寒和春风里。

念你们的名字

孩子们，这是八月初的一个早晨，美国南部的阳光舒迟而透明，流溢着一种让久经忧患的人鼻酸的、古老而宁静的幸福。助教把期待已久的发榜名单寄来给我，一百二十个动人的名字，我逐一地念着，忍不住覆手在你们的名字上，为你们祈祷。

在你们未来漫长的七年医学教育中，我只教授你们八个学分的国文，但是，我渴望能教你们如何做一个人——以及如何做一个中国人。

我愿意再说一次，我爱你们的名字，名字是天下父母满怀热望的刻痕，在万千中国文字中，他们所找到的是一两个最美丽、最醇厚的字眼——世间每一个名字都是一篇简短质朴的祈祷！

“林逸文”、“唐高骏”、“周建圣”、“陈震寰”，你们的父母多么期望你们是一个出类拔萃的孩子。“黄自强”、“林进德”、“蔡笃义”，多少伟大的企盼在你们身上。“张鸿仁”、“黄仁辉”、“高泽仁”、“陈宗仁”、“叶宏仁”、“洪仁政”，说明了儒家传统对仁德的向往。“邵国宁”、“王为邦”、“李建忠”、“陈泽浩”、“江建中”，显然你们的父母曾把你们奉献给苦难的中国。“陈怡苍”、“蔡宗哲”、“王世尧”、“吴景农”、“陆恺”，含蕴着一个古老圆融的理想。我常惊讶，为什么世人不能虔诚地细味另一个人的名字？为什么我们不懂得恭敬地省察自己的名字？每一个名字，无论雅俗，都自有它的哲学和爱心。如果我们能用细腻的领悟力去叫别人的名字，我们便能学会更多的互敬互爱，这世界也可以因此而更美好。

这些日子以来，也许你们的名字已成为乡梓邻里间一个幸运的符号，许多名望和财富的预期已模模糊糊和你们的名字联在一起，许多人用钦慕的眼光望着你们，一方无形的匾已悬在你们的眉际。有一天，医生会成为你们的第二个名字，但是，孩子们，什么是医生呢？一件比常人更白的衣服？一笔比平民更饱涨的月入？一个响亮荣耀的名字？孩子们，在你们不必讳言的快乐里，抬眼望望你们未来的路吧！

什么是医生呢？孩子们，当一个生命在温湿柔韧的子宫中悄然成形时，你，是第一个宣布这神圣事实的人。当那蛮横的小东西在尝试转动时，你是第一个窥得他在另一个世界的心跳的人。当他陡然冲入这世界，是你的双掌接住那华丽的初啼。是你，用许多防疫针把成为正常的权利给了婴孩。是你，辛苦地拉动一个初生儿的船纤，让他开始自己的初航。当小孩半夜发烧的时候，你是那些母亲理直气壮打电话的对象。一个外科医生常像周公旦一样，是一个简单的午餐中三次放下食物走入急救室的人。有时候，也许你只须为病人擦一点红汞水，开几颗阿斯匹林，但也有时候，你必须为病人切开肌肤，拉开肋骨，拨开肺叶，将手术刀伸入一颗深藏在胸腔中的鲜红心脏。你甚至有的时候必须忍受眼看血癌吞噬一个稚嫩无辜的孩童而束手无策的裂心之痛！一个出名的学者来见你的时候，可能只是一个脾气暴裂的牙痛病人；一个成功的企业家来见你的时候，可能只是一个气结的哮喘病人；一个伟大的政治家来见你的时候，也许什么都不是，他只剩下一口气，拖着一个中风后的瘫痪的身体；挂号室里美丽的女明星，或者只是一个长期失眠、神经衰弱、有自杀倾向的患者——你陪同病人经过生命中最黯淡的时刻，你倾听垂死者最后的一声呼吸，探察他最后的一次心跳。你开列出生证明书，你在死亡证明书上签字，你的脸写在婴儿初闪的瞳仁中，也写在垂死者最后的凝望里。你陪同人类走过生、老、病、死，你扮演的是一个怎样的角色啊！一个真正的医生怎能不是一个圣者?

事实上，作为一个医者的过程正是一个苦行僧的过程，你需要学多少东西才能免于自己的无知，你要保持怎样的荣誉心才能免于自己的无行，你要几度犹豫才能狠下心拿起解剖刀切开第一具尸体，你要怎样自省才能在千万个病人之后免于职业性的冷静和无情。在成为一个医治者之前，第一个需要被医治的，应该是我们自己。在一切的给予之前，让我们先成为一个“拥有”的人。

孩子们，我愿意把那则古老的“神农氏尝百草”的神话再说一遍，《淮南子》上说：“古者民茹草饮水，采树木之实，食蠃蜷之肉，时多疾病毒伤之害，于是神农乃始教民播种五谷，相土地，宜燥湿肥硗高下，尝百草之滋味，水泉之甘苦，令民知所辟就，当此之时，一日而遇七十毒。”

神话是无稽的，但令人动容的是一个行医者的投入精神，以及那种人饥己饥、人溺己溺、人病己病的同情。身为一个现代的医生当然不必一天中毒七十余次，但贴近别人的痛苦，体谅别人的忧伤，以一个单纯的“人”的身份，恻然地探看另一个身罹疾病的“人”，仍是可贵的。

记得那个“悬壶济世”的故事吗?“市中有老翁卖药，悬一

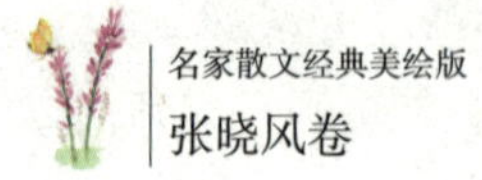

壶于肆头，及市罢，辄跳入壶中，市人莫之见。”——那老人的药事实上应该解释成他自己。孩子们，这世界上不缺乏专家，不缺乏权威，缺乏的是一个“人”，一个肯把自己给出去的人。当你们帮助别人时，请记得医药是有时而穷的，唯有不竭的爱能照亮一个受苦的灵魂。古老的医术中不可缺的是“探脉”，我深信那样简单的动作里蕴藏着一些神秘的象征意义，你们能否想象用一个医生敏感的指尖去探触另一个人脉搏的神圣画面。

因此，孩子们，让我们怵然自惕，让我们清醒地推开别人加给我们的金冠，而选择长程的劳瘁。诚如耶稣基督所说：“非以役人，乃役于人。”真正伟人的双手并不浸在甜美的花汁中，它们常忙于处理一片恶臭的脓血。真正伟人的双目并不凝望最翠拔的高峰，它们常低俯下来察看一个卑微的贫民的病容。孩子们，让别人去享受“人上人”的荣耀，我只祈求你们善尽“人中人”的天职。

我曾认识一个年轻人，多年后我在纽约遇见他，他开过计程车，做过跑堂，用过各式各样的生存手段——他仍在认真地念社会学，而且还在办杂志。一别数年，恍如隔世，但最安慰的是当我们一起走过曼哈顿的市声，他无愧地说：“我还抱持着我当年那一点对人的开怀，对人的好奇，对人的执着。”其实，不管我们研究什么，可贵的仍是那一点点对人的诚意。我们可以用赞叹的手臂拥抱一千条银河，但当那灿烂的光流贴近我们的前胸，其中最动人的音乐仍是一分钟七十二响的雄浑坚实如祭鼓的人类的心跳！孩子们，尽管人类制造了许多邪恶人体还是天真的、可尊敬的、奥秘的神迹。生命是壮丽的、强悍的，一个医生不是生命的创造者——他只是协助生命神迹保持其本然秩序的人。孩子们，请记住，你们每一天所遇见的不仅是人的“病”，也是病的“人”，是人的眼泪、人的微笑、人的故事，孩子们，这是怎样的权利！

长窗外是软碧的草茵，孩子们，你们的名字浮在我心中，我浮在四壁书香里，书浮在暗红色的古老图书馆里，图书馆浮在无际的紫色花浪间，这是一个美丽的校园。客中的岁月看尽异国的异景，我所缅怀的仍是台北三月的杜鹃。孩子们，我们不曾有一个古老幽美的校园，我们的校园等待你们的足迹使之成为美丽。

孩子们，求全能者以广大的天心包覆你们，让你们懂得用爱心去托住别人。求造物主给你们内在的丰富，让你们懂得如何去分给别人。某些医生永远只能收到医疗费，我愿你们收到的更多——我愿你们收到别人的感念。

念你们的名字，在乡心隐动的清晨。我知道有一天将有别人念你们的名字，在一片黄沙飞扬的乡村小路上，或是曲折迂回的荒山野岭间，将有人以祈祷的嘴唇，默念你们的名字。

诗课

诗　课

花开花落僧贫富，云去云来客往还。

各位同学：

黑板上写的一副郑板桥的对子，是他为一所寺庙题的。可是这副对子是什么意思呢？谁能回答我？好，这个同学，你说：

“花开了，花落了，僧人有时候有钱，有时候又穷了；云来了，云去了，客人有时候来，有时候又走了。”

你们大家想，这样的解释对不对呢？还有没有人有别的意见？好，你说：

“花开花落是无常的，正如僧人时贫时富。云来云往也不一定，就像客人来去无凭。”

这样算不算解释了这副对联？不，这副联还没有解出来。其实，中国韵文的句子因为短，有时候不免很简略，简略到一般人不容易看懂的地步。下面我稍微揭示一下，相信你们就会懂。这句子应该这样说：

住在寺中的僧人啊也有他暴富和赤贫的时候
每季花开，他简直富裕得像暴发户
但是花一萎谢，他又一无所有了
至于他的交游对象呢
喔，他倒是有一群叫云的好朋友呢
云来云去也就是好友的一番酬酢应对了

从句法上来说，如果我们把原句再加一两个字，变成像散文一样，就很容易明白了：

花开花落乃是僧之贫富，云去云来可谓客之往还。

但是诗句宜简洁，只能靠自己去体会，不能像散文说得那么清楚。

可是说到这里，郑板桥的句子是不是十分清楚了呢？还不然。如果真要懂得这个句子，还应该对古人其他的诗文稍稍了解一些才好。事实上，把云雾和山僧野叟写在一起，是中国诗人非常喜欢的做法；至于把花跟钱联想到一起，也是中国诗人非常雅致的尝试。例如宋朝诗人杨万里就有一首题为《戏笔》的诗：

野菊荒苔各铸钱，金黄铜绿两争妍。
天公支予穷诗客，只买清愁不买田。

多么可爱的一首小诗，翻成现代诗也挺不错：

秋天来了

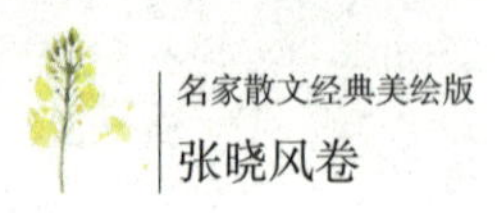

野菊花和青苔各自开起铸币厂来啦
野菊负责铸艳黄色的金币
青苔制造的却是生了绿锈的铜币
大把的铜币和金币就如此撒满了秋原，彼此竞艳啊
这种钱是上帝送给穷诗人的
但拥有这堆钱币的诗人买到了什么呢
他只买到秋来的清愁
而不曾买到房地产

另外元曲里“又不颠，又不仙，拾得榆钱当酒钱”的句子也饶有趣味。榆钱其实是榆树的种子，春天里会“舞困榆钱自落”。在北方，春荒的时候，穷人把榆钱拌些面粉蒸来吃。由于它圆圆的，的确像钱币，所以人人都叫它榆钱。刚才那首散曲说得很动人：

如果我疯癫了
那么当然可以拿榆钱付酒钱
如果我成了仙了
一点指之间榆钱自可化金币
但现在我是个常人
居然也糊里糊涂从口袋里掏出一枚榆钱
自以为是钱币就要去付酒钱了呢

这样看来，把花木和钱联想在一起，倒也是个很有渊源、很有来历的想法呢！

至于云呢，由于中国山区地带湿度比较大，所以中国的山景在情境上和欧洲的山景是不同的。瑞士的山景，由于气候晴爽，线条刚烈清晰，中国的山却是云来雾往、烟锁岚封的。国画里的山每每在虚无缥缈间躲迷藏。如果你游过这样的山，如果你看过这样的国画，再来了解郑板桥的句子，就一点儿也不难了。

唐诗“松下问童子，言师采药去。只在此山中，云深不知处”应该是大家熟悉的。另外还有一首唐代僧人所写的七绝，应该更能表达这种情感：万松岭上一间屋，老僧半间云半间。三更云去做行雨，回头方羡老僧闲。

这首诗真不得了，老僧和云之间简直成了 roommate（指同租一间房的“室友”）了。中国诗里一向把人云的关系写得很亲密。

了解这一点，郑板桥的联句虽然别致新鲜，倒也非常隶属传统的诗情。

解释一个联句，我们竟花了半小时。其实，我说得还不够多，应该还要再说它的平仄声调才对。花一小时讲两句对联绝不过分，但是今天到此为止。我只希望你们了解，小小的一句诗也是包藏着层层诗心的啊！不要轻易忽略过去，好好地读一遍读两遍读三遍，慢慢体会它，它会报偿你，向你展示它繁复多叠的美丽。

后记：这是我的一堂演讲的记录稿，由于敝帚自珍的心情而保留下来了。

错　误
——中国故事常见的开端

在中国，错误不见得是一件坏事，诗人愁予有首诗，题目就叫《错误》，末段那句“我达达的马蹄是美丽的错误”四十年来像一支名笛，不知被多少嘴唇呜然吹响。

《三国志》里记载周瑜雅擅音律，即使酒后也仍然轻易可以辨出乐工的错误。当时民间有首歌谣唱道：“曲有误，周郎顾”，后世诗人多事，故意翻写了两句：“欲使周郎顾，时时误拂弦”，真是无限机趣，描述弹琴的女孩贪看周郎的眉目，故意多弹错几个音，害他频频回首。风流俊赏的周郎哪里料到自己竟中了弹琴素手甜蜜的机关。

在中国，故事里的错误也仿佛是那弹琴女子在略施巧计，是善意而美丽的——想想如果不错它几个音，又焉能赚得你的回眸呢？错误，对中国故事而言有时几乎成为必须了。如果你看到《花田错》。《风筝误》或《误入桃源》这样的戏目不要觉得古怪，如果不错它一错，哪来的故事呢！

有位德国戏剧家布莱希特写过一出《高加索灰阑记》，不但取了中国故事做蓝本，学了中国京剧表演方式，到最后，连那判案的法官也十分中国化了。他故意把两起案子误判，反而救了两造婚姻，真是彻底中式的误打误撞，而自成佳境。

身为一个中国读者或观众，虽然不免训练有素，但在说书人的梨花简嗒然一声敲响或书页已尽正准备掩卷叹息的时候，不免悠悠想起，咦？怎么又来了，怎么一切的情节，都分明从一点点小错误开始？

我们先来说《红楼梦》吧，女娲炼石补天，偏偏炼了三万六千五百零一块。本来三万六千五百是个完整的数目，非常精准正确，可以刚刚补好残天。女娲既是神明，她心里其实是雪亮的，但她存心要让一向正确的自己错它一次，要把一向精明的手段错它一点。“正确”，只应是对工作的要求，“错误”，才是她乐于留给自己的一道难题，她要看看那块多余的石头，究竟会怎么样往返人世，出入虚实，并且历经情劫。

就是这一点点的谬错，于是大荒山无稽崖青埂峰下，便有了一块顽石，而由于有了这块顽石，又牵出了日后的通灵宝玉。

整一部《红楼梦》，原来恰恰只是数学上三万六千五百分之一的差误而滑移出来的轨迹，并且逐步演化出一串荒唐幽渺的情节。世上的错误往往不美丽，而美丽又每每不错误，唯独运气好碰上“美丽的错误”才可以生发出歌哭交感的故事。

《水浒传》楔子里的铸错则和希腊神话《潘多拉的盒子》有些类似，都是禁不住好奇，去窥探人类不该追究的奥秘。

但相较之下，洪太尉“揭封”又比潘多拉“开盒子”复杂得多。他走完了三清堂的右廊尽头，发现了一座奇特神秘的建筑：门缝上交叉贴着十几道封纸，上面高悬着“伏魔之殿”四个字，据说从唐朝以来八九代天师每一代都亲自再贴一层封条，锁孔里还灌了铜汁。洪太尉禁不住引诱，竟打烂了锁，捞了封条，踢倒大门，

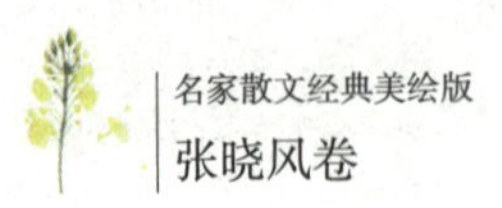

撞进去掘起石碣，搬走石龟，最后又扛起一丈见方的大青石板，这才看到下面原来是万丈深渊。刹那间，黑烟上腾，散成金光，激射而出。仅此一念之差，他放走了三十六座天罡星和七十二座地煞星，合共一百零八个魔王……

《水浒传》里一百零八个好汉便是这样来的。

那一番莽撞，不意冥冥中竟也暗合天道，早在天师的掐指计算中——中国故事至终总会在混乱无秩里找到秩序。这一百零八个好汉毕竟曾使荒凉的年代有一腔热血，给邪曲的世道一副直心肠。中国的历史当然不该少了尧舜孔孟，但如果不是洪太尉伏魔殿那一搅和，我们就要失掉夜奔的林冲或醉打出山门的鲁智深，想来那也是怪可惜的呢！

洪太尉的胡闹恰似顽童推倒供桌，把袅袅烟雾中的时鲜瓜果散落一地，遂令天界的清供化成人间童子的零食。两相比照，我倒宁可看到洪太尉触犯天机，因为没有错误就没有故事——而没有故事的人生可怎么忍受呢？

一部《镜花缘》又是怎么样的来由？说来也是因为百花仙子犯了一点小小的行政上的错误，因此便有了众位花仙贬入凡尘的情节。犯了错，并且以长长的一生去截补，这其实也正是大部分的人间故事吧！

也许由于是农业社会，我们的故事里充满了对四时以及对风霜雨露的时序的尊重。《西游记》里的那条老龙王为了跟人打赌，故意把下雨的时间延后两小时，把雨量减少三寸零八点，其结果竟是惨遭斩头。不过，龙王是男性，追究起责任来动用的是刑法，未免无情。说起来女性仙子的命运好多了，中国仙界的女权向来相当高涨，除了王母娘娘是仙界的铁娘子以外，众女仙也各司要职。像“百花仙子”，担任的便是最美丽的任务。后来因为访友下棋未归，下达命令的系统弄乱了，众花在雪夜奉人间女皇帝之命提前齐开。这一番“美丽的错误”引致一种中国仙界颇为流行的惩罚方式——贬入凡尘。这种做了人的仙即所谓“谪仙”（李白就曾被人怀疑是这种身份）。好在她们的刑罚与龙王大不相同，否则如果也杀砍百花之头，一片红紫狼藉，岂不伤心！

百花既入凡尘，一个个身世当然不同，她佻侻美丽，不苟流俗，各自跨步走向属于她们自己的那一番人世历程。

这一段美丽的错误和美丽的罚法都好得令人艳羡称奇！

从比较文学的观点看来，有人以为中国故事里往往缺少叛逆英雄。像宙斯，那样弑父自立的神明，像雅典娜，必须拿斧头砍开父亲脑袋自己才跳得出来的女神，在中国是不作兴有的。就算捣蛋精的哪吒太子，一旦与父亲冲突，也万不敢“叛逆”，他只能“剔骨剜肉”以还父母罢了。中国的故事总是从一件小小的错误开端，诸如多炼了一块石头，失手打了一件琉璃盏，太早揭开坛子上有法力的封口（关公因此早产，并且终生有一张胎儿似的红脸）。不是叛逆，是可以谅解的小过小犯，是失手，是大意，是一时兴起或一时失察。“叛逆”太强烈，那不是中国方式。中国故事只有“错”，而“错”这个字既是“错误”之错也是“交错”之错，交错不是什么严重的事，只是两人或两事交互的作用——在人与人的盘根错节间就算是错也不怎么样。像百花之仙，待历

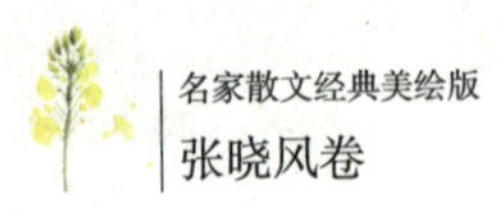

经尘劫回来，依旧是仙，仍旧冰清玉洁馥馥郁郁，仍然像掌理军机令一样准确地依时开花。就算在受刑期间，那也是一场美丽的受罚，她们是人间女儿，兰心蕙质，生当大唐盛世，个个“纵其才而横其艳”，直令千古以下，回首乍望的我忍不住意飞神驰。

年轻，有许多好处，其中最足以傲视人者莫过于“有本钱去错”。年轻人犯错，你总得担待他三分——

有一次，我给学生订了作业，要他们每人念几十首诗，录在录音带上缴来。有的学生念得极好，有的又念又唱，极为精彩，有的却有口无心。苏东坡的“一年好景君须记，正是橙黄橘绿时”，不知怎么回事，有好几个学生念成“一年好景须君记”。我听了，一面摇头莞尔，一面觉得也罢，苏东坡大约也不会太生气。本来的句子是“请你要记得这些好景致”，现在变成了“好景致得要你这种人来记”，这种错法反而更见朋友之间相知相重之情了。好景年年有，但是，得要有好人物来记才行呀！你，就是那可以去记住天地岁华美好面的我的朋友啊！

有时候念错的诗也自有天机欲泄，也自有密码可索，只要你有一颗肯接纳的心。

在中国，那些小小的差误，那些无心的过失，都有如偏离大道以后的岔路。岔路亦自有其可观的风景，“曲径”似乎反而理直气壮地可以“通幽”。错有错着，生命和人世在其严厉的大制约和惨烈的大叛逆之外也何妨采中国式的小差错小谬误或小小的不精确。让岔路可以是另一条大路的起点，容错误是中国式故事里急转直下的美丽情节。

地 篇

据说，古时的地字，是用两个土字为基本结构，而土字写作“[illegible]”。猛一看，忍不住怦然心跳，差不多觉得仓颉造了个“有声音效果的字”，仿佛间只见宇宙洪荒，天地蒙涌，一片又小又翠的叶子中气十足，迸的一声窜出地面，人类吓了一跳，从此知道什么叫土地。

《尔雅》——一本最古老的字典——上面说：“地，底也，其体底下，载万物也。”看着，看着，开始不服气起来，分明是一本文字学的书嘛，怎么会如此像诗，把地说成最低最低的万物承载的摇篮，把地说成了人类的“底子”，世上还有比这更好的解释吗?

终于想通了，文字学家和诗人是一种人，一种叽叽呱呱跟在造物身后不停地指手画脚，企图努力向人解释的人。

在中国语言里，大地不但是有生命的，而且有的还非常具体。

譬如说“地毛”，地竟被看作是毛发青盛的，地难道是一个肌肤实突的少年男子吗？而“地毛”指的是一些“莎草”。下一次，等我行过草原，我要好好地看一下大地的汗毛。

地也有耳，“地耳”指的是一种菌类，大略和木耳相似吧？大地的耳朵，它倚侧着想听些什么呢？是星辰的对位？还是风水的和弦？

吃木耳的时候，我想我吃下了许多神秘的声音。

另外有一种松茸，圆圆的叫“地肾”，奇怪，大地可以不断地捐赠肾而长出新的来。

有一种红色的茜草叫作“地血”，传说是人血所化生，想起来悸怖中又有不自禁的好奇和期待。有一天，竟会有一株茜草是另一种版本的我，属于我的那株茜草会是怎样的红？殷忧的浓红？浪漫的水红？郁愤的紫红？沉实的棕红？抑或是历历不忘的斑红？孰为我？我为孰？真令人取决不下。

“地肺”是什么？有时候指的是山，有时候指的是水中的浮岛。在江苏、在河南、在陕西，都有地方叫“地肺”，不管是以山或以岛为肺叶，吐纳起来都是很过瘾的吧？

“地骨”同时指石头和枸杞，把石头算作骨骼是很合理的，两者一般的嵚崎磊落。喜欢石头的人都可以把自己看作“摸骨专家”，可以仔细摸一摸大地的支架。可是把枸杞认作“地骨”却不免令人惊奇，想来石头作“地骨”取的是“写实派”手法，枸杞作“地骨”应是“象征派”手法。枸杞是一种红色颗粒的补药，大概服食后可以让人拥有大地一般的体魄吧！枸杞也叫“地筋”，不管是“大地之筋”或“大地之骨”，我总是宁可信其有。

“地脂”是一篇道家的故事，据说有人偶然遇见，偶然试擦在一位老人的脸上，老人的皱纹顿时平滑如少年。世上有多少青春等待唤回，昨夜微霜初渡河，今晨的秋风里凋了多少青发？我们到何处去寻故事中的“地脂”呢？

“地脉”指的是河流，想来必是黄河动脉，长江静脉吧？至于那些夹荷带柳的小溪应该是细致的微血管了。这样看来喜马拉雅真该是大地的心脏了，多少血脉附生在它身上！只是有时想来又令人不平，如果河川是血脉，血脉可不可以是河流呢？侧耳听处，哪一带是黄河冰澌？哪一带是钱塘浙潮？究竟是人在江湖？还是江湖在人？今宵可否煮一壶酒，于血波沸扬处听故园的五湖三江？

“地脊”几乎是一则给小孩猜的谜语，一看就知道是指山。山是多峥嵘秀拔的一副脊椎骨啊！永不风湿，永不发炎地挺在那里，是有所承当、有所负载的脊梁。

地也有嘴，“地喙”指的是深渊，听说西域龟兹国的音乐是君臣静坐于高山深谷之际，听松涛相激，动静相生，虚实相荡而来。如果山是竹管，深渊便是凿陷的孔，音乐便在竹管的“有”与孔穴的“无”之间流泻出来。如果深渊是大地之口，那该是一张启发了人间音乐的口。

所有的民族都毫无选择地必须敬爱大地，但在语汇里使大地有血脉有骨肉，有口有耳有脊骨的，恐怕只有中国人吧。大地的众子中如果说我们中国人最爱她，应该并不为过吧！

除了在语言里把大地看作有位格有肢体的对象，其他中国语

言里令人称奇的跟大地有关的语汇说也说它不完!

“地味”两字令人引颈以待，急着想知道究竟说的是什么。原来是指天地初生，地涌清泉的那份甘洌，听来令人焦灼艳羡，恨不得身当其时，可以贪心连捞它三把，一掬盥面，一掬餍渴，一掬清心。

“地丁”也颇费猜，千想万想却没想到居然是指野花蒲公英，真是好玩。“地丁”是什么意思?写《本草纲目》的李时珍也说不清楚，我只好将之解释为大地的小守卫兵，每年看到蒲公英，我忍不住窃然自喜，和它们相对瞬目:“喂!我知道你是谁，你们这些又忠心又漂亮的小卫兵，你们交班交得多么好看，你们把大地守卫得多么周密，你们是唯一没有刀没有枪的小地丁。”那些家伙在阳光下显出好看的金头盔，却假装没听见我说话，对了，我不该去逗它们的，它们正在正正经经地站岗呢!

“地珊瑚”其实就是藤，算来该是一种绿色种的变色珊瑚了。世上的好事好物太多，有时不免把词章家搞糊涂了，不知该用什么去形容什么，应该说“好风如水”呢，还是该说“好水如风”呢?应该说“人面如花”呢，还是说“花似人面”呢?“江山如画”和“画如真山真水”哪一个更真切?而我一眼看到“地珊瑚”虽觉清机妙趣盈眉而来，却也不免跃跃然想去叫珊瑚一声“海藤”。

“地龙子”指的是蚯蚓，听来令人简直要扑嗤一笑，那么小小的蠕虫，哪能担上那么大的龙的名头!但仔细一想，倒觉得“地龙子”比天龙可爱踏实多了。谁曾看过天龙呢?地龙却是人人看过的，人生一世果能土里来土里去像一只蚯蚓，不见得就比云里来雨里去的龙为差。蚯蚓又叫“地蝉”，这家伙居然又善鸣，不太能想像一只像植物一样活在泥土里的动物怎么开口唱歌。可是每次在乡下空而静的黄昏，大地便是一棵无所不载的巨树，响亮的鸣声单纯地传来，乍然一听，只觉土地也在悠悠唱起开天辟地的老话头来。

“地行仙”常常是老寿星的美称，仙人中也许就该数这种仙人最幸福，餐霞饮露何如餐谷饮水？第一次看一位长辈写“天马行地”四个字，立觉心折。俗话常说“云泥之别”，其实云不管多高多白，终有一天会脱胎成雨水，会重入尘寰，会委身泥土而浑然为一。求仙是可以的，但是，就做这种仙吧！

“地货”是商业上的名词，一切的蔬菜、水果，萝卜、山芋、荸荠全在内。我有时想开一家地货行，坐拥南瓜的赤金、菜瓜的翡翠以及茄子的紫晶，门口用敦敦实实的颜体写上“地货行”三个大字——想着想着，事情就开始实在而具体起来，仿佛已看见顾客伸手去试敲一只大西瓜，而另一个正在捏着一只吹弹得破的柿子，急得我快要失口叫了起来。

“地听”一词是件不可思议的军事行动，办法是先掘一个深深的坑，另外再准备一个土瓮，瓮用薄皮封了口，看来有点像鼓。人抱着这种“鼓瓮”躲在地坑里，敌人如果想挖地道来袭，瓮就会发出声音。这虽然是战争的故事、生死攸关的情节，可是听来却诗意盎然。又有一种用皮做的“胡禄”，人躺在地下把它当枕头枕着，也可以远远听到行军之声。大地到底怎么回事？怎么会有这么多神奇？

“舆地”两字是童话也是哲学，中国人一向有“天为盖，地以载”的观念，大地是用来载人的。但是，哪一种载法呢？中国人选择了“车子”的形象，大地一下子变成一辆娃娃车，载着历世历代的人类，在茫茫宇宙中稳然前行。我想到神往处，恨不得纵身云外，把这可爱的、以万木为流苏、以千花为璎珞的娃娃车（而且是球形的，像灰姑娘赴王子晚宴所乘的那一辆），好好地看个饱。

“地银”指的是月光下闪亮发光的河流，“地镜”也类同，指湖泊水塘。生平不耐烦对镜，也许大千世界有太多可观可叹可喜可酰之景，总觉对镜自赏是件荒谬的事。但有一天，当我年老，我会静静地找到一方镶满芳草的泽畔，低下头来，梳我斑白的头发，在水纹里数我的额纹。那时候，我会看见云来雁往，我会看见枯荷变成莲蓬，莲子复变成明夏新叶，我会怔怔然地望着大地之镜，求天地之神容许我在这一番大鉴照中看见自己小小如戏景的一生，人生不对镜则已，要对，就要对这种将朝霞夕岚岁月年华一并映照的无边无际的大镜。

人　日

一年三百三十五天，其中不免有些是节日。说到节日，就立刻有民族之分。天下各族，有人爱泼水节，有人爱对着月亮吃甜饼，有人爱叫小孩晚上扮鬼去讨糖吃……

我要说的是，有个民族定了一天叫“人日”。“人日”？是“人权日”吗？不是，没那么正经八百，就只是“人的日子”。人日是哪一天呢？是农历正月初七，刚过完年，第七天。哦，你大概知道了，这是老中的节日。但是，为什么我不说它是汉人的节日呢？因为我对它的“汉成分”有点怀疑，它的资料见于《荆楚岁时记》，听起来不是“高尚黄河流域”的产物，比较是属于“新兴长江流域南蛮子”的勾当。此书写于五、六世纪间，作者宗懔本身虽是河南人，却以“外省人”的身份住在湖北，那是北人南走的时代，他兴味盎然的记录人日这一天的民间活动：

第一，把七种青菜煮成蔬菜汤。

第二，用剪刀剪丝绸为人形，用小刀缕金箔为人形贴在屏风上为装饰。

第三，这些装饰也可以戴在头上。

第四，做些“华胜”彼此相赠。“华胜”等于“花胜”，其实也等于“人胜”，温庭筠在花间词的第二首词便有“人胜参差剪”之句。

第五，登高赋诗。

这个风俗，唐人宋人诗中常提起，宋代学者和清代学者也一再提起，这个属于南方族群的节日看来已纳入全体华人体系。我喜欢这个节日的另一个理由是“人日”不是孤零零的日子，它和其他节日合起来变成了“节庆季”，其节庆次序如下：第一天是鸡日，第二天以后分别是狗、羊、猪、牛、马、人日，这种安排简直有点像是为家庭农场设计的，每天都有一种动物跳出来做节日主角，真是聪明的构想。另有一说是，这些日子多加一天，第八天属于植物，叫谷日——这样说来，整个新年期间，把重要的动物、植物都搬上场了。人类不管多了不起，在新年节庆里他也只是七分之一或八分之一的分量罢了。

这种安置手法简直和《圣经·创世记》类似，第一日（今以星期日象喻）造光源，第二天以后分别是空气、水陆、植物、日月星辰，以及飞禽跃鱼以及昆虫野兽，而最后一天，星期六，上帝创造了休息……而人，是最后么儿，比其他生物来得晚，我们是“万物之一”，而不是“万物之灵”。

在众多的人日歌吟中李商隐的极写实，“镂金作胜传荆俗，翦彩为人起晋风”，苏东坡的“七种共挑人日菜，千枝先剪上元灯”也十分扣住主题。张继的“人日兼春日，长怀复短怀，遥知双彩胜，并在一金钗”也颇令人对远方幽居的美人有诸多想象。但最令我动容的还是诗人高适寄给诗人杜甫的《人日诗》，那时杜甫逃难住成都，高适在蜀州任刺史，他寄杜甫的诗（三之一）如下：

人日题诗寄草堂，
遥怜故人思故乡。
柳条弄色不忍见，
梅花满枝空断肠。

许多年后，高适去世，杜甫收拾旧文物，忽然拣出这首好久以来没找到的诗，当下不胜依依，也作三首追酬高适，其中第一首如下：

自蒙蜀州人日作，
不意清诗久零落。
今晨散帙眼忽开，
迸泪幽吟事如昨。

就在那年冬天，杜甫也走了，留下的是诗，以及诗人和诗人之间的情谊。

如果我是个有权力的人，我会请行政院长订个“人日”节，如果我权力更大，我会要求全世界的人都来过此节。当天吃七种青菜，登高赋诗，剪漂亮的彩色或金色的人形，并且，十分高兴地想起：

“啊呀，今天是人日——而我，我真的是个人哦！”

初心（节选）

因为书是新的，我翻开来的时候也就特别慎重。书本上的第一页第一行是这样的：

初、哉、首、基、肇、祖、元、胎……始也。

那一年，我十七岁，望着《尔雅》这部书的第一句话而愕然。这书真奇怪啊！把“初”和一堆“初的同义词”并列卷首，仿佛立意要用这一长串“起始”之类的字来做整本书的起始。

也是整个中国文化的起始和基调吧？我有点敬畏起来了。

（想起另一部书，《圣经》，也是这样开头的：起初，上帝创造天地。）

真是简明又壮阔的大笔，无一语修饰形容，却是元气淋漓，如洪钟之声，震耳贯心，令人读着读着竟有坐不住的感觉，所谓壮志陡生，有天下之志，就是这种心情吧！寥寥数字，天工已竟，令人想见日之初升，海之初浪，高山始突，峡谷乍降以及大地寂然等待小草涌腾出土的刹那！

而那一年，我十七岁，刚入中文系，刚买了这本古代第一部字典《尔雅》，立刻就被第一页第一行迷住了，我有点喜欢起文字学来了。真好，中国人最初的一本字典（想来也是世人的第一本字典），它的第一个字就是“初”。

“初，裁衣之始也。”文字学的书上如此解释。

我又大为惊动，我当时已略有训练，知道每一个中国文字背后都有一幅图画，但这“初”字背后不止一幅画，而是长长的一幅卷轴。想来这是当年造字之人初造“初”字的时候，煞费苦心之余的神来之笔。“初”无形可绘，无状可求，如何才能追踪描摹？

他想起了某个女子的动作，也许是母亲，也许是妻子，那样慎重地先从纺织机上把布取下来，整整齐齐的一匹布，她手握剪刀，当窗而立，她屏息凝神，考虑从哪里下刀，阳光把她微微毛乱的鬓发渲染成一轮光圈。她用神秘而多变的眼光打量着那整匹布，仿佛在主持一项典礼，其实她努力要决定的只不过是究竟该先做一件孩子的小衫好呢？还是先裁自己的一幅裙布？一匹布，一如渐渐沉黑的黄昏，有一整夜的美梦可以预期——当然，也有可能是恶梦，但因为有可能成为恶梦，美梦就更值得去渴望——而在她思来想去的当际，窗外陆陆继继流溢而过的是初春的阳光，是一批一批的风，是雏鸟拿捏不稳的初鸣，是天空上一匹复一匹不知从哪一架纺织机里卷出的浮云……

那女子终于下定决心，一刀剪下去，脸上有一种近乎悲壮的决然。

“初”字，就是这样来的。

人生一世，亦如一匹辛苦织成的布，一刀下去，一切就都裁就了。

整个宇宙的成灭，也可视为一次女子的裁衣啊！我爱上“初”

这个字，并且提醒自己每个清晨都该恢复为一个“初人”，每一刻，都要维护住那一片“初心”。

在小说之外，让我小小的说一说

（1）文学的步调一向走得比其他所有的脚行为快

也许你听过这个说法：“中国的现代小说，是从民国七年五月鲁迅的《狂人日记》刊载于《新青年》杂志算起的。”不过，也有另外一个说法，那就是有位名叫陈衡哲的女留学生，是胡适之的女性友人（其实陈女士自有她的成就，但奇怪的世人却只肯记得她的这个“胡适女友”的身份），在民国六年胡适写白话文理论的时候，她就写了小说《一日》来呼应那枯涩的文学理论（文学理论如魂魄，虽然重要，但如果没有作品为肉体来依附，便如游魂无着了）。登在当时美国留学生对内刊物《留美学生季报》上，那本刊物后来找不到了，很难证明。而且陈女士的作品又太国际化，那篇《一日》写的是“美国本土学生的生活”，可谓最早期的留学生文学。

但是，不管现代小说发生于民国六年或民国七年，总之，都早于民国八年五月四日的五四运动。换句话说，白话文学的理论和创作，并不受政治上的五四运动所影响。相反地，政治意义的五四反而受了文学的影响。我们可以骄傲地说，文学的步调，一向都走得比其他所有的脚行为快。

（2）小说的生产毛额是多少？

而今年是2000年，中国现代小说也有了八十二或八十三年的寿命。如果有人问，在这段期间总共的“短篇小说生产毛额”是多少篇？似乎没有人统计过。而且，用英文写的算不算？用日文写的算不算？用马来文写的算不算？其中有多少可列为杰作？

这样吧，我们姑且假定，这个以亿计的“汉语族群”在海内外平均每年有一千个“现役小说家”，而这些作家每年生产两篇短篇小说，那么八十年来，三万个日子里，便应该产生十六万篇作品，而这十六万篇作品中如果每一百篇中有一篇是高水平作品，那么，我们也该有一千六百篇好小说。单就台湾地区而言，五十年来要找出五百到一千篇好小说也是不成问题的。那么如果有人要在如此庞大的作品群中要找出三十篇左右的作品，编为一书用以管窥前贤的小说艺术，实在是一件戛戛乎其难的事情。而所谓“有人”，那个人是不是也可能是我？

这件事，在我心中琢磨了十多年，一直不能找出个令自己满意的好答案。像故事中那个伸拳入窄瓶而想要抓糖果的小猴子，因为太贪心于满满一拳心的糖果，反而无法让自己的手通过瓶口——要放手，又不甘心，于是就一直僵在那里，耗在那里。

那窄窄的瓶口是什么？当然就是篇幅啦！我觉得一般出版社习惯上都喜欢限制编者在小茶几上摆满汉全席——分明是注定要失败的事。他们当然也有苦衷，他们希望有一本精简的，既可供教学之用的，也可以让读者自我进修的一本教课书。这样的书，其实不宜超过二公分。他们要为读者的荷包着想。

唉，八十年，二公分。这样说，好像我在抱怨出版社，其实不是，相反地，我对蔡文甫先生感激万分，自从八年前我无意中说出想编本小说选的构想，他就一直认真地催我——要不是他催着赶着，以我的性格，此事再拖个十年八年也毫不困难。一个出版家能“催促别人去做一件很可能令自己赔钱的事”，如果不可以视为“伟大”，至少也是“难能可贵”吧？

好在好小说不是苹果，烂不了，它可以“放”。

以上是本书编辑上的第一难题，解决的方法很残酷，即“断肢”，像壁虎自断其尾。这本书则断得更多，我为不在此书里的名字而惋叹，其中杀得最绝的是五十岁以下的作者（毕竟，文学这东西像激流，要流它一百公里以后才能看得出更清澈的水质）。古人选书，每每是“录鬼簿”。意思即“不录存者”，我姑且修正为“不录少者”，让他们的名字属于下一个世纪的文学史吧！

终于，我像那只想通了道理而放手的猴子，一方面为掏出的糖果喜悦，一方面又注视着瓶中没有拿出来的糖果而跺脚而扼腕。

（3）原来我跟这篇小说的关系
也像小说一般如此曲折离奇

编这本书的第二个困难是有些小说取得极困难，例如汪静之的《人肉》。

我第一次和这篇小说有关系大约在二十八九年前，那时候保守的东吴中文系第一次允许开小说课，但重点仍是“中国小说史”，内容可以讲些唐人小说、宋人平话之类的。我自作主张，挟带了一、

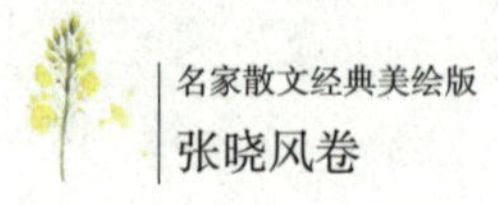

二篇五四时期的小说出场，但如果要公开讲“鲁迅”仍是万万不能的，我于是用汪静之的《人肉》来授课，有点代替的意味。

当年我接触“禁书”有三条途径（对了，你看出来了，其实一开始我自己就已经发现了，我写这篇文章，充满了怀旧的情绪。事实上，我也放任自己来怀旧，毕竟，人必须努力的活很多年之后才有本钱来怀旧的）。第一次是我有一段时期（在丁爱博做校长时期）在史丹佛大学中文教学中心（设在台大内）兼课教老外说中文。他们有间小图书室，里面全是“禁书”（算是“思想方面的外国租界”，享有“治外法权”），教员可以进去看，但不可带书出去。我一时简直像饿殍一脚跌到酒池肉林里，又像刘姥姥说的“老刘，老刘，食量大如牛，吃个老母猪不抬头”。

其次是民国五十八年应邀赴港演讲（当时观光是不允许的，做官的可以假借开会的机会来个半公半私的旅游，回来便大写其令人艳羡欲死的游记，文人则只有靠应邀演讲了）。当时便因沈馆长给予方便，猛读了一些中文大学图书馆的三十年代著作。第三条路则是向朋友或长辈的藏书下手掏摸，其诀窍有二，第一是努力向别人证明自己是求知若渴的英雄，别人才肯以“密笈本”相示。第二是有借必还，才能成为信用良好的长期主顾，可以一而再，再而三的大快朵颐。

《人肉》一文便是向司马中原借书时看到的，我认为它多少能代表五四那一代对旧文化（或旧陋习）的深恶痛绝。其竦动淋漓的程度绝不亚于鲁迅那篇出名的《狂人日记》。

我当年在教学上决定以《人肉》代《狂人日记》，反正主题都在“吃人”。（顺便一提，瑞典的汉文学者 Bengt Pettersson 其博士论文的题目竟是《中国史书中的吃人现象》，这件事，为外人拿来当专题研究，也真是骇人！）但为了慎重起见，我仍去请教司马中原，用汪静之的文章，有没有“问题”。我所谓的“问题”当然不是指“版权问题”（那年头没有人知道什么叫版权问题，所以版权也就从来没有成为问题），我的问题是，这位名叫汪静之的作者，用他的作品上课，会不会“出问题”？我虽然深许这篇《人肉》，可也不愿为它成为捐躯烈士。据一位姓林的助教告诉我，学生中颇有些爱去打小报告的……

“没关系，”司马说“这个作者因为死得早，所以没有问题。”

司马这样说我也就这样信了，后来也没出什么乱子，当年因为影印事业不发达，讲义是我付钱请人刻钢版油印的。不料后来讲义毁损了几页，变成残本。我特别再去找司马商借原书，才发现那本书在一次台风大水中淹坏了。我为之懊丧不已。

当时海峡两岸阻隔，我以为自己此生再也看不到这篇小说的完整原貌了。

不料开放后有一年去福州，竟在报上看到汪静之三字，此人居然还活着吗？事后我请教《港台文学》杂志的杨际岚先生，发现汪先生的真还活着。海峡两岸三十年不通音信，生死误传的其实何止汪先生一人？二十多年前身在美国的夏志清先生曾公开为文悼念钱钟书，不意钱先生却健在，并且一直活到 1998 年。这样看来，我从司马中原误听了消息倒也不坏，反而自动将这篇小说解了禁。

之后又多方打听，知道汪先生人住在杭州，便想去拜访他，并亲自向他请益有关这篇小说的事。透过浙江文艺出版社的汪逸芳小姐知道汪静之先生身体不好，住在医院里，不便见客。这答案虽令人沮丧，但也不算太意外。我当时人住在西湖旁边的“国宾馆”里，这地方是民初时期的“刘庄”。是个财主的别墅。后来遭没收，成了毛泽东常来休憩的所在，现今则对外营业。我喜

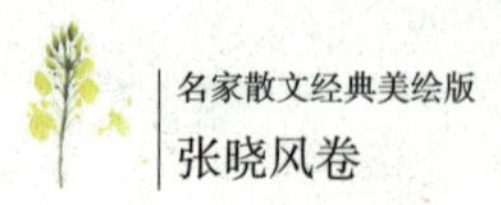

欢此园的深邃广大，我住的那栋楼一半在岸上，一半在水里。临水的那面有两根柱脚插站西湖中，人躲在窗帘后面，便可以看到湖面水鸟一单脚立在短木桩上，（木桩据说一度曾用来养淡水珍珠），和小楼的双足而立相映成趣。

我遥望白堤苏堤，在绿烟红雾中臆想什么是富贵荣华？什么是功名利禄？前者可以遭人强取豪夺，后者则转眼粪土。这里目前既不是“刘庄”，也不是“毛行馆”，只有盛开的海棠和待开的芍药罢了。据说刘庄全盛时期主人在客厅装了一面大型凸镜，透过这西洋镜子，可以看到全湖景致——唉，我探不成写小说的汪静之，又不见当年的大凸镜，只好呆呆地成天在园子里晃荡，并且胡思乱想——文学，特别是小说，应该也如同那面凸镜，可以收纳整个湖面的波光，世上还有什么比写小说更霸权而恒久的事业？

又过了两年，杭州汪女士来信，说汪静之先生已去世了，找小说的事一时更为渺茫。

1997 年我应聘为青岛大学荣誉教授，我仍不死心，到处问人有没有见过汪静之的小说？不料好消息传来，济南的山东师范学院竟有一本。是当年汪先生送闻一多先生的，但他们视若拱璧，不能出借。不过倒是做了微卷，可以拷贝一份给我，条件是，我得去做一次演讲。

济南与青岛虽同属山东，坐上火车却也要颠簸个大半天，那天的演讲，事后蒙学校请我吃了一顿饺子，另外便是一叠纸，我打开一看，纸上印着《人肉》这篇小说。生平演讲的报酬，以此次最奇。

啊，原来我跟这篇小说的关系也如此像小说一般曲折离奇。有趣的是，这版本也有几个错字，而这错字后来竟是靠我当年那份油印讲义的残本来校正的。

除了汪先生，和钱钟书先生的联系也颇令人神伤，钱先生卧病多年，靠灌食维生，钱夫人杨绛女士一直情深意挚的照应着这位别人眼中的文学明星。胡适之先生那一代强调“宁鸣而死，毋默而生”，钱先生却宁愿默默生存，默默留下他的作品，杨女士也是。钱先生字默存，想来即是此意。

钱先生签完同意书不久就谢世了，这也许算他送给人间最后的礼物，让我们分享他的犀利睿智和嬉笑怒骂。

连络史铁生的时候，他家中的电话一直没有人接，只得拜托在北京的朋友代为寻访，找到医院，找到史太太，原来史先生正住院洗肾——啊，愿上天假年，让我们能拥有这样的“好故事手”许多许多年。

以上是因为一水相阻所产生的问题，那么，在此岸，有没有困难呢？也是有的，那困难便是版权问题，黄春明在本书中入选的作品是《现此时先生》，但其实我原本希望选的是《锣》，后来又希望选《鱼》皆为出版社所婉拒。出版社当然自有他们的原则，我也只好抱憾。此处特别一提，只是想提醒读者，我们所无法放进这本选集的篇章，希望读者自己去补充阅读。

现代文坛上的一黄一白（黄春明和白先勇）是非常有趣的对比，你听过“第一代外省人”和“第二代外省人”的说法，但我却另创了两个名词，叫“第一代半的外省人”和“末半代日据人”，白是“第一代半的外省人”，黄是“末半代日据人”，什么叫“第一代半的外省人”呢？他们是童年时期来台湾的，而且是跟着父母来的。这个分法也许很不容易界定清楚，第一，什么叫童年？我姑且以小学毕业十二岁为标准吧（当然，你会反驳，因为军中有些小兵，他们的年龄也同样幼小，但他们是自己来的，不是父母带来的，因此就算第一代的外省人，岂不是不太合理？我承认，但我仍认为如果要划出一条线来，也只好如此划分了）。那么，谁是第一代半的外省人呢？白先勇是，王文兴、刘大任、丛苏、王尚义、李渝、奚淞、蒋勋皆是，台湾在1961年前后新风格的好小说一一出笼，和这批人大有关系（虽然，“第一代的外省人”如王蓝、司马中原、朱西宁的贡献也良多），相对地，我也认为本省人中“末半代日据人”如吴浊流、杨逵等人虽也各有其文学成就，但最后“末半年代日据人”，即在童年时期糊里糊涂一脚跨入民国，并从头接受中文教育的这批，我认为才是文学创作的中流砥柱。这批人便是黄春明、王祯和、陈映真、王拓、杨青矗、七等生等。“兼跨时代”或“兼跨地域”的人，其内心有点像淡水和海水交界处的生态，特别丰美而繁复。

如果要找一个典型的台籍作家，黄春明便是，他的写作生命垂四十年，至今健笔不辍。他的关怀深广，对老弱、对妇人和孺子，都有说不完的切切同情。而且，他一定是发挥了极大的智慧，才让自己不至沦落到政治圈里去，故至今仍不失为一个“纯洁的文学人”。

1999年9月，我们一行八人去访大陆，号称两岸文化交流，其实是名山之行。一路上探罢庐山探黄山，探罢黄山又探武夷山和鼓山，车行中我的座位和黄春明接近，聊了好些事，知道他当年读罗东中学时即遭开除，开除的理由是因为撕布告，撕布告的理由则是因为布告上公布了考试不及格的名单，他的名字赫然在上。有两科不及格，而他上个礼拜才刚写了一封洋洋洒洒的情书追某个女孩，这布告如果让那女孩看到多丢脸……开除之后，他一路南贬，最后贬到岛屿极南端的屏东，学校警告他说，你知道吗？甲再往南，是什么地方吗？是巴士海峡呀！你要贬到大海里去吗？

四十多年后，1998年，他的名字又出现了，在另一张布告上，他得了国家文艺基金会文学奖，当时总统赠他一支万保隆钢笔，其实一个好作家哪里需要名笔，不久他便把这笔捐出来义卖以筹措故乡的“罗东圣母医院”的建设基金。会场中竞价热烈，有位退了休的老校长，人在美国，却拿了五百美元委托一位学生巴巴地来标这支笔，不料现场有人出价更高，主办单位很为难，因为知道老校长志在必得，最后几经情商，这位学生也把标价提到十万元，不足之处，学生替校长出了。你觉得好奇吗？那位老校长，是何许人也？他为什么那么强烈的非买此笔不可呢？原来他就是当年开除黄春明的那位老校长……

好像有点扯远了，但这样的故事，我一点点听来，在长途车上，这其间颇有些什么比冷硬的文学批评要可贵的东西……

我这样反复说着联络一篇篇稿件的困难，不知读者读来像不像抱怨。

其实，我这人也是犯贱，在种种艰苦的任务中不管成功不成功，都怀着欣悦自喜之情。例如，一九九九年，八月某日，香港刮八号风球，我到九龙塘去探看宋淇太太，希望能得到她的同意转载张爱玲的《五四遗事》，此文载于民国四十六年一月二十日的文学杂志。大部分的文人一生求“雅”，甚至冒充“雅”，张爱玲却戮力求“俗”。她宁愿给划到鸳鸯蝴蝶派里去，也绝不肯“学院”沦落。至于当年为什么竟为最严肃正经的《文学杂志》写稿，倒是令人诧异。

宋家住的房子有深深庭园，森森夏木，但那天飓风如狂，所有的树枝一时都变成胡挥乱舞的疯龙，鞭天笞地，咒日诅月（华航在那天甚至不幸摔了一架飞机），宋先生已大去，久病的宋太太前一天刚从医院回来，但笑容温润，语音柔慈，仍是一个高雅可亲的美人（我忽然有点明白为什么像海蚌一样随时想要关闭自己的张爱玲，一生之间，会那么信任宋先生和宋太太，简单地说，因为他们是好人，而且，是有格调的善良人）。她委婉致歉，说版权的事，因她不懂，已请专人负责。离开宋家，窝打老道上交通受阻，因为有棵树吹倒了，港府正在锯树，狂风怒雨中我呆坐出租车中等交通恢复，我想，我已尽力了……不，亲爱的读者，我没有抱怨，我想，我是在表功吧？

（4）“你可以再改一改吗？”

短篇小说好玩的地方，其实全在“小处”。我一面编选，一面也稍稍有点意见，例如水晶的《没有脸的人》，不但“意识流小说”之先声，而且也真是一篇杰作。但对文中的枯莲树，我很“多管闲事”，想告诉读者其实那是“苦楝树”，我甚至劝水晶先生把咸鳗鱼也改一改，因为鳗鱼分河鳗与海鳗，淡水的河鳗长约三十公分，合乎小说中可拎上公交车的大小。但河鳗太贵，不可能拿来做咸鱼。一般做咸鱼的是海鳗，但海鳗太大，有一公尺到一公尺五的身量，一般人都只切巴掌大的一小块。如果提着整条鱼不但司机不准你上车，就算上了车，回家后也难以消受如此巨物。但水晶先生认为不妨，因为男主角既然是个跟现实生活有点脱节的人，这篇小说且是顺着男主角的思路在进行，男主角糊里糊涂，还自以为他买的那条小咸鱼是条鳗鱼呢！

白先勇本来远在旧金山，耽迷在他退休后的老圃生涯中，但这位写《游园惊梦》小说的大家，毕竟敌不过舞台上“游园惊梦”的魅力，竟千里迢迢跑回台北来看张继青的昆曲演出。我在剧场

遇见他，问他要不要把小说里有关“八大槌”的部分改一下，我说：

“八大槌，主要是陆文龙的戏，余参军长唱黑头，那就是金兀术了。金兀术根本没几句词儿，你要不要考虑改个戏——”

“呀，这件事，以前俞大纲先生也跟我提过——”

（啊，原来俞老师也注意到这一点了。）想起俞老师，不免心中微微涩痛，俞老师几乎是我们那一代的“公用老师”。坐在他那馆前路的怡太董事长的办公室里（如果用现代的话来说，就是怡太洋行成立了一个文教基金会，聘了一位特约讲座，长期免费指导求教的人），门庭若市，他有本事让每个人都相信自己颇有才气，大可以冲撞打拼一番。啊！我们曾是多么受宠的一代，其实我最怀念的还是深夜和俞老师打电话，打电话的时候他不属于公众了，他跟你一个人讲话，他指导你一个人，他是如此絮絮叨叨“有话则长”的一个人啊！原来他早就跟白先勇提过我此刻提出的问题了……

但白先勇以为无妨，反正余参军长是个衬托的丑角，让他当金兀术，戏词少就少吧——当然，我也承认“八大槌”这个戏名极好，又响亮又好记。只可惜舞八大槌的角色是陆文龙而不是金兀术。

我又去啰嗦王文兴教授，一个小孩拿美工刀切手腕，十五公

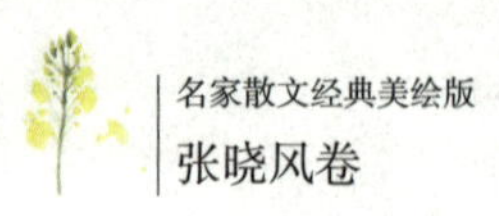

分是太长了，于是王教授把它改成五公分，故事中又有医生说的话似乎有些问题，好在我教过二十多年医学院，学生如今都是医生，要请教割腕的事是不成问题的。

小说虽说是“虚构文体”，但其真切逼人处其实反而沦肌浃髓，故此我连写这篇文章也是字字慎重，包括前文所提的那篇有关吃人肉的论文，虽是外子一九九九年八月十五日至二十日在湖北武昌开国际学术会议亲闻瑞典学者杨富雷所云，但杨氏毕竟不是原作者，丈夫虽亲，也不是我本人，所以已算三手资料了。想想还是亲自打电话到瑞典斯德哥尔摩大学去求证，文章千古事，怎可如政客信口开河，为此还劳动外交部的朋友吴明彦先生（他曾驻瑞典，现在已调去芬兰），吴先生仍认真地帮我找到了 Bengt Petterseon 博士，并告以联系方法，此事虽然大费周章，但过程也十分快乐，长途电话上求证后作者还送了我一本论文。

（5）说“短”道“长”

长篇和中篇当然就选集而言都是不可能加以考虑的，“选集”的本身便是意味着“合唱”而非“独唱”。独唱如千尺瀑布垂天挂地，飞琼溅玉。合唱却如沼泽浩淼，映星带月中蕴无限鱼龙之生机。选集注定是集合许多短篇而形成的多面向美感，其实短篇小说也许可以算二十世纪最有成就的文体，虽然它在十九世纪末还不十分成气候。在这方面中文的语文比较有“众生平等”的意味，我们的语言把小说分为长篇“小说”、中篇“小说”、短篇“小说”。基本上我们将它们视为一体，是一家三姐妹，有共同的姓氏。但英文则不同了，似乎长篇小说（novel) 才是小说正身。中篇呢？中篇（novella）是长篇的上一代的表亲，而短篇（short story）如果直译便是“小故事”，简直是个身份不明的野孩子。而国人正式接触西方小说，是三个一起来的，并非先接触中篇，再接触长篇，最后才接触短篇。我们也不觉得其先后之间有主流和从属关系。在我们看来，短篇实在毫无必须自卑的理由。我们的一流作家如鲁迅对长篇简直毫无兴趣（当然，如果你把他众多的鲁镇故事当作一个长篇写作系列来看也无不可）。

沈从文是个极优秀的说书人，但他的故事经常只是“一晚上的故事”，像《一千零一夜》中那个皇后说故事的方法。他最出名的《边城》充其量也只是个中篇。他的长篇《长河》，则因故未能完成。（当然同样的，如果你把沈的作品学法国普鲁斯特的方法编成一部“追忆湘西的似水年华”也可视为一长篇吧？）同样地，白先勇虽然也写过长篇《孽子》，但他最常为人讨论的，还是早期的“台北人”系列。二十世纪的小说家似乎宁可把诸多现象撕扯开来，而不愿去直接碰触那庞大浑沌而无端无涯的体系。短篇小说只从一个小点切入，是以一瓢去领会三千弱水，以一砂来窥视万里戈壁的做法。

至于中国读者方面，一开始就奉了短篇小说的“正朔”，这中间和鲁迅以小说祭酒的地位挟其绵密内敛的掌力，连续推出了几篇经典短篇小说大有关系。而胡适的那篇《什么叫作短篇小说》在早期也产生了惊人的文化指导功能。何况以中国读者的背景而论，短篇幅的小说（如《六朝志怪》或《唐人传奇》）的发生还远远早于长篇幅的小说（如《西游记》或《红楼梦》）。另外，新的传媒（如报纸、杂志），也十分方便的可以配合，用一天或两天刊完一篇小说，完全切合现代人的生活节奏，长篇小说当然也可以霸住副刊的一角，来个“长期连载”，有时也颇有巩固读者的效应——但是能占山为王的往往是武侠小说，而武侠小说暂时还未能正式跟文学世家认祖归宗。

提起副刊，其实很有趣，新闻性的报纸原是西方的产物，但国人办报，却不知道为什么偏要辟一块“副刊”，这是西方报纸所没有的。副刊又注定要容纳专栏、小说、散文……其原因倒也颇耐人寻味。

未来，在可遇见的二十一世纪，短篇小说的写作和发表、阅读，应该仍是小说世界里的主流活动。

（6）那么小小说呢?

那么，如果短篇小说算是被阅读得比较多的小说，或者说，我们算它是“主流”，那么“小小说”呢?

小小说 (short-short story) 是上世纪五十年代在美国崛起的，台湾则远在民国四十九年便有一位丁树南先生在《联合报》副刊介绍简单的小说理论，他的资料取材自一九五七年至一九六〇年代美国出版的《写作者》(The writer) 这些译介于民国五十年五月出版（学生书局）书名《写作浅谈》。此书中便已介绍了小小说的理论。小小说的观念来到我们这片土地上已有四十年光景了。

小小说的名称，也有媒体译为“极短篇”，中国大陆习惯叫它“微型小说”（听来好像是计算机机型似的），川端康成个人则喜欢称之为“掌上小说”(听来像是掌中明珠),不管叫什么名字,这的确是个迷人的文类。可惜的是，在这个文类中堪称杰作的作品太少，一般作者只学到矜奇的结局 (surprise ending)，却没有足够的纵深。“小小说”的“小”应该如桃花源之洞，“初极狭”，身材瘦小的人勉强可以钻进去，但钻进去以后则必须有覆天盖地的桃林美景。否则，小洞只是小洞，而不是深洞，只容一只蟑螂藏身，那有什么意思？

小小说目前的成就虽然不及短篇小说，未来未尝没有希望，所以我在这本选集中也略选几篇作为附录，好在所占篇幅不多，如果你不喜欢它，也不致太碍眼，如果你喜欢，这些中外前贤的作品倒像小块的羊脂美玉，可以慢慢握住、慢慢摩挲，并且感觉它的温润，它的和我们同体温的温润。其中有两篇还是我亲自译的。

（7）小说都很好看，我该为此抱歉吗？

书名《小说教室》，很希望它有教学的功能。至于它是教小说的老师采用的教课书，或是一般读者采来自我教育的教科书，那恐怕就不是身为编者的我可以片面决定的了。

如果有人问我对一本教科书式的选集有什么特别的挑选门槛？我的答案是“风貌”。我希望能借着一本选集看出八十年来小说曾尝试过多少种面目。像吴浊流小说便呈现了受西方（经过日本中介）写实笔法和中国旧小说“惩恶劝善”的双重影响，当然，还包括殖民问题。至于马森的《天鱼》看似诡异，却是传承了遥远的“寓言”大统（有趣的是，这篇小说先以法文写成，后来经作者自己再写为中文），在荒诞不经中，其真实感竟像诗人所说的“酸风射眸子”——那么真实。风虽不酸，射入眼中的感觉却绝对很酸，那么，酸也就成立了。

选集中的小说都很“好看”，我不知道自己该不该为此事抱歉？有些学者比较偏爱艰涩难懂的作品，我自己也不讨厌那种挑战，能好好跟一个刁钻古怪的作者厮缠角力毕竟是很有趣的事！但我习惯上比较宠读者，不希望在他们阅读小说时折磨他们。书中的故事都是一看即懂的，没有特别奥秘密曲之处——当然，如果要说看懂故事就真的全部“懂”了，那也未必。譬如说，舒畅的《传说》，其中所描述的生存困境和荒谬，当然是和整个六零年代流行的“存在主义”有关的。至于“存在主义是什么？”那恐怕至少要悄悄为自己进补二十万字以后才能大略明白的（包括理论和作品）。至于马戏班和班主任象征了什么？熊皮又象征了什么？恐怕真是一盘要使劲玩才玩得出名堂来的猜谜大赛。

我没有选更多的女作家作品，自己也觉遗憾，譬如李昂、施叔青、朱天文都是很好的小说家，但“成年”之后她们的兴趣却在长篇或编剧。

如果再多给我一点篇幅，我一定会放进朱天心或西西这些名字，我所欠负于读者的，希望读者自己去找来读吧！

（8）

编辑选集的事，劳而无功，一个人除非闲得太无聊，或者没有别的本事，实在不宜多做。但选集本身却有其需要，例如：

设若没有《花间集》，谁又知道温飞卿那些精妙绝伦的好词？（他自己的词集竟反而湮没了），如何重睹那番以西蜀为中心（可不是长安哦！）的词坛盛况？

设若没有《昭明文选》，魏晋南北朝的风华如何展现？没有《唐诗三百首》，远古的诗作便不能成为小孩子都能朗朗上口的熟句。

选集从某一方面而言，不免是罪恶，如此割裂破碎的呈现，对大师级的作者已显然构成不敬，但我总是往好的方面想，读者也许因为这几篇小说中的某一章某一句而动容，而惊艳，而走入小说的原野，从此成为这片土地上的主人，可以采芳可以撷果，可以种植。

我不知道如何才能叫人来相信下面我所说的这件事：

> 如果在人类文明中找出十个最重要的成就，小说，一定是其中一项。
>
> 对，摩天大楼不算，汽车不算、塑胶不算、威而钢不算，小说却算。

如果没有小说——这号称“虚构的文体”(fiction)——我们怎么去接触真实呢？在“大撒谎家”（张大春小说名）和“小撒谎家”遍地走的情况下，你能相信谁呢？我只能相信小说。

（9）

至于你，有缘一睹此书的人，我很想学一句多礼的日本餐馆老板常说的话：

“劳你久等了，请慢慢享用！”

张晓风 二〇〇〇年二月于 台北

许士林的独白

—— 献给那些暌违母颜比十八年更长久的天涯之人

驻马自听

我的马将十里杏花跑成一掠眼的红烟，娘！我回来了！

那尖塔戳得我的眼疼，娘，从小，每天，它嵌在我的窗里，我的梦里，我寂寞童年唯一的风景，娘。

而今，新科的状元，我，许士林，一骑白马一身红袍来拜我的娘亲。

马踢起大路上的清尘，我的来处是一片雾，勒马蔓草间，一垂鞭，前尘往事，都到眼前。我不需有人讲给我听，只要溯着自己一身的血脉往前走，我总能遇见你，娘。

而今，我一身状元的红袍，有如十八年前，我是一个全身通红的赤子，娘，有谁能撕去这袭红袍，重还我为赤子？有谁能抟我为无知的泥，重回你的无垠无限？

都说你是蛇，我不知道，而我总坚持我记得十月的相依，我是小渚，在你初暖的春水里被环护，我抵死也要告诉他们，我记得你乳汁的微温。他们总说我只是梦见，他们总说我只是猜想，可是，娘，我知道我是知道的，我知道你的血是温的，泪是烫的，我知道你的名字是“母亲”。

而万古乾坤，百年身世，我们母子就那样缘薄吗？才甫一月，他们就把你带走了。有母亲的孩子可聆母亲的音容，没母亲的孩子可依母亲的坟头，而我呢，娘，我向何处破解恶狠的符咒呢？

有人将中国分成江南江北，有人把领域划成关内关外，但对我而言，娘，这世界被截成塔底和塔上。塔底是千年万世的黝黑混沌，塔外是荒凉的日光，无奈的春花和忍情的秋月……

塔在前，往事在后，我将前去祭拜，但，娘，此刻我徘徊伫立，十八年，我重溯断了的脐带，一路向你泅去，春阳暖暖，有一种令人没顶的怯惧，一种令人没顶的幸福。塔牢牢地楔死在地里，像以往一样牢，我不敢相信你驮着它有十八年之久，我不能相信，它会永永远远镇住你。

十八年不见，娘，你的脸会因长期的等待而萎缩干枯吗？有人说，你是美丽的，他们不说我也知道。

认取

你的身世似乎大家约好了不让我知道，而我是知道的，当我在井旁看一个女子汲水，当我在河畔看一个女子浣衣，当我在偶然的一瞥间看见当窗绣花的女孩，或在灯下纳鞋的老妇，我的眼眶便乍然湿了。娘，我知道你正化身千亿，向我絮絮地说起你的形象。娘，我每日不见你，却又每日见你，在凡间女子的颦眉瞬目间，将你一一认取。

而你，娘，你在何处认取我呢？在塔的沉重上吗？在雷峰夕照的一线酡红间吗？在寒来暑往的大地腹腔的脉动里吗？

是不是，娘，你一直就认识我，你在我无形体时早已知道我，你从茫茫大化中拼我成形，你从冥漠空无处抟我成体。

而在峨眉山，在竞绿赛青的千岩万壑间，娘，是否我已在你的胸臆中？当你吐纳朝霞夕露之际，是否我已被你所预见？我在你曾仰视的霓虹中舒昂，我在你曾倚以沉思的树干内缓缓引升，我在花，我在叶，当春天第一声小草冒地而生并欢呼时，你听见我。在秋后零落断雁的哀鸣里，你分辨我。娘，我们必然从一开头就是彼此认识的。娘，真的，在你第一次对人世有所感有所激的刹那，我潜在你无限的喜悦里，而在你有所怨有所欢的时分，我藏在你的无限凄凉里。娘，我们必然是从一开头就彼此认识的。你能记忆吗？娘，我在你的眼，你的胸臆，你的血，你的柔和如春桨的四肢。

湖

娘，你来到西湖，从叠烟架翠的峨眉到软红十丈的人间，人间对你而言是非走一趟不可的吗？但里湖、外湖、苏堤、白堤，娘，竟没有一处可堪容你。千年修持，抵不了人间一字相传的血脉姓氏，为什么人类只许自己修仙修道，却不许万物修得人身跟自己平起平坐呢？娘，我一页一页地翻圣贤书，一个一个地去阅世人的脸，所谓圣贤书无非要我们做人，但为什么真的人都不想做人呢？娘啊！阅遍了人和书，我只想长哭，娘啊，世间原来并没有人跟你一样痴心地想做个人啊！岁岁年年，大雁在头顶的青天上反复指示“人”字是怎么写的，但是，娘，没有一个人在看，更没有一个人看懂了啊！

南屏晚钟，三潭印月，曲院风荷，文人笔下西湖是可以有无限题咏的。冷泉一经冷着，飞来峰似乎想飞到哪里去，西湖的游人万千，来了又去了，谁是坐对大好风物想到人间种种就感激欲泣的人呢，娘，除了你，又有谁呢？

雨

西湖上的雨就这样来了，在春天。

是不是从一开头你就知道和父亲注定不能天长日久做夫妻呢？茫茫天地，你只死心塌地眷着伞下的那一刹那温情。湖色千顷，水波是冷的，光阴百代，时间是冷的，然而一把伞，一把紫竹为柄的八十四骨的油纸伞下，有人跟人的聚首，伞下有人世的芳馨，千年修持是一张没有记忆的空白，而伞下的片刻却足以传诵千年。娘，从峨眉到西湖，万里的风雨雷雹何尝在你意中，你所以眷眷于那把伞，只是爱与那把伞下的人同行，而你心悦那人，只是因为你爱人世，爱这个温柔缠绵的人世。

而人间聚散无常，娘，伞是聚，伞也是散，八十四支骨架，每一支都可能骨肉撕离。娘啊！也许一开头你就是都知道的，知道又怎样，上天下地，你都敢去较量，你不知道什么叫生死，你强扯一根天上的仙草而硬把人间的死亡扭成生命，金山寺一斗，胜利的究竟是谁呢，法海做了一场灵验的法事，而你，娘，你传下了一则喧腾人口的故事。人世的荒原里谁需要法事？我们要的是可以流传百世的故事，可以乳养生民的故事，可以辉耀童年的梦寐和老年的记忆的故事。

而终于，娘，绕着那一湖无情的寒碧，你来到断桥，斩断情缘的断桥。故事从一湖水开始，也向一湖水结束，娘，峨眉是再也回不去了。在断桥，一场惊天动地的婴啼，我们在彼此的眼泪中相逢，然后，分离。

合钵

一只钵，将你罩住，小小的一片黑暗竟是你而今而后头上的苍穹。娘，我在噩梦中惊醒千回，在那份窒息中挣扎。都说雷峰塔会在夕照里，千年万世，只专为镇一个女子的情痴，娘，镇得住吗？我是不信的。

世间男子总以为女子一片痴情，是在他们身上，其实女子所爱的哪里是他们，女子所爱的岂不也是春天的湖山，山间的晴岚，岚中的万紫千红。女子所爱的是一切好气象，好情怀，是她自己一寸心头万顷清澈的爱意，是她自己也说不清道不尽的满腔柔情。像一朵菊花的“抱香枝头死”，一个女子紧紧怀抱的是她自己亮烈美丽的情操，而一只法海的钵能罩得住什么？娘，被收去的是那桩婚姻，收不去的是属于那婚姻中的恩怨牵挂，被镇住的是你的身体，不是你的着意飘散如暮春飞絮的深情。

——而即使身体，娘，他们也只能镇住少部分的你，而大部分的你却在我身上活着，是你的傲气塑成我的骨，是你的柔情流成我的血。当我呼吸，娘，我能感到属于你的肺纳，当我走路，我能想到你在这世上的行迹。娘，法海始终没有料到，你仍在西湖，在千山万水间自在的观风望月并且读圣贤书，想天下事，与万千世人摩肩接踵——借一个你的骨血揉成的男孩，借你的儿子。

不管我会怎样凄伤，但一想起这件事，我就要好好活着，不仅为争一口气，而是为赌一口气！娘，你会赢的，世世代代，你会在我和我的孩子身上活下去。

祭塔

而娘，塔在前，往事在后，十八年乖隔，我来此只求一拜——人间的新科状元，头簪宫花，身着红袍，要把千种委屈，万种凄凉，都并作纳头一拜。

娘！那豁然撕裂的是土地吗？那倏然响响的是暮云吗？那颓然而倾斜的是雷峰塔吗？那哽咽垂泣的是——娘，你吗？

是你吗？娘，受孩儿这一拜吧！

你认识这一身通红吗？十八年前是红通通的赤子，而今是宫花红袍的新科状元许士林。我多想扯碎这一身红袍，如果我能重还为你当年怀中的赤子，可是，娘，能吗？

当我读人间的圣贤书，娘，当我援笔为文论人间事，我只想到，我是你的儿，满腔是温柔激荡的爱世的痴情。而此刻，当我纳头而拜，我是我父之子，来将十八年的愧疚无奈并作惊天动地的一叩首。

且将我的额血留在塔前，作一朵长红的桃花：笑傲朝霞夕照；且将那崩然有声的头颅击打大地的声音化作永恒的暮鼓，留给法海听，留给一骇而倾的雷峰塔听。

人间永远有秦火焚不尽的诗书，法钵罩不住的柔情，娘，唯将今夕的一凝目，抵十八年数不尽的骨中的酸楚，血中的辣辛，娘！

终有一天雷峰会倒，终有一天尖耸的塔会化成飞散的泥尘，长存的是你对人间那一点执拗的痴！

当我驰马而去，当我在天涯海角，当我歌，当我哭，娘，我忽然明白，你无所不在地凝视我，熟知我，我的每一举措于你仍是当年的胎动，扯你，牵你，令你惊喜错愕，令你隔着大地的腹部摸我，并且说："他正在动，他正在动，他要干什么呀？"

让塔骤然而动，娘，且受孩儿这一拜！

后记：许士林是故事中白素贞和许仙的儿子，大部分的叙述者都只把情节说到“合钵”为止。平剧中“祭塔”一段也并不经常演出，但我自己极喜欢这一段，我喜欢那种利剑斩不断，法钵罩不住的人间牵绊。本文试着细细表出许士林叩拜囚在塔中的母亲的心情。

六 桥
—— 苏东坡写得最长最美的一句诗

这天清晨，我推窗望去，向往已久的苏堤和六桥，与我遥遥相对。我穆然静坐，不敢喧哗，心中慢慢地把人类和水的因缘回想一遍：

大地，一定曾经是一项奇迹，因为它是大海里面浮凸出来的一块干地。如果没有这块干地，对鲨鱼当然没有影响，海豚，大概也不表反对，可是我们人类就完了，我们总不能一直游泳而不上岸吧！

岸，对我们是重要的，我们需要一个岸，而且，甚至还希望这个岸就在我们一回头就可以踏上去的地方（所谓“回头是岸”嘛！），我们是陆地生物，这一点，好像已经注定了。

但上了岸，踏上了大地，人类必然又会有新的不满足。大地很深厚沉稳，而且像海洋一样丰富。她供应的物质源源不绝。你可以欣赏她的春华秋实，她的横岭侧峰。但人类不可能忘情于水，从胎儿时代就四面包围着我们的水。水，一旦离开我们而去，日子就会变得很陌生很干瘪。

而古代中国是一个内陆国家，要想看到海，对大多数的人而

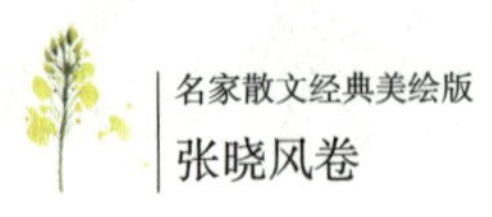

言，并不容易。中国人主动去亲近的水是河水、江水、湖水。尤其是湖，它差不多是小规模的海洋。中国人动不动就把湖叫成海，像洱海、青海。犹太人也如此，他们的加利利海分明只是湖。

有了湖，极好——但人类还是不满足。人类是矛盾的，他本来只需要大水中有一块可以落脚的陆地，等有了陆地他又希望陆地中有一块小水名叫湖。有了这块小湖水，他更希望有一块小陆地，悄悄插入湖中，可以容他走进那片小水域里——那是什么？那是堤。

如果要给“堤”设一个谜语供小孩猜，那便该是：

水中有土、土中有水、水中又有土。

苏堤、白堤便是经两位大诗人督修而成的“诗意工程”。诗人，本是负责刺探人类心灵活动的情报员，他知道人类内心的隐情密意。他知道人类既需要大地的丰饶稳定，也需要海洋的激情浪漫。于是白居易挖了湖了又筑了堤（农人因而得灌溉之利，常人却收取柳雨荷风），后来苏东坡又补一堤。有名的白堤、苏堤就是指这两条带状的大地。

更有意思的是，有了长堤之后，有人更希望这块小土地上仍能有点水意。于是，苏堤中间设了六道桥，这六道桥的名字分别是映波、锁澜、望山、压堤、东浦、跨虹。桥有点拱背，中间一个漏洞，船只因而可以穿堤而过。如果再为“六桥”设一道谜题，那也容易，不妨写成下面这种笨笨的句子：

水中有土、土中有水、水中又有土、土中又有水。

这天早晨，我呆呆地望着这全长二点八公里的苏堤。由于拥有六座桥，刚好把苏堤分成七个段落，算来恰如一句七言。啊！那一定是苏东坡写得最长最大的一句七言了，最有气魄而且最美丽。

苏堤因为是无中生有的一块新地（浚湖而得的最高贵华艳的废土），所以不作经济利益的打算，只用来种桃花和杨柳。明代袁宏道形容此地，说：“六桥杨柳一络，牵风引浪，萧疏可爱”，苏轼的诗也说：“六桥横绝天汉上”。如果你随便抓一个中国人来，叫他形容天堂，大概他讲来讲去也跳不出“六桥烟柳”或“苏堤春晓”的景致。六桥，大概已是中国人梦境的总依归了。

我自己最喜欢的和六桥有关的句子出自元人散曲：

贵何如，贱何如？六桥都是经行处。（作者刘致）

对呀，在春暖花开的时候，难不成因为他是 × 主席或 × 部长，就可以用八只眼睛来看波光潋滟吗？不，在面对桃红柳绿的时刻，我们都只能虔诚的用两腿走过风景，用两眼膜拜，用一颗心来贮存，如此而已。

绝美的六桥，是大家都可以平等经行的，恰如神圣的智慧，无人不可收录在心。眼望着苏东坡生平所写下的最长最美的一句诗，我心里的喜悦平静也无限的华美悠长。

送你一个字
——给一个常在旅途上的女子

莹：

“行”是一个美丽的字，我想把它送给你，顺便也想戏称你一声“行者”。行者不免令人联想到孙悟空，不过，我要说的行者就只简单的指“行路之人”。

远在汉代，文字学家许慎在为文字分类的时候，就把汉字分成了五百四十个部首，其中有一个赫然便是“行”。换句话说，“行”是我们生活中的大项目，大到足以成为一个部首，就像水、火、土、鸟、田……都是大项目一般。那时代真好玩，仿佛在许慎的归纳下，老百姓全然在这五百四十个部首里活着，在这五百四十个项目下进行其生老病死。当然，至今我们要到字典里去“抓字”的时候，正规的抓法还是查部首。宇宙虽大，物象虽繁，却都乖乖各自待在它所从属的部首里，就算科学家新掏掘出了一些新玩意，一样可以收编为“铀”或“镭”或“氢”或“氧”……

但“行”不是被收编的，它是部首级的字，它有其完整自足的意义，它收编别人。

“行”是什么意思呢？

有趣的是，许慎虽比我们早生二千年，但他只懂小篆，旁及大篆，对那批早于汉代大约一千五百年的甲骨文他竟无缘得识。反而是我们二十世纪以后的后生小子，有幸隔着博物馆的玻璃，去亲眼见识到那些三千五百年前的骨片，更能在印刷精美的书页上把玩那遒劲的一笔一画。

“行”字在甲骨文时代是长成这个样子的：

这又是什么意思呢？

啊！简单地说，它就是十字路口。更有意思的是，这四条通衢大道全都没有收口。明摆着“一径入天涯”的迢遥途程。这和数学上的象限不同。象限是四个区块，四个区块其实仍然只是四个辖地。但“行”却是四个方向，它可南可北可东可西，它是大地之上成带状的无限可能。它又酷似十字架，但十字架是有封口的，十字架是古往今来的纵线加上左舒右展的横线，然后在其上钉下一具牺牲者的肉体。而“行”是释放了的十字架，供凡人如你我可以得其救赎，因而可以大踏步地去冲州撞府，可以去披星戴月，可以在重关复隩，在山不穷水不尽的后土上放牧自我。

以上是“行”的第一定义。

而“行”还有第二定义，下定义的是许慎，在他的《说文解字》里，行字成了“彳”和“亍”的结合。彳和亍可以解释作左脚和右脚的交互前行，也可以解释作“行”加上“止”的旅人轨迹——

我比较喜欢后面这个定义。

相较之下，甲骨文时代的行是名词，是无限江山。而小篆中的行是动词，是千里行脚。两者都跟你有关，因为你是那健康自信美丽高挑的女子，你是穿阡越陌，在里巷中又行又止的人。好的旅行家，如你，是亦行亦止的，因为只有“行”，才能去到远方，只有“止”，才能凝神倾听，才能涣然了解，才能勃然动容，然后，才有琐细入微的记忆和娓娓道来的缕述。

很高兴你今又有远行，很佩服你一再出发。于我，因为方历大劫，一时尚在休养生息，但是倒也无妨于出入唐、宋，游走晋、魏，在历史中倘佯。所以，朋友啊，容许我小里小气，把刚才分明已经赠送给你的“行”字，也拿回来回赠给自己吧！

请问，你是洞庭红的后代吗？

下面的故事，你且当灵异话题看待好了。

有一天，我到家附近的水果行去买橘子，我其实有点恨冬天，但因为橘子和火锅这两样东西，我又决定原谅冬天了。

橘子在台湾以椪柑为主流，我自己却比较偏爱桶柑，后者皮比较紧致，果肉也长得实实在在的，而且还附着绿叶卖，可惜它上市比较晚，不到一月份，是见不到踪迹的。至于海梨，虽然长相不错，味道也甜甜的，我却总觉它血统可疑，不像柑橘家庭的子弟。

这一天，我看到有一种插牌为“日本蜜柑”的品种在卖，这种橘子我去年吃过，味道不错，记得是别人送的，因为只顺手送了几颗，所以没好好注意。今年看它在大篓子里，红红艳艳如一座喷着岩浆的火焰山，委实令人一惊！天哪，竟有如此如此红的橘子。

像嗅觉灵敏的警探，我立刻对自己宣布：

“这一定是‘洞庭红’了！”

可是我能把这去告诉谁呢？谁知道洞庭红是什么玩意呢？

“这橘子真是从日本进口的吗？”

“是日本种，台湾种的。”

“种在哪里？”

“大概是嘉义一带吧！”

日本怎么会有好橘子？在二千五百年前晏子的时代，他们已经了解橘子是南方佳果，淮河以北是长不出好橘子来的。换言之，橘子在北半球注定只在二十三度到三十三度之间最好长，日本地球位置偏北，要想种橘子，大概只能靠九州或琉球，当然，也许他们另有暖房或其他妙计也未可知，但毕竟细想起来令人起疑。

我因此毫无根据地就认为这橘子是被引到日本去的“洞庭红”的海外苗裔，只因它外表看来真的就是古诗中所说的“洞庭红”形貌。

洞庭红其实就是洞庭柑，而此洞庭不指湖南那个湖，而是指江苏的太湖中的洞庭山。南宋名将韩世忠的儿子韩彦直写过一本《橘谱》(那是世界上第一本有关橘子的百科全书)，书中说：

> 洞庭柑，皮薄味美，比之他柑，韵稍不及，熟最早，藏之至来岁之春，其色如丹，乡人谓，其种自洞庭山来，故以得名。

身为名将之后，韩彦直却是位务实的地方官，在浙江永嘉（温州）一带“拼橘子经济”。

洞庭柑当年是可以入贡的，唐代诗人白居易在身为当地太守时就亲自去拣橘上贡，并且写了一首七律，《拣贡橘书情》，最末一句是：.

愿凭朱实表丹诚。

他的朋友周元范也和了一首，其中一二句如下：

离离朱实绿丛中，似火烧山处处红。

红得像一粒心，红得像火，洞庭红就是如此。

我在台北街头看到名称为“日本蜜柑”的，一斤可称上六七个小小红红的橘子，只因被它异常的金红所魅，一时竟如同痴心的老年男子，忽在街头见一小女孩生得极为端严都丽，便急着跑去问她：

“请问你是名画上某某夫人的曾孙女吗？”

那老年绅士于画上美女其实是只曾远观只曾风闻，却因异代相隔从来不曾亲其芳泽，但居然被他问对了，小女孩竟真是那美人的后代，他凭的不是DNA检验报告，而是直觉，近乎灵异的直觉。

洞庭红柑最让我难忘的还不是白居易的诗，而是明末抱瓮老人《今古奇观》中收的一个故事。故事名叫《转运汉巧遇洞庭红》，说到明朝苏州有位文若虚，本为聪明世家子，却因倒运败尽家产。好在他有从事海外贸易的朋友，就邀他上船散心，他手头只有一两银子，顺便买了一百多斤洞庭红，船行三五日，到了一个“吉零国”，那些橘子原拟自用的，不料却被吉零国人看到而高价竞买，一刹时他竟变成了千两富翁。这故事借吉零国人的嘴，把洞庭红赞成了琼浆玉液。

深夜灯下写稿，剥一枚小橘放在一旁，自觉比被人贡橘的皇帝还尊贵。唐朝白居易爱赏的，宋代韩彦直描述的，明代小说里绘声绘影的，日本人拿去育种的（我猜），最后台湾人拿它在中部果园试种成功的这枚橘子，我是多么庆幸自己正在享用它，只是我很想问它："请问，你真是'洞庭红'的后代吗？"

替古人担忧

同情心，有时是不便轻易给予的，接受的人总觉得一受人同情，地位身份便立见高下，于是一笔赠金，一句宽慰的话，都必须谨慎。但对古人，便无此限，展卷之余，你尽可痛哭，而不必顾到他们的自尊心，人类最高贵的情操得以维持不坠。

千古文人，际遇多苦，但我却独怜蔡邕，书上说他："少博学，好辞章……妙操音律，又善鼓琴，工书法，闲居玩古，不交当也……"后来又提到他下狱时"乞黥首刖足，续成汉史，不许。士大夫多矜救之，不能得，遂死狱中"。

身为一个博学的、孤绝的、"不交当也"的艺术家，其自身已经具备那么浓烈的悲剧性，及至在混乱的政局里系狱，连司马迁的幸运也没有了！甚至他自愿刺面斩足，只求完成一部汉史，也竟而被拒，想象中他满腔的悲愤直可震陨满天的星斗。可叹的不是狱中冤死的六尺之躯，是那永不为世见的焕发而饱和的文才！

而尤其可恨的是身后的污蔑，不知为什么，他竟成了民间戏剧中虐待赵五娘的负心郎，陆放翁的诗里曾感慨道：

古道斜阳赵家庄，盲翁负鼓正作场。

身后是罪谁管得，满城争唱蔡中郎。

让自己的名字在每一条街上被盲目的江湖艺人侮辱，蔡邕死而有知，又怎能无恨！而每一个翻检历史的人，每读到这个不幸的名字，又怎能不感慨是非的颠倒无常。

李斯，这个跟秦帝国连在一起的名字，似乎也沾染着帝国的辉煌与早亡。

当他年盛时，他曾是一个多么傲视天下的人，他说：“诟莫大于卑贱，而悲莫甚于贫困，久处卑贱之位，困苦之地，非世而恶利，自托于无为，此非士之情也！”他曾多么贪爱那一点点醉人的富贵。

但在多舛的宦途上，他终于付出自己和儿子作为代价，临刑之际，他黯然地对儿子李由说：“吾欲与若复牵黄犬，俱出上蔡东门，逐狡兔，岂可得乎？”

幸福被彻悟时，总是太晚而不堪温习了！

那时候，他会想起少年时上蔡的春天，透明而脆薄的春天！

异于帝都的春天！他会想起他的老师荀卿，那温和的先知，那为他相秦而气愤不食的预言家，他从他那儿学了“帝王之术”，却始终参不透他的“物禁太盛”的哲学。

牵着狗，带着儿子，一起去逐野兔，每一个农夫所可触及的幸福，却是秦相李斯临刑时的梦呓。

公元前二〇八年，咸阳市上有被腰斩的父子，高踞过秦相，留传下那么多篇疏壮的刻石文，却不免于那样惨烈的终局！

看剧场中的悲剧是轻易的，我们可以安慰自己“那是假的”，但读史时便不知该如何安慰自己了。读史者有如屠宰业的经理人，自己虽未动手杀戮，却总是以检点流血为务。

我们只知道花蕊夫人姓徐，她的名字我们完全不晓，太美丽的女子似乎注定了只属于赏识她的人，而不属于自己。

古籍中如此形容她："拜贵妃，别号花蕊夫人，意花不足拟其色，似花蕊翾轻也，又升号慧妃，如其性也。"

花蕊一样的女孩，怎样古典华贵的女孩，由于美丽而被豢养的女孩！

而后来，后蜀亡了，她写下那首有名的亡国诗：

> 君王城上竖降旗，妾在深宫哪得知。
> 十四万人齐解甲，更无一个是男儿。

无一个男儿，这又奈何？孟昶非男儿，十四万的披甲者非男儿，亡国之恨只交给一个美女的泪眼，交给那柔于花蕊的心灵。

国亡赴宋，相传她曾在葭萌的驿壁上留下半首《采桑子》，那写过百首宫词的笔，最后却在仓皇的驿站上题半阕小词：

> 初离蜀道心将碎，离恨绵绵，春日如年，马上时时闻杜鹃……

半阕！南唐后主在城破时，颤抖的腕底也是留下半首词。半阕是人间的至痛，半阕是永劫难补的憾恨！马上闻啼鹃，其悲竟如何？那写不下去的半阕比写出的更哀绝。

蜀山蜀水悠然而清，寂寞的驿壁在春风中穆然而立，见证着一个女子行过蜀道时凄于杜鹃鸟的悲鸣。

词中的《何满子》，据说是沧州显者临刑时欲以自赎的曲子，不获免，只徒然传下那一片哀结的心声。

《乐府杂录》中曾有一段有关这曲子的戏剧性记载：

> 刺史李灵曜置酒，坐客姓骆唱《何满子》，皆称其绝妙。白秀才曰：“家有声妓，歌此曲，音调。”召至，令歌，发声清越，殆非常音，骆遽问曰：“是宫中胡二子否？”妓熟视曰：“不同君岂梨园骆供奉邪？”相对泣下，皆明皇时人也。

异地闻旧音，他乡遇故知，岂都是喜剧？白头宫女坐说“天宝”固然可哀，而梨园散失沦落天涯，宁不可叹？

在伟大之后，渺小是怎样地难忍，在辉煌之后，黯淡是怎样的难受，在被赏识之后，被冷落又是怎样的难耐，何况又加上那凄恻的《何满子》，白居易所说的“一曲四词歌八叠，从头便是断肠声”的《何满子》！

千载以下，谁复记忆胡二子和骆供奉的悲哀呢？人们只习惯于去追悼唐明皇和杨贵妃，谁去同情那些陪衬的小人物呢？但类似的悲哀却在每一个时代演出，“天宝”总是太短，渔阳鼙鼓的余响敲碎旧梦，马嵬坡的夜雨滴断幸福，新的岁月粗糙而庸俗，却以无比的强悍逼人低头。玄宗把自己交给游仙的方士，胡二子和骆供奉却只能把自己交给比永恒还长的流浪的命运。

灯下读别人的颠沛流离，我不知该为撰曲的沧州歌者悲，还是该为唱曲的胡二子和骆供奉悲——抑或为自己悲。

卓文君和她的一文铜钱

下午的阳光意外的和暖，在多烟多嶂的蜀地，这样的冬日也算难得了。

药香微微，炉火上氤氲着朦胧的白雾。那男子午寐未醒，一只小狗偎着白发妇人的脚边打盹。

这么静。

妇人望着榻上的男子，这个被“消渴之疾”所苦的老汉（按：古人称糖尿病为消渴之疾），他的手脚细瘦，肤色黯败，她用目光爱抚那衰残的躯体。

一生了，一生之久啊！

“这男人是谁呢？”老妇人卓文君支颐倾视自问。

记忆里不曾有这样一副面孔，他的头发已秃，颈项上叠着像骆驼一般的赘皮。他不像当年的才子司马相如，倒像司马相如的父亲或祖父。年轻时候的司马虽非美男子，但肌肤坚实，顾盼生姿，能将一把琴弹得曲折多情如一腔幽肠。他又善剑，琴声中每有剑风的清扬枭健。又仿佛那琴并不是什么人制造的什么乐器，每根琴弦，一一都如他指尖泻下的寒泉翠瀑，琤琤琮琮，淌不完的高山流水，谷烟壑云。

犹记得那个遥远的长夜，她新寡，他的琴声传来，如荷花的花苞在中宵柔缓拆放，弹指间，一池香瓣已灿然如万千火苗。

她选择了那琴声，冒险跟随了那琴声，从父亲卓王孙的家中逃逸。从此她放弃了仆从如云、挥金如土的生涯。她不觉乍贫，狂喜中反觉乍富，和司马长卿相守，仿佛与一篇繁复典丽的汉赋相厮缠，每一句，每一逗，都华艳难踪。

啊，她永远记得的是那倜傥不群的男子，那用最典赡的句子记录了一代大汉盛世的人——如果长卿注定是记录汉王朝的人，她便是打算用记忆来网络这男子一生的人。

而这男子，如今老病垂垂，这人就是那人吗？有什么人将他偷换了吗？卓文君小心地提起药罐，把药汁滤在白瓷碗里，还太烫，等一下再叫他起来喝。

当年，在临邛，一场私奔后，她和爱胡闹的长卿一同开起酒肆来。他们一同为客人沽酒、烫酒，洗杯盏，长卿穿起工人裤，别有一种俏皮。开酒肆真好，当月光映在酒卮里，实在是世间最美丽的景象啊！可惜酒肆在父亲反对下强迫关了，父亲觉得千金小姐卖酒是可耻的。唉！父亲却从来不知卖酒是那么好玩的事啊！酒肆中觥筹交错，众声喧哗，糟曲的暖香中无人不醉——不是酒让他们醉，而是前来要买它一醉的心念令他们醉。

想着，她站起来，走到衣箱前，掀了盖，掏摸出一枚铜钱，钱虽旧了，却还晶亮。她小心地把铜钱在衣角拭了拭，放在手中把玩起来。

这是她当年开酒肆卖出第一杯酒的酒钱。对她而言，这一钱胜过万贯家财。这一枚钱一直是她的秘密，父亲不知，丈夫不知，子女亦不知。珍藏这一枚钱其实是珍藏年少时那段快乐的私奔岁月。能和当代笔力最健的才子在一个垆前卖酒，这是多么兴奋又多么扎实的日子啊！满室酒香中盈耳的总是歌，迎面的都是笑，这枚钱上仿佛仍留着当年的声纹，如同冬日结冰的池塘长留着夏夜蛙声的记忆。

酒肆遵父命关门的那天，卓王孙送来仆人和金钱。于是，她知道，这一切逾轨的快乐都结束了。从此她仍将是富贵人家的妻子，而她的夫婿会挟着金钱去交游，去进入上流社会，会以文字干禄。然后，他会如当年所期望的，乘“高车驷马”走过升仙桥。然后，像大多数得意的男子那样，娶妾。他不再是一个以琴挑情的情人。

事情后来的发展果真一如她所料，有了功名以后，长卿一度想娶一位茂陵女子为妾（啊！身为蜀人，他竟已不再爱蜀女，他想娶的，居然是京城附近的女子），文君用一首《白头吟》挽回了自己的婚姻——对，挽回了婚姻，但不是爱情。

皑如山上雪，皎若云间月。
闻君有两意，故来相决绝。
凄凄复凄凄，嫁娶不须啼。
愿得一心人，白头不相离。

“一心人”？世上有那一心一意的男人吗?

药凉了，可以喝了，她打算叫醒长卿，并且下定决心继续爱他。不，其实不是爱他，而是爱属于她自己的那份爱！眼前这衰朽的形体，昏眊的老眼，分明已一无可爱，但她坚持，坚持忠贞于多年前自己爱过的那份爱。

把铜钱放回衣箱一角，下午的日光已翳翳然，卓文君整发敛容，轻声唤道：

“长卿，起来，药，熬好了。”

风物

万物伙伴

三百年前，十七世纪的中叶，一群学者和诗人，将他们辛苦辑成的一大套丛书，呈给龙椅上的康熙皇帝。后来，那批编者死了，那皇帝读者也死了，而那套书却印了出来，可以在今天任何一个有规模的图书馆里找到，那本书是“咏物诗”，包括中国历代大诗人对万物的歌咏。

吃满汉全席，也许是皇族特有的口福，但读诗，读咏物诗，却已是每一个小老百姓的权利。诗，从来不会不属于人类全体。

西洋人论诗，每每强调叙事诗、抒情诗或者牧歌，但中国人却喜欢说咏物、咏史、咏怀。“物”在中国已经成为一种可以歌颂，可以细描，可以玩味的诗歌题材了。正如在艺术方面中国人不习惯说画“画”，我们一定要说画山水、画人物、画花鸟、画四君子……

咏物诗在中国诗的历史中当然不能算最优秀的作品，但令人惊讶的是，“物”在中国，有其比西洋诗中更高贵的形象。“天人合一”是比较抽象不易捉摸的，“物我无间”倒比较合乎中国人更实际的生活，庄子说：“天地与我并立，而万物与我为一。”事实上，天，经常被看作“物”，连人，也是“人物”，人既为“万物之灵”，也是万物的一支吧！人死了，变成鬼，就中国人来看，仍是“物”，是“异物”。

中国上古史里的圣王当然都是最有智慧最深沉的人，然而他们获得智慧的方法既不是“面壁”，也不是“闭关”，相反，他们“仰则观象于天”，“俯则观法于地”，“视鸟兽之文与地之宜”，然后，他们获得了统驭的智慧。中国的政治家，是透过“自然观察家”、“哲学家”而成为“政治理论家”的。中国的君子懂得“自强不息”的道理，是因为有感于“天行健”。中国的圣人是看到“逝者如斯”的东流水，震撼于“不舍昼夜”的自然力量，方会回身观照，急于想把自己冲激成一川洪流。

这不仅是士大夫的观念，事实上取法自然，从万物体悟人生，也是一般小百姓的想法。武侠小说里固然有时也承认秘笈的权威，但一派宗师在融会贯通天下武学之际，总是独凌绝峰，并且从大海日出、白鹤腾空、瀑布断流、风舞琼花等现象获得灵感上的突破。在这种事上，武学分明又是一种诗学，一种美学。在中国，几乎所有的智慧体悟都来自对万物的观察。

中国的文字，就其象形本质而论，是采取“画成其‘物’，随体诘诎”的办法。你可以不认识“稷”字，但你知道它是禾的一种，是广大田野中青青的翠意。你可以不认识“麋”，但你知道它是鹿族里的一脉，是浅溪旁呼伴饮水的善良生物。你可以不认识“雯”，但却可以想象它是一种美丽的天象，是云霞的妹妹。

作为一个中国人，每天，在每一个文字上遇见万物的速写像。我们在一张简单的报纸上重见“日”“月”“山”“川”，他们仍然那样传神地勾画着初民对万物的惊喜赞叹。当我们看到“册”字，它向我们显示那穿在一条线上厚实整齐的竹简。当我们看到“果”字，它沉甸甸地悬在最高枝的喜悦感仍然是极真实的，我们不由得感到与万物有亲有故的那份真切情意。

然后，忽然一声炸雷，我们就看到“物竞天择”、“弱肉强食”的新旗号，我们还来不及分辨这句话在生物学上的正确意义，它已经就变成政客和野心家的金科玉律了……

但是，我们仍然记得我们是来自一个和万物有亲有故的民族。

这个民族，曾产生庄子。他像一个小学老师，他第一次把我们引离教室，带我们站在春天的原野上，教我们看天、看云、看花草、看尘泥，然后告诉我们说：“物无贵贱。”我们认真地想着他所说的“齐物论”，直等到一只蜻蜓误停在我们的肩上，我们终于相信我们都只不过是一个小小的客旅，我们之间并无大小之差尊卑之别。金星难道比土星高贵吗？太阳比月亮美丽吗？人比蜉蝣活得更长吗？

韩愈说：“有其翼者去其角。”在中国人看来，没有谁是绝对的强者，如果说“适者生存”，则万物莫不是“适者”，上天不会造一只有翅膀的老虎，也不会造一只生有大角的老鹰。柔弱无依的墨鱼，在事急时也有它“防御性的武器”。换句话说，这是一个“有饭大家吃”、“人人都有得混”的众生平等的世界。

在这种观念之下，万物都各安其位，各得其所，大如山的自然可以入画，小如沙砾亦自有景观（近世有显微摄影，一幅盐结晶的构图，一幅“精子力争上游图”，莫不动人良深）。明灿如钻石的是美，沉黯如黑玉的也是美。刚如削壁虽足取法，柔似春水也能给人许多启示。像虎豹一样强，固然可以傲啸山林，像小蜥蜴一样弱，也有资格享受成色十足的阳光……

因此，张横渠会说：“民吾同胞，物吾与也。”翻成白话文就是：“人类，是我的手足弟兄，万物，是我一伙的朋友。”

既不是逞能地去霸占万物，也不是无能地役于万物，只是一个欢欢喜喜的孩子，走在欢欢喜喜的阳光里，觉得眼前一切鸟兽虫鱼花树草木全都与自己有亲有故的那种心情。也因此，程颢会写下“万物静观皆自得，四时佳兴与人同”的句子，朱晦庵会持有“好鸟枝头亦朋友，落花水面皆文章”的烂漫天机。

旧式塾师的诗学教育，也是从万物之情体会出来的，老师说“天”，学生要懂得说“地”，老师说“桃红”，学生对“柳绿”。就这样，在对对子——这种师生间的“合法抬杠”——中，中国小孩学会了写诗，学会了陆机所说的那种“挫万物于笔端”的本领。

当然，反过来说，中国诗里也充满了“物”的和谐。孔子劝儿子读诗的理由之一是“可以在诗里认识鸟兽草木”。一本《诗经》，是从一条河畔写起的，水鸟和鸣，荇菜飘浮，好一卷澄澈无渣滓的歌。《楚辞》里是另一种植物，兰芷茝蕙，一派南国风物。连汉代乐府，也每每无缘无故地要拿“青青河畔草”做开头的固定格式。

可是，中国诗里写物跟美国诗人狄谨荪写蛇、康明思写蚱蜢是不相同的。“非人磨墨墨磨人”写的是墨吗？“百花发，我不发，我若发，都骇杀”写的是秋菊吗？咏物者常常弄不清楚自己手绘的是一幅蝴蝶，还是一幅自己，咏物者终于发现自己在万物里，万物在自己里。

不单诗，中国戏剧也惯于以物体贯穿剧情。《汉宫秋》里，前前后后只是那一把琵琶的抑扬悲欢。《桃花扇》，整个大明朝的兴亡全在一个金陵女子的扇底说完了。而《荆钗记》，一枝小小的木棒做的头钗，却是贫微夫妻的爱情保障……

生命也是如此啊，几片瓦，一口井，一口老黑锅，故事就绕着小小的道具而推展。在那个古老的时代，每一件物都有先人的

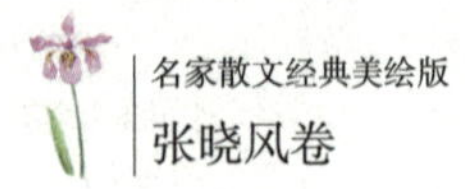

手泽，都有亲切的情意。不幸那时代远了，我们身处在一个“银货两讫”的商业社会里，我们是按着定价购物的一代，杯子只是杯子，笔只是笔，今年的衣服是明年的垃圾，月亮在荧光幕上自会出现，不必麻烦去看天上的那一轮。我们有无限膨胀的物欲，却不能通一点物情物趣。

学院的教育把我们变成善于分析的说明符号“：”，不知从什么时候开始，我们竟再也不会发出一声惊叹号“！”。

“江畔何人初见月？江月何年初照人？”

江畔见月者何止万万千千个，江月照人何止万万千千年？但谁是真正的“江畔见月人”呢？那必是一个带一声惊呼就穆然肃然把一颗心交给月光去浸得清极莹极的一位吧！而谁又是江月所真正愿意倾光相授的传人呢？那必是让月光也为之一震的光风霁月的君子吧？

与万物摩踵擦肩而过，谁是那得物趣、通物情、能友物、能契物的人呢？

我认识一位教植物学的老教授，他说：

“我年轻的时候，用显微镜观察叶子的组织，那时代的显微镜不够好，我们能看到的东西不够多，我常希望有更高倍数的显微镜出现，我们就会明白得多些。现在，我老了，这种显微镜出现了。奇怪的是，放大倍数增加以后，看到了更多的东西，引出的问题反而更多了，我忽然发现我比以前更不了解那些组织了！”

在他自己承认“不了解”的谦逊和敬畏中，我看到了他的“了解”。

让科学帮助我们“了解”我们的“不了解”，这样，我们反而可以算为不太讨厌的“解人”。

让我们爱万物，以及造物的天、成物的人。江月会一直俯照着春江，但见者自见，不见者自不见，不见者只能行在黑色的长夜里。万物是我们并生的伴侣，但侣者自侣，不侣者自不侣，失侣者只好孤单封闭地走完一生。

在一盏茶里饮千古的风流，在瓦斯炉前遥想燧人氏的风采，由一张纸上想见汉文明，捧一碗饭时懂得感谢嘉南平原上的老农，让事事物物都关情，让我们生活得更好奇，更惊讶，更感激。

一开头，我曾经说过，三百年前，有一批学者战战兢兢地编了一部“咏物诗”给皇帝看。而今，我所编的是一本“咏物散文”——不再编给皇帝看（皇帝已于七十年前走下千古的龙椅），而是编给更尊贵的一位——你——看的。你，一个中国人，配接受这一切的献呈。

色识

颜色之为物，想来应该像诗，介乎虚实之间，有无之际。

世界各民族都有其“上界”与“下界”的说法，以供死者前往——独有中国的特别好辨认，所谓“上穷‘碧’落下‘黄’泉”。《千字文》也说“天地玄黄”，原来中国的天堂地狱或是宇宙全是有颜色的哩！中国的大地也有颜色，分五块设色，如同小孩玩的拼图版，北方黑，南方赤，西方白，东方青，中间那一块则是黄的。

有些人是色盲，有些动物是色盲，但更令人惊讶的是，据说大部分人的梦是无色的黑白片。这样看来，即使色感正常的人，每天因为睡眠也会让人生的三分之一时间失色。

中国近五百年来的画，是一场墨的胜利。其他颜色和黑一比，竟都黯然引退，好在民间的年画、刺绣和庙宇建筑仍然五光十色，相较之下，似乎有下面这一番对照：

成人的世界是素净的黯色，但孩子的衣着则不避光鲜明艳。

汉人的生活常保持渊沉的深色，苗瑶藏胞却以彩色环绕汉人、提醒汉人。

平素家居度日是单色的，逢到节庆不管是元宵放灯或端午赠送香包或市井婚礼，色彩便又复活了。

庶民（又称“黔”首、“黧”民）过老态的不设色的生活，帝王将相仍有黄袍朱门紫绶金驾可以炫耀。

古文的园囿不常言色，诗词的花园里却五彩绚烂。

颜色，在中国人的世界里，其实一直以一种稀有的、矜贵的、与神秘领域暗通的方式存在。

颜色，本来理应属于美术领域，不过，在中国，它也属于文学。眼前无形无色的时候，单凭纸上几个字，也可以想见“月落江湖‘白’，潮来天地‘青’”的山川胜色。

逛故宫，除了看展出物品，也爱看标签，一个是“实”，一个是“名”，世上如果只有喝酒之实而无“女儿红”这样的酒名，日子便过得不精“彩”了。诸标签之中且又独喜与颜色有关的题名，像下面这些字眼，本身便简扼似诗：

祭红：祭红是一种沉稳的红釉色，红釉本不可多得，不知祭红一名何由而来，似乎有时也写作“积红”，给人直觉的感觉不免有一种宗教性的虔诚和绝对。本来羊群中最健康的、玉中最完美的可作礼天敬天之用，祭红也该是最凝聚最纯粹最接近奉献情操的一种红。相较之下，“宝石红”一名反显得平庸，虽然宝石红也光莹透澈，极为难得。

牙白：牙白指的是象牙白，因为不顶白反而有一种生命感，让人想到羊毛、贝壳或干净的骨骼。

甜白：不知怎么回事会找出甜白这么好的名字，几件号称甜白的器物多半都脆薄而婉腻。甜白的颜色微灰泛紫加上几分透明，像雾峰一带的好芋头，煮熟了，在热气中乍剥了皮，含粉含光，令人甜从心起，甜白两字也不知是不是这样来的。

娇黄：娇黄其实很像杏黄，比黄瓤西瓜的黄深沉，比袈裟的

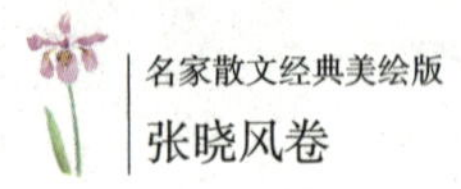

黄轻俏，是中午时分对正阳光的透明黄玉，是琉璃盏中新榨的纯净橙汁，黄色能黄到这样好真叫人又惊又爱又心安。美国式的橘黄太耀眼，可以做属于海洋的游艇和救生圈的颜色，中国皇帝的龙袍黄太夸张，仿佛新富乍贵，自己一时也不知该怎么穿着，才胡乱选中的颜色，看起来不免有点舞台戏服的感觉。但娇黄是定静的沉思的，有着《大学》一书里所说的“定而后能静、静而后能安、安而后能虑、虑而后能得”的境界。有趣的是“娇”字本来不能算是称职的形容颜色的字眼——太主观，太情绪化，但及至看了“娇黄高足大碗”，倒也立刻忍不住点头称是，承认这种黄就该叫娇黄。

茶叶末：茶叶末其实是秋香色，也略等于英文里的鳄梨色(avocado)，但情味并不相似。鳄梨色是软绿中透着柔黄，如池柳初舒，茶叶末则显然忍受过搓揉和火炙，是生命在大挫伤中历练之余的幽沉芬芳，但两者又分明属于一脉家谱，互有血缘。此色如果单独存在，会显得悒闷，但由于是釉色，所以立刻又明丽生鲜起来。

鹧鸪斑：这称谓原不足以算“纯颜色”，但仔细推来，这种乳白赤褐交错的图案效果如果不用此字，真不知如何形容。鹧鸪斑三字本来很可能是鹧鸪鸟羽毛的错综效果，我自己却一厢情愿地认为那是鹧鸪鸟蛋壳的颜色。所有的鸟蛋都有极其漂亮的颜色，或红褐，或浅碧，或斑斑朱朱。鸟蛋不管隐于草茨或隐于枝柯，像未熟之前的果实，它有颜色的目的竟是求其“失色”，求其“不被看见”。这种斑丽的隐身衣真是动人。

霁青、雨过天青：霁青和雨过天青不同，前者是凝冻的深蓝，后者比较有云淡天青的浅致。有趣的是从字义上看都指雨后的晴空。大约好事好物也不能好过头，朗朗青天看久了也会糊涂，以为不稀罕。必须乌云四合，铅灰一片乃至雨注如倾盆之后的青天才可喜。柴世宗御批指定“雨过天青云破处，这般颜色做将来”，口气何止像君王，更像天之骄子，如此肆无忌惮简直根本不知道世上有不可为之事，连造化之诡、天地之秘也全不瞧在眼里。不料正因为他孩子似的、贪心的、漫天开价的要求，世间竟真的有了雨过天青的颜色。

剔红：一般颜色不管红黄青白，指的全是数学上的“正号”，是在形状上面“加”上去的积极表现。剔红却特别奇怪，剔字是“负号”，指的是在层层相叠的漆色中以雕刻家的手法挖掉了红色，是“减掉”的消极手法。其实，既然剔除了只能叫剔空，它却坚持叫剔红，仿佛要求我们留意看那番疼痛的过程。站在大玻璃橱前看剔红漆盒看久了，竟也有一份悲喜交集的触动，原来人生亦如此盒，它美丽剔透，不在保留下来的这一部分，而在挖空剔除的那一部分。事情竟是这样的吗？在忍心的割舍之余，在冷情的镂空之后，生命的图案才足动人。

斗彩：斗彩的“斗”字也是个奇怪的副词，颜色与颜色也有可斗的吗？文字学上“斗”字也通于“逗”，“逗”与“斗”在釉色里面都有“打情骂俏”的成分，令人想起李贺的“石破天惊逗秋雨”，那一番逗简直是挑逗啊！把雨水从天外逗引出来，把颜色从幽冥中逗弄出来，斗彩的小器皿向例是热闹的，少不了快意的青蓝和珊瑚红，非常富有民俗趣味。近人语言里每以“逗”这个动词当形容词用，如云“此人真逗”！形容词的“逗”有“绝妙好玩”的意思，如此说来，我也不妨说一句“斗彩真逗”！

当然，“艳色天下重”，好颜色未必皆在宫中，一般人玩玉总不免玩出一番好颜色好名目来，例如：

孩儿面（一种石灰沁过而微红的玉）。

鹦哥绿（此绿是因为做了青铜器的邻居受其感染而变色的）。

茄皮紫。

秋葵黄。

老酒黄（多温暖的联想）。

虾子青（石头里面也有一种叫“虾背青”的，让人想起属于虾族的灰青色的血液和肌理）。

不单玉有好颜色，石头也有，例如：

鱼脑冻：指一种青灰浅白半透明的石头，“灯光冻”则更透明。

鸡血：指浓红的石头。

艾叶绿：据说是寿山石里面最好最值钱的一种。

炼蜜丹枣：像蜜饯一样，是个甜美生津的名字，书上说“百炼之蜜，渍以丹枣，光色古黯，而神气焕发”。

桃花水：据说这种亦名“桃花片”的石头浸在瓷盘净水里，一汪水全成了淡淡的“竟日桃花逐水流”的幻境。如果以桃花形容石头，原也不足为奇，但加一“水”字，则迷离滉漾，硬是把人推到“两岸桃花夹古津”的粉红世界里去了。类似的浅红石头也有叫“浪滚桃花”的，听来又凄婉又响亮，叫人不知如何是好。

砚水冻：这是种不纯粹的黑，像白昼和黑夜交界处

的交战和朦胧，并且这份朦胧被魔法定住，凝成水果冻似的一块，像砚池中介乎浓淡之间的水，可以为诗，可以染墨，也可以秘而不宣，留下永恒的缄默。

石头的好名字还有许多，例如“鹁鸽眼”（一切跟“眼”有关的大约都颇精粹动人，像“虎眼”、“猫眼”）、“桃晕”、“洗苔水”、“晚霞红”等。

当然，石头世界里也有不“以色事人”的，像“太湖石”、“常山石”，是以形质取胜，两相比较，像美人与名士，各有可倾倒之处。

除了玉石，骏马也有漂亮的颜色，项羽必须有英雄最相宜的黑色来相配，所以“乌”骓不可少，关公有“赤”兔，刘彻有汗“血”，此外“玉”骢，“华”骝，“紫”骥，无不充满色感。至于不骑马而骑牛的那位老聃，他的牛也有颜色，是“青”牛，老子一路行去，函谷关上只见“紫”气东来。

马之外，英雄当然还须有宝剑，宝剑也是“紫电”、“青霜”，当然也有以“虹气”来形容剑器的，那就更见七彩缤纷了。

中国晚期小说里也流金泛彩，不可收拾，《金瓶梅》里小小几道点心，立刻让人进入“色彩情况”，如：

> 揭开，都是顶皮饼，松花饼，白糖万寿糕，玫瑰搽穰卷儿。

写惠莲打秋千一段也写得好：

> 这惠莲也不用人推送，那秋千飞起在半天云里，然后忽地飞将下来，端的却是飞仙一般，甚可人爱。月娘看见，对玉楼李瓶儿说：“你看媳妇子，她倒会打。”正说着，一阵风过来，把她裙子刮起，里边露见大红潞紬裤儿，扎着

脏头纱绿裤腿儿，好五色纳纱护膝，银红线带儿。玉楼指与月娘瞧。

另外一段写潘金莲装丫头的也极有趣：

却说金莲晚夕，走到镜台前，把鬏髻摘了，打了个盘头楂髻，把脸搽得雪白，抹得嘴唇儿鲜红，戴着两个金澄笼坠子，贴着三个面花儿，带着紫销金箍儿，寻了一套大红织金袄儿，下着翠蓝缎子裙，妆扮丫头，哄月娘众人耍子。叫将李瓶儿来与她瞧，把李瓶儿笑得前仰后合。说道：

“姐姐，你妆扮起来，活像个丫头，我那屋里有红布手巾，替你盖着头，等我往后边去，对他们只说他爹又寻了个丫头，唬他们唬，敢情就信了。”

买手帕的一段，颜色也多得惊人：

敬济道：“门外手帕巷有名王家，专一发卖各色改样销金点翠手帕汗巾儿，随你要多少也有，你老人家要甚么颜色？销甚花样？早说与我，明日都替你一齐带的来了。”李瓶儿道：“我要一方老黄销金点翠穿花凤的。”敬济道：“六娘，老金黄销上金，不显。”李瓶儿道：“你别要管我，我还要一方银红绫销江牙海水嵌八宝儿的，又是一方闪色芝麻花销金的。”敬济便道：“五娘，你老人家要甚花样？”金莲道：

“我没银子，只要两方儿勾了，要一方玉色绫锁子地儿销金的。”敬济道：“你又不是老人家，白刺刺的要他做甚么？”金莲道：“你管他怎的？戴不的，等我往后有孝戴！”

> 敬济道："那一方要甚颜色？"金莲道："那一方，我要娇滴滴紫葡萄颜色四川绫汗巾儿，上销金间点翠花样锦，同心结方胜地儿，一个方胜儿里面，一对儿喜相逢，两边阑子儿都是缨络珍珠碎八宝儿。"敬济听了，说道："呀，耶呀，再没了，卖瓜子儿开箱子打喷嚏，琐碎一大堆。"

看了两段如此如见其人如闻其声的描写，竟也忍不住疼惜起潘金莲来了，有表演天才，对音乐和颜色的世界极敏锐。喜欢白色和娇滴滴的葡萄紫，可怜这聪明剔透的女人，在这个世界上她除了做西门庆的第五房老婆外，可以做的事其实太多了！只可怜生错了时代！

《红楼梦》里更是一片华彩，在"千红一窟"、"万艳同杯"的幻境之余，怡红公子终生和红的意象是分不开的，跟黛玉初见时，他的衣着如下：

> 头上戴着束发嵌宝紫金冠，齐眉勒着二龙抢珠金抹额；一件二色金百蝶穿花大红箭袖，束着五彩丝攒花结长穗宫绦，外罩石青起花八团倭缎排穗褂，蹬着青缎粉底小朝靴……

没过多久，他又换了家常衣服出来：

> 已换了冠服：头上周围一转的短发，都结成小辫，红丝结束，共攒至顶中胎发，总编一根大辫，黑亮如漆，从顶至梢，一串四颗大珠，用金八宝坠脚；身上穿着银红撒花半旧大袄，仍旧带着项圈、宝玉、寄名锁、护身符等物；

下面半露松花撒花绫裤，锦边弹墨袜，厚底大红鞋。

宝玉由于在小说中身居要津，不免时时刻刻要为他布下多彩的戏服，时而是五色斑丽的孔雀裘，有时是生日小聚时的“大红绵纱小袄儿，下面绿绫弹墨夹裤，散着裤脚，系着一条汗巾，靠着一个各色玫瑰芍药花瓣装的玉色夹纱新枕头”。生起病来，他点的菜也是仿制的小荷花叶子、小莲蓬，图的只是那翠荷鲜碧的好颜色。告别的镜头是白茫茫大地上的一件猩红斗篷。就连日常保暖的一件小内衣，也是白绫子红里子上面绣起最生香活色的“鸳鸯戏水”。

和宝玉的猩红斗篷有别的是女子的石榴红裙。猩红是“动物性”的，传说红染料里要用猩猩血色来调才稳得住，真是凄伤至极点的顽烈颜色，恰适合宝玉来穿。石榴红是“植物性”的，香菱和袭人两个女孩在林木蓊郁的园子里，偷偷改换另一条友伴的红裙，以免自己因玩疯了而弄脏的那一条被众人发现。整个情调读来是淡淡的植物似的悠闲和疏淡。

和宝玉同属“富贵中人”的是王熙凤，她一出场，便自不同：

只见一群媳妇丫鬟拥着一个丽人从后房进来。这个人打扮与姑娘们不同，彩绣辉煌，恍若神妃仙子：头上绾着金丝八宝攒珠髻，插着朝阳五凤攒珠钗，项上戴着赤金盘螭缨络圈，身上穿着缕金百蝶穿花大红洋缎窄裉袄，外罩五彩刻丝石青银鼠褂，下着翡翠撒花洋绉裙。

这种明艳刚硬的古代“女强人”，只主管一个小小贾府，真是白糟蹋了。

《红楼梦》里的室内设计也是一流的，探春的，妙玉的，秦氏的，贾母的，各有各的格调，各有各的摆设，贾母偶然谈起窗纱的一段，令人神往半天：

> 那个纱，比你们的年纪还大呢。怪不得他认作蝉翼纱，原也有些像，不知道的都认作蝉翼纱。正经名叫“软烟罗”……那个软烟罗只有四样颜色：一样雨过天青，一样秋香色，一样松绿的，一样就是银红的。要是做了帐子，糊了窗屉，远远地看着，就似烟雾一样，所以叫作“软烟罗”。那银红的又叫做“霞影纱”。

《红楼梦》也是一部“红”尘手记吧，大观园里春天来时，莺儿摘了柳树枝子，编成浅碧小篮，里面放上几枝新开的花……好一出色彩的演出。

和小说的设色相比，诗词里的色彩世界显然密度更大更繁富。奇怪的是大部分作者都秉承中国人对红绿两色的偏好，像李贺，最擅长安排“红”“绿”这两个形容词前面的副词，像：

老红、坠红、冷红、静绿、空绿、颓绿。

真是大胆生鲜，从来在想象中不可能连接的字被他一连，也都变得妩媚合理了。

此外像李白“寒山一带伤心碧”（《菩萨蛮》），也用得古怪，世上的绿要绿成什么样子才是伤心碧呢？“一树碧无情”亦然，要绿到什么程度可算绝情绿，令人想象不尽。

杜甫“宠光蕙叶与多碧，点注桃花舒小红”（《江雨有怀郑典设》），以“多碧”对“小红”，也是中国文字活泼到极处的面貌吧？

此外，李商隐、温飞卿都有色癖，就是一般诗人，只要拈出“雨中黄叶树”，“灯下白头人”的对句，也一样有迷人情致。

词人中小山词算是极爱色的，郑因百先生有专文讨论，其中如：

绿娇红小、朱弦绿酒、残绿断红、露红烟绿、遮闷绿掩羞红、晚绿寒红、君貌不长红、我鬓无重绿。

竟然活生生地将大自然中最旺盛最欢愉的颜色驯服为满目苍凉，也真是夺造化之功了。

秦少游的“莺嘴啄花红溜，燕尾点波绿绉”也把颜色驱赶成一群听话的上驷，前句由于莺的多事，造成了由高枝垂直到地面的用花瓣点成的虚线，后句则缘于燕的无心，把一面池塘点化成回纹千度的绿色大唱片。另外有位无名词人的“万树绿低迷，一庭红扑簌”也令人目迷不暇。

李清照“知否知否，应是绿肥红瘦”的颜色自己也几乎成了美人，可以在纤秾之间各如其度。

蒋捷有句谓“红了樱桃，绿了芭蕉”，其中的红绿两字不单成了动词，而且简直还是进行式的，樱桃一点点加深，芭蕉一层层转碧，真是说不完的风情。

辛稼轩“唤取红巾翠袖，揾英雄泪”也在英雄事业的苍凉无奈中见婉媚。其实世上另外一种悲剧应是红巾翠袖空垂——因为找不到真英雄，而且真英雄未必肯以泪示人。

元人小令也一贯地爱颜色，白朴有句曰：“黄芦岸白蘋渡口，绿杨堤红蓼滩头”，用色之奢侈，想来隐身在五色祥云后的神仙也要为之思凡吧？马致远也有“和露摘黄花，带霜烹紫蟹，煮酒烧红叶”的好句子，煮酒其实只用枯叶便可，不必用红叶，曲家用了，便自成情境。

世界之大，何处无色，何时无色，岂有一个民族会不懂颜色？但能待颜色如情人，相知相契之余且不嫌麻烦地想出那么多出人意表的字眼来形容描绘它，舍中文外，恐怕不容易再找到第二种语言了吧？

玉　想

一 只是美丽起来的石头

一向不喜欢宝石——最近却悄悄地喜欢了玉。

宝石是西方的产物，一块钻石，割成几千几百个“割切面”，光线就从那里面激射而出，挟势凌厉，美得几乎具有侵略性，使我不由得不提防起来。我知道自己无法跟它的凶悍逼人相埒，不过至少可以决定“我不喜欢它”。让它在英女王的皇冠上闪烁，让它在展览会上伴以投射灯和响尾蛇（防盗用）展出，我不喜欢，总可以吧！

玉不同，玉是温柔的，早期的字书解释玉，也只是说：“玉，石之美者。”原来玉也只是石，是许多混沌的生命中忽然脱颖而出的那一点灵光。正如许多孩子在夏夜的庭院里听老人讲古，忽有一个因洪秀全的故事而兴天下之想，遂有了孙中山。所谓伟人，其实只是在游戏场中忽有所悟的那个孩子。所谓玉，只是在时间的广场上因自在玩耍竟而得道的石头。

二 克拉之外

钻石是有价的，一克拉一克拉地算，像超级市场的猪肉，一块块皆有其中规中矩称出来的标价。

玉是无价的，根本就没有可以计值的单位。钻石像谋职，把学历经历乃至成绩单上的分数一一开列出来，以便序位核薪。玉则像爱情，一个女子能赢得多少爱情完全视对方为她着迷的程度，其间并没有太多法则可循。以撒辛格（诺贝尔奖得主）说："文学像女人，别人为什么喜欢她以及为什么不喜欢她的原因，她自己也不知道。"其实，玉当然也有其客观标准，它的硬度，它的晶莹、柔润、缜密、纯全和刻工都可以讨论，只是论玉论到最后关头，竟只剩"喜欢"两字，而"喜欢"是无价的，你买的不是克拉的计价而是自己珍重的心情。

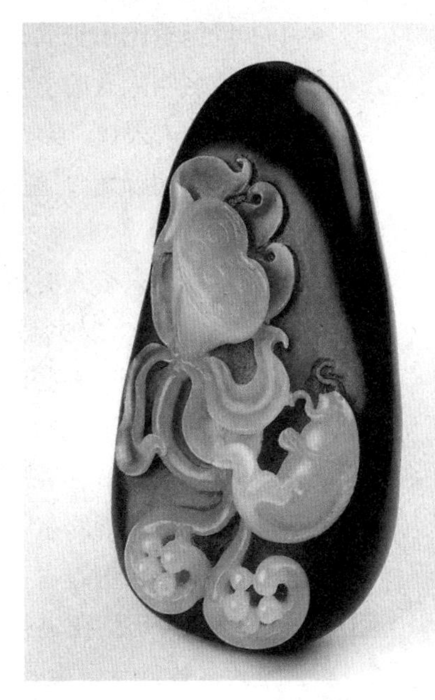

三 不须镶嵌

钻石不能佩戴，除非经过镶嵌，镶嵌当然也是一种艺术。而玉呢？玉也可以镶嵌，不过却不免显得"多此一举"，玉是可以直接做成戒指、镯子和簪笄的。至于玉坠、玉佩所需要的也只是一根丝绳的编结，用一段千回百绕的纠缠盘结来系住胸前或腰间的那一点沉实，要比金属般冷冷硬硬的镶嵌好吧？

不佩戴的玉也是好的，玉可以把玩，可以作小器具，可以作既可卑微地去搔痒，亦可用以象征宝贵吉祥的“如意”，可作用以祀天的璧，亦可作示绝的玦。我想做个玉匠大概比钻石割切人兴奋快乐，玉的世界要大得多繁富得多。玉是既入于生活也出于生活的，玉是名士美人，可以相与出尘，玉亦是柴米夫妻，可以居家过日。

四 生死以之

一个人活着的时候，全世界跟他一起活——但一个人死的时候，谁来陪他一起死呢？

中古世纪有出质朴简直的古剧叫《人人》（Everyman），死神找到那位名叫人人的主角，告诉他死期已至，不能宽贷，却准他结伴同行。人人找“美貌”，“美貌”不肯跟他去，人人找“知识”，“知识”也无意到墓穴里去相陪，人人找“亲情”，“亲情”也顾他不得……

世间万物，只有人类在死亡的时候需要陪葬品吧？其原因也无非由于怕孤寂，活人殉葬太残忍，连土俑殉葬也有些居心不仁，但死亡又是如此幽阒陌生的一条路。如果待嫁的女子需要“陪嫁”来肯定来系连她前半生的娘家岁月，则等待远行的黄泉客何尝不需要“陪葬”来凭吊借来思忆世上的年华呢？

陪葬物里最缠绵的东西或许便是玉琀蝉了，蝉色半透明，比真实的蝉为薄，向例是含在死者的口中，成为最后的、一句没有声音的语言。那句话在说：

“今天，我入土，像蝉的幼虫一样，不要悲伤，这不叫死，有一天，生命会复活，会展翅，会如夏日出土的鸣蝉……”

那究竟是生者安慰死者而塞人的一句话？抑或是死者安慰生者而含着的一句话？如果那是愿心，算不算狂妄的侈愿？如果那是谎言，算不算美丽的谎言？我不知道，只知道玉琀蝉那半透明的豆青或土褐色仿佛是由生入死的薄膜，又恍惚是由死返生的符信，但生生死死的事岂是我这样的凡间女子所能参破的？且在这落雨的下午俯首凝视这枚佩在自己胸前的被烈焰般的红丝线所穿结的玉琀蝉吧！

五 玉肆

我在玉肆中走，忽然看到一块像蛀木又像土块的东西，仿佛一张枯涩凝止的悲容，我驻足良久，问道：

“这是一种什么玉？多少钱？”

“你懂不懂玉？”老板的神色间颇有一种抑制过的傲慢。

“不懂。”

“不懂就不要问！我的玉只卖懂的人。”

我应该生气应该跟他激辩一场的，但不知为什么，近年来碰到类似的场面倒宁可笑笑走开。我虽然不喜欢他的态度，但相较而言，我更不喜欢争辩，尤其痛恨学校里“奥瑞根式”的辩论比赛，一句一句逼着人追问，简直不像人类的对话，嚣张狂肆到极点。

不懂玉就不该买不该问吗？世间识货的又有几人？孔子一生，也没把自己那块美玉成功地推销出去。《水浒传》里的阮小七说：“一腔热血，只要卖与识货的！”但谁又是热血的识货买主？连圣贤的光焰，好汉的热血也都难以倾销，几块玉又算什么？不懂玉就不准买玉，不懂人生的人岂不没有权利活下去了？

当然，玉肆老板大约也不是什么坏人，只是一个除了玉的知识找不出其他可以自豪之处的人吧？

然而，这件事真的很遗憾吗？也不尽然，如果那天我碰到的是个善良的老板，他可能会为我详细解说，我可能心念一动便买下那块玉，只是，果真如此又如何呢？它会成为我的小古玩。但此刻，它是我的一点憾意，一段未圆的梦，一份既未开始当然也就不致结束的情缘。

隔着这许多年，如果今天那玉肆的老板再问我一次是否识玉，我想我仍会回答不懂，懂太难，能疼惜保重也就够了。何况能懂就能爱吗？在竞选中互相中伤的政敌其实不是彼此十分了解吗？当然，如果情绪高昂，我也许会塞给他一张《说文解字》抄下来的纸条：

玉，石之美者，有五德，

润泽以温，仁之方也；

䚡理自外，可以知中，义之方也；

其声舒扬，专以远闻，智之方也；

不桡而折，勇之方也；

锐廉而不技，絜之方也。

然而，对爱玉的人而言，连那一番大声镗鞳的理由也是多余的。爱玉这件事几乎可以单纯到不知不识而只是一团简简单单的欢喜，像婴儿喜欢清风拂面的感觉，是不必先研究气流风向的。

六 瑕

付钱的时候，小贩又重复了一次：

“我卖你这玛瑙，再便宜不过了。”

我笑笑，没说话，他以为我不信，又加上一句：

“真的——不过这么便宜也有个缘故。你猜为什么？”

“我知道，它有斑点。”本来不想提的，被他一逼，只好说了，免得他一直啰唆。

“哎呀，原来你看出来了，玉石这种东西有斑点就差了，这串项链如果没有瑕疵，哇，那价钱就不得了啦！”

我取了项链，尽快走开。有些话，我只愿意在无人处小心地，断断续续地，有一搭没一搭地说给自己听。

对于这串有斑点的玛瑙，我怎么可能看不出来呢？它的斑痕如此清清楚楚。

然而买这样一串项链是出于一个女子小小的侠气吧，凭什么要说有斑点的东西不好？水晶里不是就有一种叫“发晶”的种类吗？虎有纹，豹有斑，有谁嫌弃过它的皮毛不够纯色？

就算退一步说，把这斑纹算瑕疵，世间能把瑕疵如此坦然相呈的人也不多吧？凡是可以坦然相见的缺点都不该算缺点的。纯全完美的东西是神器，可供膜拜。但站在一个女人的观点来看，男人和孩子之所以可爱，正是由于他们那些一清二楚的无所掩饰的小缺点吧？就连一个人对自己本身的接纳和纵容，不也是看准了自己的种种小毛病而一笑置之吗？

所有的无瑕是一样的——因为全是百分之百的纯洁透明，但瑕疵斑点却面目各自不同。有的斑痕像苔藓数点，有的是砂岸逶迤，有的是孤云独去，更有的是铁索横江，玩味起来，反而令人欣然心喜。想起平生好友，也是如此，如果不能知道一两件对方的糗事，不能有一两件可笑可嘲可詈可骂之事彼此打趣，友谊恐怕也会变得空洞吧？

有时独坐细味“瑕”字，也觉悠然意远，瑕字左边是玉旁，是先有玉才有瑕的啊！正如先有美人，而后才有“美人痣”，先有英雄，而后有悲剧英雄的缺陷性格。缺憾必须依附于完美，独存的缺憾岂有美丽可言，天残地缺，是因为天地都如此美好，才容得修地补天的改造的涂痕。一个“坏孩子”之所以可爱，不也正因为他在撒娇撒赖蛮不讲理之外，有属于一个孩童近乎神明的纯洁了吗？

瑕的右边是叚，叚有赤红色的意思，瑕的解释是“玉小赤”，我也喜欢瑕字的声音，自有一种坦然的不遮不掩的亮烈。

完美是难以冀求的，那么，在现实的人生里，请给我有瑕的真玉，而不是无瑕的伪玉。

七 唯一

据说，世间没有两块相同的玉——我相信，雕玉的人岂肯去重复别人的创制。

所以，属于我的这一块，无论贵贱精粗都是天地间独一无二的。我因而疼爱它，珍惜这一场缘分，世上好玉万千，我却恰好遇见这块，世上爱玉人亦有万千，它却偏偏遇见我，但我们之间的聚会，也只是五十年吧？上一个佩玉的人是谁呢？有些事是既不能去想更不能嫉妒的，只能安安分分珍惜这匆匆的相属相连的岁月。

八 活

佩玉的人总相信玉是活的，他们说：

“玉要戴，戴戴就活起来了哩！”

这样的话是真的吗？抑或只是传说臆想？

我不知道自己能不能把一块玉戴活，这是需要时间才能证明的事，也许几十年的肌肤相亲，真可以使玉重新有血脉和呼吸。但如果奇迹是可祈求的，我愿意首先活过来的是我，我的清洁质地，我的致密坚实，我的莹秀温润，我的斐然纹理，我的清声远扬。如果玉可以因人的佩戴而复活，也让人因佩玉而复活吧，让每一时每一刻的我莹彩暖暖，如冬日清晨的半窗阳光。

九　石器时代的怀古

把人和玉，玉和人交织成一的神话是《红楼梦》，它也叫《石头记》，在补天的石头群里，主角是那三万六千五百零一块外多出的一块，天长日久，竟成了通灵宝玉，注定要来人间历经一场情劫。

他的对方则是那似曾相识的绛珠仙草。

那玉，是男子的象征，是对于整个石器时代的怀古。那草，是女子的表记，是对榛榛莽莽洪荒森林的思忆。

静安先生释《红楼梦》中的“玉”，说“玉”即“欲”，大约也不算错吧？《红楼梦》中含“玉”字的名字总有其不凡的主人，像宝玉、黛玉、妙玉、红玉，都各自有他们不同的人生欲求。只是那“欲”似乎可以解作英文里的 want，是一种不安，一种需索，是不知所从的缠绵，是最快乐之时的凄凉、最完满之际的缺憾，是自己也不明白所以的惴惴，是想挽住整个春光留下所有桃花的贪心，是大彻大悟与大栈恋之间的摆荡。

神话世界每每是既富丽而又高寒的，所以神话人物总要找一件道具或伴当相从，设若龙不吐珠，嫦娥没有玉兔，李聃失了青牛，果老走了肯让人倒骑的驴或是麻姑少了仙桃，孙悟空缴回金箍棒，那神话人物真不知如何施展身手了——贾宝玉如果没有那块玉，也只能做美国童话《绿野仙踪》里的“无心人”奥迪斯。

“人非木石，孰能无情”，说这话的人只看到事情的表象，木石世界的深情大义又岂是我们凡人所能尽知的。

十 玉楼

如果你想知道钻石，世上有宝石学校可读，有证书可以证明你的鉴定力。但如果你想知道玉，且安安静静地做你自己，并且从肤发的温润、关节的玲珑、眼目的清澈、意志的凝聚、言笑的清朗中去认知玉吧！玉即是我，所谓文明其实亦即由石人玉的历程，亦即由血肉之躯成为“人”的史页。

道家以目为银海，以肩为玉楼，想来仙家玉楼连云也不及人间一肩可担道义的肩胛骨为贵吧？爱玉之极，恐怕也只是返身自重吧？

生活赋

——生活是一篇赋，
萧索的由绚丽而下跌的
令人惘然的长门赋——

巷底

巷底住着一个还没有上学的小女孩，因为脸特别红，让人还来不及辨识她的五官之前就先喜欢她了——当然，其实她的五官也挺周正美丽，但让人记得住的，却只有那一张红扑扑的小脸。

不知道她有没有父母，只知道她是跟祖母住在一起的，使人吃惊的是那祖母出奇的丑，而且显然可以看出来，并不是由于老才丑的。她几乎没有鼻子，嘴是歪的，两只眼如果只是老眼昏花倒也罢了，她却还偏透着邪气的凶光。

她人矮，显得叉着脚走路的两条腿分外碍眼，我也不知道她怎么受的，她已经走了快一辈子路了，却是永远分明是一只脚向东，一只脚朝西。

她当日做些什么，我不知道，印象里好像她总在生火，用一只老式的炉子，摆在门口当风处，噼里啪啦地扇着，嘴里不干不净地咒着。她的一张丑皱的脸模糊地隔在烟幕之后，一双火眼金睛却暴露得可以直破烟雾的迷阵，在冷湿的落雨的黄昏，行人会在猛然间以为自己已走入邪恶的黄雾——在某个毒瘴四腾的沼泽旁。

她们就那样日复一日地住在巷底的违章建筑里，小女孩的红颊日复一日地盛开，老太婆的脸像经冬的风鸡日复一日地干缩，炉子日复一日地像口魔缸似的冒着张牙舞爪的浓烟。

——这不就是生活吗？一些稚拙的美，一些惊人的丑，以一种牢不可分的天长地久的姿态栖居在某个深深的巷底。

𥻗䊦车

不知在什么时候，由什么人，补造了“𥻗”“䊦”两个字。（武则天也不过造了十九个字啊！）

曾有一个古代的诗人，吃了重阳节登高必吃的“糕”，却不敢把“糕”字放进诗篇。“《诗经》里没用过‘糕’字啊，”他分辩道，“我怎么能贸然把‘糕’字放在诗里去呢？”

正统的文人有一种可笑而又可敬的执着。

但老百姓全然不管这一回事，他们高兴的时候就造字，而且显然也很懂得“形声”跟“会意”的造字原则。

我喜欢“𥻗䊦”这两个字，看来有一种原始的毛毵毵的感觉。

我喜欢“𥻗䊦”，虽然它的可口是一种没有性格的可口。

我喜欢𥻗䊦车，我形容不来那种载满了柔软、甜蜜、香腻的小车怎样在孩子群中贩卖欢乐。𥻗䊦似乎只卖给小孩，当然有时也卖给老人——只是最后不免仍然到了孩子手上。

我真正最喜欢的还是爀糬车的节奏，不知为什么，所有的爀糬车都用他们这一行自己的音乐，正像修伞的敲铁片，卖馄饨的敲碗，卖番薯的摇竹筒，都各有一种单调而粗糙的美感。

米麻米薯车用的“乐器”是一个转轮，轮子转动处带起一上一下的两根铁杆，碰得此起彼落的“空”“空”地响，不知是不是用来象征一种古老的舂米的音乐。讲究的小贩在两根铁杆上顶着布袋娃娃，故事中的英雄和美人，便一起一落地随着转轮而轮回起来了。

铁杆轮流下撞的速度不太相同，但大致是一秒钟响两次，或者四次。这根起来，那根就下去；那根起来，这根就下去。并且也说不上大起大落，永远在巴掌大的天地里沉浮。沉下去的不过沉一个巴掌，升上去的亦然。

跟着爀糬车走，最后会感到自己走人一种寒栗的悸怖。陈旧的生锈的铁杆上悬着某些知名的和不知名的帝王将相，某些存在的或不存在的后妃美女，以一种绝情的速度彼此消长，在广漠的人海中重复着一代与一代之间毫无分别的乍起乍落的命运。难道这不就是生活吗？以最简单的节奏叠映着占卜者口中的“凶”、“吉”、“悔”、“咎”。滴答之间，跃起落下，许多生死祸福便已告完成。

无论什么时候，看到爀糬车，我总忍不住地尾随而怅望。

食橘者

冬天的下午，太阳以漠然的神气遥遥地笼罩着大地，像某些曾经蔓烧过一夏的眼睛，现在却浑然遗忘了。

有一个老人背着人行道而坐，仿佛已跳出了杂沓的脚步的轮回，他淡淡地坐在一片淡淡的阳光里。

那老人低着头，很专心地用一只小刀在割橘子皮。那是“椪柑”种的橘子，皮很松，可以轻易地用手剥开，他却不知为什么拿着一把刀工工整整地划着，像个石匠。

每个橘子他照例要划四刀，然后依着刀痕撕开，橘子皮在他手上盛美如一朵十字科的花。他把橘肉一瓣瓣取下，仔细地摘掉筋络，慢慢地一瓣瓣地吃，吃完了，便不急不徐地拿出另一个来，耐心地把所有的手续再重复一遍。

那天下午，他就那样认真地吃着一瓣一瓣的橘子，参禅似的凝止在一种不可思议的安静里。

炎凉

我有一张竹席，每到五六月，天气渐趋暖和，暑气隐隐待作，我就把它找出来，用清茶的茶叶渣拭净了，铺在床上。

一年里面第一次使用竹席的感觉极好，人躺下去，如同躺在春水湖中的一叶小筏子上。清凉一波波来拍你入梦，竹席恍惚仍饱含着未褪尽的竹叶清香。

生命中的好东西往往如此，极便宜又极耐用。我可以因一张席而爱一张床，因一张床而爱一栋屋子，因一栋屋子爱上一个城……

整个初夏，肌肤因贴进那清凉的卷云而舒缓自如。触觉之美有如闻高士说法，凉意沦肌浃髓而来。古人形容喻道之透辟，谓一时如天女散花。天女散花是由上而下，轻轻撒落——花瓣触人，没有重量，只有感觉。但人生某些体悟却是由下而上，仿佛有仙云来轻轻相托，令人飘然升浮。凉凉的竹席便有此功。一领清簟可以把人沉淀下来，静定下来，像空气中热腾腾的水雾忽然凝结在碧沁沁的一茎草尖而终于成为露珠。人在席上，也是如此。阿拉伯人牧羊，他们故事里的羊毛毯是可以飞的。中国人种地，对植物比较亲切。中国人用植物编的席子不飞——中国人想，飞了干吗呀？好好地躺在席子上不比飞还舒服吗？中国圣贤叫人拯救人民，其过程也无非是由“出民水火”到“登民衽席”。总之，世界上最好的事莫过于把自己或别人放在席子上了。初夏季节的我便如此心满意足地躺在我的竹席上。

可惜好景不长，到了七八月盛夏，情形就不一样了。刚躺下去还好，多躺一会，席子本身竟然也变热了。凉席变热，天哪，这真是人间惨事。为了环保，我睡觉不用冷气，于是只好静静地和热浪僵持对抗。我反复对自己说：“不热，不算太热，我还可以忍受，这也没什么大不了，哼，谁怕谁啊……”念着念着，也就睡着了。

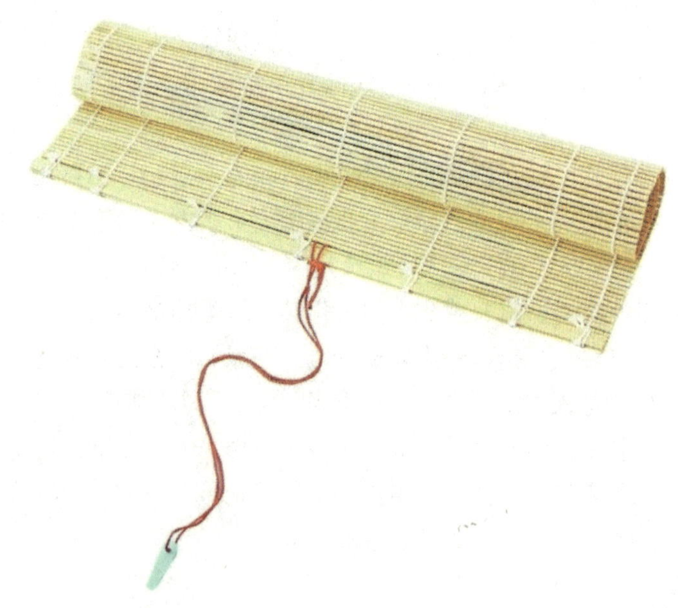

然后，便到了九月，九月初席子又恢复了清凉。躺在席上，整个人摊开，霎时变成了片状，像一块金子捶成薄薄的金箔，我贪享那秋霜零落的错觉。

九月中，每每在一场冷雨之后，半夜乍然惊醒，是被背上的沁凉叫醒的——唉，这凉席明天该收了。我在黑暗中揣想，竹席如果有知，也会厌苦不已吧？七月嫌它热，九月又嫌它凉，人类也真难伺候。

想来一生或者也如此，曾经嫌日程排得太紧，曾经怨事情做个不完，曾经烦稿约演讲约不断，曾经大叹小孩子缠磨人……可是，也许，有一天，一切热过的都将乍然冷却下来，令人不觉打起寒颤。

不过，也只好这样吧！让席子在该铺开的时候铺开，在该收卷的时候收卷。炎凉，本来就半点由不得人的。

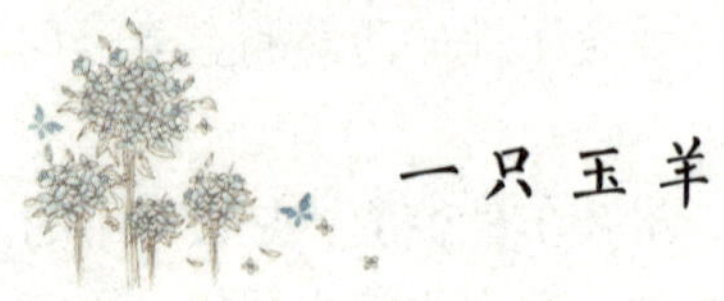

一只玉羊

它是一只羊，一只玉羊，静静地卧在橱架上，我也静静地看着它。

它的质地不好，用不着多么大的学问，就连我这样的外行也知道，那块玉已经差不多可以称之为石头了。

它的雕工也不好，粗疏的几刀，几乎有点草草了事。

何况它的价钱也不算太便宜。

但是，我终于决定，还是要把它买下来。当时我正走丝路，走到新疆的和阗。

小学时候读地理书，一直以为和阗玉是一种瓜果的名字，后来有次写作文，还说自己梦中到了新疆，吃了甜蜜的和阗玉，被老师说了一顿，气得终生不忘。

而当我来到和阗，和阗已无玉，据说好玉都到了苏州，那里师傅的手巧，懂得碾作。

和阗倒是有甜蜜多汁的葡萄，我想葡萄才是真正的和阗玉，和我童年梦中的滋味一样悠长。

但我还是决定买下那只玉羊，感动我的理由只有一个：那羊一眼看去，便知道是深深懂得羊的人雕出来的。搞不好那雕刻师傅本身便是牧羊人，养着成千上百的羊……

如果有人问我从哪一痕刀法里看出雕刻家是个熟悉羊只的人，我也说不上来，但那浑厚的大角，安定的神情，跪坐时端凝的架式都不是江南巧匠学得来的。这只玉羊的作手想必是闭着眼睛也能模拟出羊的风姿神态的人。

我买它，便是基于这一重感动。我不是买羊，而是买了某个从小跟羊一起长大的人对羊的喜爱的感觉。

每当我把玩那只小羊，那种真实喜爱的感觉就会来到我心中。

类同的感动后来在台北看蒙古族人跳兔子舞的时候又出现一次。纯朴的舞者把自己扮成一只兔子，多疑的、不安的兔子，一会儿掀动鼻子，一会儿溜目回顾，一会儿拔腿狂奔，一会儿刨土自娱……他的舞不讲内涵，不讲象征，不求深度，他就是老老实实扮了一只兔子，但那其间有舞者从小在大草原上和兔子千百次交换目光之后的熟稔，使人动容的其实就是那份熟稔。

陈年老茶

香港街头，是一个奇怪的地方，她是古老的龙鳞闪烁，她是东方珍珠暧昧的魔光。她是故国，她是他乡。她是大英帝国最后的虚荣，她是余风犹存的小小渔港。我爱逛香港的街。

终于在一个茶叶店门前停下脚，茶店名叫 × 记茶行，是个百年老店了，虽然门面不大。但茶叶店原来就不需多大的，老茶行自有一番郁郁沉沉的潜德幽光。茶香细细，在下午的斜阳中如天女纺纱，云疋流泻一地，并且逐渐漫出室外，铺满大街，横绝人世。令人想起很多好东西，例如岁月，例如星河，例如夏天夜里从来没能听完就已沉沉睡去的长长童话故事……

× 记茶行，其实不是我的乡愁，是我朋友 M 的乡愁。她因小时候住过香港，× 记便成了她童年记忆中永恒的烙印。我今站在此，仿佛犹见当日的那个小女孩，当年的茶行一定曾是长街上非常了不起的一座坐标吧！

我来此，也许只为向百年致敬，并不为买茶叶。出门在外，习惯上我总带一包台湾茶的。我带的那包茶上印了一行字：

“保存期限一年。”

我收拾行李的时候倒也没有仔细想过这句话，现在站在 × 记茶行里，发现某个看似珍藏的茶罐外写了一排字，倒忍不住惊奇了。那字这样说：

“陈年老茶，治小儿肚痛。”

我于是去问老板：

“陈年老茶，到底多老呢？”

“都有呀，二十年，三十年，都有呀！”

咦？看来陈茶如陈酒，都是难得的极品。奇怪，我行囊中的那包其保存期限规定是一年，这茶行却卖着二三十年前的老茶。我不懂茶，不知道透过什么手续，新茶就能变成好“陈茶”，可以封入细致的瓷罐里，年复一年，不减其芬芳，只增其酽美。

某出版社要重出我的四本书，都是二十年前的旧作了，我有点畏惧，几乎想逃避。校对之际尤感艰难，简直仿佛要跟一位老同学打交道似的，我得面对昔日的我，我得坐下来和她细话当年。

曾经是新采的茶菁，曾经在叶脉上犹然含着朝露腻着月光，而这一切如今已制定为一罐茶——然而，它是过了保存期限的作废茶？抑或是老茶行小瓷罐里的陈年老茶（可以治疗某个消化不良的小儿的肚痛的）？这个问题对每个书写者而言都等于在下一份无情的战书，而书写者本身并没有资格回答这问题——有资格回答的人是读者。

没有烟火可以持续辉耀二十年，没有掌声可以一直鼓响二十年，唯陈年老茶可以甘醇沉厚，人喉柔粹深美。

我能这样期待自己的作品吗？

云　鞋

云鞋？云鞋是什么意思？是踩在云头上穿的鞋吗？人踩在云头上的时候难道仍然需要一双鞋子吗？

“羌人的女孩子如果说定了人家，她就会为男方做一双云鞋。”

有人解释给我听。

“那跟云又有什么关系？不就是订情鞋吗？”

“因为鞋子的两侧锁着的花纹是那种连绵不断的云纹。”

啊，怎么不早说，云纹，我是知道的呀——可是，云纹不是汉人的美学吗？怎么羌人也爱这玩意儿？或者，云纹本来就是羌人和汉人共有的模拟云态的手笔？顺便想起古人也真有心，除了云纹，还有那雷纹、山纹、鳞纹、细纹、粟纹、蝉纹……啊，古老的年代，每样器皿都镶以美丽的、细心的纹路，纹路其实就是不舍，就是往返迂回，徘徊缱绻，就是把简单直截的线条说成了曲折动听的故事。

于是，我决定去买一双云鞋。在岷江边，在卖苹果、卖梨、卖花椒、卖枣子的诸多篓筐的背后，我看到那鲜丽的绣花鞋子，我买了它。

家里已收藏了七双工艺鞋，大多是小孩的虎头鞋和猪头鞋。我一定是对鞋子的世界有点着迷，总觉得鞋子是故事开头的第一

句，接下来便有膨胀满溢的无限无限的可能性。每一双鞋子都意味着千里万里的天涯路，虽然鞋子到了我家一律都钉在一片漂亮的木板上成了装饰品，但每双鞋子都做出一副准备出走或打算潜逃的表情。深夜，我跟这些鞋子深情对视，说不出来它们在哪一点上和自己十分相似。

这双云鞋以麻布为底，针线纳得密密的，鞋垫有两层，穿来轻便舒爽。鞋面是黑的，云纹是白的，杏花是红的，一双鞋五彩缤纷十分热闹。

羌人，我其实从来也不知道他们是什么——除了中学读历史，在填充题里要写出“五胡乱华”是哪五胡时，背出他们的名字外，他们和我毫无交集。而现在，我因羌人女子缝纳的一双鞋而为之动容。因为鞋是情爱，而情爱令人感知了人世，以及属于人世的色彩及美丽，握着这美丽的云鞋使我隐隐解读了那整个民族。

回家查书，书上说此族居四川松潘及茂县等地。啊！买云鞋的地方正是岷江边上的茂县呀！我不觉大吃一惊，书上的东西不是多半只属概念吗？原来还真有个茂县，真有羌人，而我则真的买了一双羌人女子手制的云鞋。

即使有幸跻身青云头，踩着这一双秀美的云鞋，想必也不致尘污了那千里云程。

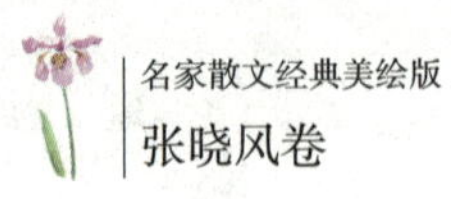

咏物篇

柳

所有的树都是用“点”画成的，只有柳，是用“线”画成的。

别的树总有花或者果实，只有柳，茫然地散出些没有用处的白絮。

别的树是密码紧排的电文，只有柳，是疏落的结绳记事。

别的树适于插花或装饰，只有柳，适于霸陵的折柳送别。

柳差不多已经落伍了，柳差不多已经老朽了，柳什么实用价值都没有——除了美。柳树不是匠人的树，它是诗人的树，情人的树。柳是愈来愈少了，我每次看到一棵柳都会神经紧张地屏息凝视——我怕我有一天会忘记柳，我怕我有一天读到白居易的“何处未春先有思，柳条无力魏王堤”，或是韦庄的“晴烟漠漠柳毵毵”，竟必须去翻字典。

柳树从来不能造成森林，它注定是堤岸上的植物，而有些事，翻字典也是没用的，怎么注释才使我们了解苏堤的柳在江南的二月天梳理着春风，隋堤的柳怎样茂美如堆烟砌玉的重重帘幕。

柳丝条子惯于伸入水中，去纠缠水中安静的云影和月光。它常常巧妙地逮着一枚完整的水月，手法比李白要高妙多了。

春柳的柔条上暗藏着无数叫作“青眼”的叶蕾，那些眼随兴一张，便喷出几脉绿叶，不几天，所有谷粒般的青眼都拆开了。有人怀疑彩虹的根脚下有宝石，我却总怀疑柳树根下有翡翠——不然，叫柳树去哪里吸收那么多纯净的碧绿呢？

木棉花

所有开花的树看来都该是女性的，只有木棉树是男性的。

木棉树又干又皱，不知为什么，它竟结出那么雪白柔软的木棉，并且以一种不可思议的优美风度，缓缓地自枝头飘落。

木棉花大得骇人，是一种耀眼的橘红色，开的时候连一片叶子的衬托都不要，像一碗红曲酒，斟在粗陶碗里，火烈烈的，有一种不讲理的架势，却很美。

树枝也许是干得狠了，根根都麻皱着，像一只曲张的手——肱是干的，臂是干的，连手肘、手腕、手指头和手指甲都是干的——向天空讨求着什么，撕抓些什么。而干到极点时，树枝爆开了，木棉花几乎就像是从干裂的伤口里吐出来的火焰。

木棉树常常长得极高。那年在广州初见木棉树，不知是不是因为自己年纪特别小，总觉得那是全世界最高的一种树了，广东人叫“英雄树”。初夏的公园里，我们疲于奔命地去接拾那些新落的木棉，也许几丈离的树对我们是太高了些，竟觉得每团木棉都是晴空上折翼的云。

木棉落后，木棉树的叶子便逐日浓密起来，木棉树终于变得平凡了，大家也都安下一颗心，至少在明春以前，在绿叶的掩覆下，它不会再暴露那种让人焦灼的奇异的美了。

流苏与《诗经》

三月里的一个早晨，我到台大去听演讲，讲的是“词与画”。

听完演讲，我穿过满屋子的“权威”，匆匆走出，惊讶于十一点的阳光柔美得那样无缺无憾——但也许完美也是一种缺憾，竟至让人忧愁起来。

而方才幻灯片上的山水忽然之间都遥远了，那些绢，那些画纸的颜色都黯淡如一盒久置的香，只有眼前的景致那样真切地逼来，直把我逼到一棵开满小白花的树前。一个植物系的女孩子走过，对我说：“这花，叫流苏。”

那花极纤细，连香气也是纤细的，风一过，地上就添了一层纤纤细细的白，但不知怎的，树上的花却也不见少。对一切单薄柔弱的美我都心疼着，总担心它们在下一秒钟就不存在了，匆忙的校园里，谁肯为那些粉簌簌的小花驻足呢？

我不太喜欢“流苏”这个名字，听来仿佛那些花都是垂挂着的，其实那些花全都向上开着，每一朵都开成轻扬上举的十字形——我喜欢十字花科的花，那样简单交叉的四个瓣，每一瓣之间都是最规矩的九十度，有一种古朴诚恳的美——像一部四言的《诗经》。

如果要我给那棵花树取一个名字，我就要叫它“诗经”，它有一树美丽的四言。

栀子花

有一天中午，坐在公路局的车上，忽然听到假警报，车子立刻调转方向，往一条不知名的路上疏散去了。

一刹那间，仿佛真有一种战争的幻影在蓝得离奇的天空下涌现——当然，大家都确知自己是安全的，因而也就更有心情幻想自己的灾难之旅。

由于是春天，好像不知不觉间就有一种流浪的意味。季节正如大多数的文学家一样，第一季照例总是华美的浪漫主义，这突起的防空演习简直有点郊游趣味，是不经任何人同意就自作主张而安排下的一次郊游。

车子开到一个奇异的角落，忽然停了下来，大家下了车，没有野餐的纸盒，大家只好咀嚼山水，天光仍蓝着，蓝得每一种东西都分外透明起来。车停处有一家低檐的人家，在篱边种了好几棵复瓣的栀子花，那种柔和的白色是大桶的牛奶里加上那么一点子蜜，在阳光的烤炙中凿出一条香味的河。

如果花香也有颜色，玫瑰花香所掘成的河川该是红色的，栀子花的花香所掘的河川该是白色的，但白色有时候比红色更强烈、更震人。

也许由于这世界上有单瓣的栀子花，复瓣的栀子花就显得比一般的复瓣花更复瓣。像是许多叠的浪花，扑在一起，纠住了，扯不开，结成一攒花——这就是栀子花的神话吧！

假的解除警报不久就拉响了，大家都上了车，车子循着该走的正路把各人送入该过的正常生活中去了。而那一树栀子花复瓣的白和复瓣的香留在不知名的篱落间，径自白着香着。

花拆

花蕾是蛹，是一种未经展示未经破茧的浓缩的美。花蕾是正月的灯谜，未猜中前可以有一千个谜底。花蕾是胎儿，似乎混沌无知，却有时喜欢用强烈的胎动来证实自己。

花的美在于它的无中生有，在于它的穷通变化。有时，一夜之间，花拆了，有时，半个上午，花胖了。花的美不全在色、香，在于那份不可思议。我喜欢慎重其事地坐着看昙花开放。其实昙花并不是太好看的一种花，它的美在于它的仙人掌的身世所给人的沙漠联想，以及它猝然而逝所带给人的悼念。但昙花的拆放却是一种扎实的美，像一则爱情故事，美在过程，而不在结局。有一种月黄色的大昙花，叫“一夜皇后”的，每颤开一分，便震出噗然一声，像绣花绷子拉紧后绣针刺入的声音，所有细致的芯丝，登时也就跟着一震，那景象常令人不敢久视——看久了不由得要相信花精花魄的说法。

我常在花开满前离去，花拆一停止，死亡就开始。

有一天，当我年老，无法看花拆，则我愿以一堆小小的春桑枕为收报机，听百草千花所打的电讯，知道每一夜花拆的音乐。

春之针缕

春天的衫子有许多美丽的花为锦绣，有许多奇异的香气为熏炉，但真正缝纫春天的，仍是那一针一缕最质朴的棉线——

初生的禾田，经冬的麦子，无处不生的草，无时不吹的风，风中偶起的鹭鸶，鹭鸶足下恣意黄着的菜花，菜花丛中扑朔迷离的黄蝶……

跟人一样，有的花是有名的，有价的，有谱可查的，但有的没有，那些没有品秩的花却纺织了真正的春天。赏春的人常去看盛名的花，但真正的行家却宁可细察春衫的针缕。

乍酱草常是以一种倾销的姿态推出那些小小的紫晶酒盅，但从来不粗制滥造。有一种菲薄的小黄花凛凛然地开着，到晚春时也加入抛散白絮的行列，很负责地制造暮春时节该有的凄迷。还有一种小草莓的花，白得几乎像梨花——让人不由得心里矛盾起来，因为不知道该祈祷留它为一朵小白花，或化它为一盏红草莓。小草莓包括多少神迹啊！如何棕黑色的泥土竟长出灰褐色的枝子，如何灰褐色的枝子会溢出深绿色的叶子，如何深绿色的叶间会沁出珠白的花朵，又如何珠白的花朵已锤炼为一块碧涩的祖母绿，而那颗祖母绿又如何终于兑换成浑圆甜蜜的红宝石。

春天拥有许多不知名的树，不知名的花草，春天在不知名的针缕中完成无以名之的美丽。

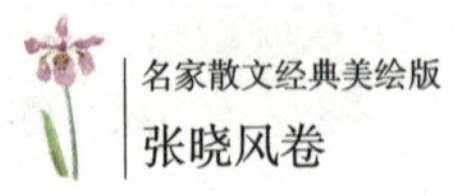

一抹绿

照说，喝盖碗茶只该小小揭一道缝，把嘴凑上去吸啜，仿佛小儿女偷看情书，看一行掩一行，深恐为别人窥去似的。喝盖碗茶的人也是如此喝一口，盖起，再揭缝，再喝一口……好东西是不该一下消受尽的。

但茶一端上来我便忍不住，竟把杯盖全揭了，我等不及要先看看今年春茶长成什么样子，小小的叶子，沉沉的绿，茶绿不同于嫩绿，但也不是老绿，老绿太肥厚凝重，茶的绿却是一笔始于新绿的未定稿，是遇到水就能重新漾荡出秘密来的宝藏图，是古代翠玉的深浅有致，而现在它们一一站在杯子里……

都说“喝”茶，其实，嗅茶和观茶也是了不起的享受。而一个人坐在茶盏前要喝的，哪里是茶？岂不是忙里挪出的一霎空白，是由今春细叶收拢来的记忆（由青山白雾共同酿成的），面对翠烟袅升的杯子，林内盛放的是一九八五的春天啊！怎能不战栗珍惜呢？

“这茶有名字吗？”

“有，叫文山包种。”

真是老老实实的名字，记得在香港时，有位女友巴巴地跑到四川去买一种叫“文君绿茶”的茶给我喝，我却嫌它烟煳气重，那么难喝的茶都有个好名字，这么好的怎能没有？

“叫‘一抹绿’好吗？”我说。

抬眼望去，窗外翠色的山凝定如案上常设的经典，而山脚下鲜碧的涧水却活泼变化如白话翻译，我一时也搞不清楚自己是在为山描容、为水写真，抑或为茶命名，乃至于为自己的心情题款了。

杜鹃之笺注

郑康成为《诗经》作笺，宋人吴正子为李贺诗作笺，凡是美丽且奥义的东西都需“笺”，我今且来为千岩之上万水之畔的杜鹃细细作笺。

对万物，我是这样来判断的：

一切东西，如果真的很好，好到极致，大概最终都会嫁给神话。凡是跟神话无缘的，在我看来，都像新贵乍富，少掉了一些可凭可依的深意。

是故大地有其神话，日月有其神话，星辰和露珠有其神话。此外，季节、山川、风俗亦每有其神话。群花虽微，其中总有一些像月下突拔的峰头，平白沾得几许天庭幽辉。凡是能和神话结缘的花，总有其特异的风姿。

而其实所谓神话，不就是一番注解的苦心吗？上帝是造物者，人类则是费心为万物一一作注释的人。相对于宇宙的好生之德，我们不都是“述而不作”如仲尼的人吗？我们不能造山造河，所以只好演述它们的美丽。诗人为它们作感性的释义，科学家为它们作知性的缕析，那说神话故事的人却希望寻幽探微，说破万物的潜秘。此外，一切画家、音乐家、哲学家不都如小学生面对试卷，在努力地做着注音和解释的题目吗？

因此，回想起来，七岁那年我所以爱上杜鹃花，其实大半原因是由于先爱上了一则神话。

那年春天，我们住在柳州，房子坐落在山脚下，时时听到风声和鸟声。由于房子是借住的。由于山、由于春天、由于雨雾、由于父亲仍在战线上，童年的我竟也会感应一份客愁。夜深时，我在灯下习字，母亲说：

“这种杜鹃鸟很奇怪，它把自己倒吊在树枝上叫，叫到后来，血都从舌头上滴下来，滴到杜鹃花上，花就染红了。”

春寒犹深的夜里，听到这样凄厉的故事，小小的心不免悸怖觳觫，奇怪的是在惊惧之余偏偏不能自禁地喜欢上这种诡异的花。每次站在杜鹃花前，心中亦惨亦烈，想起泣血的故事，但觉满满一丛树上都是生生死死的牵绊。

杜鹃又名山踯躅和映山红，对我而言，初识杜鹃，原是在山上，漫山的红花，是踯躅不忍言去的颜色啊！幼年时，但记得湘黔线上，火车经过湖南、广西一带（怎知我日后会嫁一个湖南人呢？），竟是在花阵中穿行。那时太小，不知逃难有什么不好，只觉站上小贩卖的腊肠焖饭极好吃，满山满谷的山踯躅极美丽，悠悠的铁轨可以笔直无回地一路开拔下去。

小时候记不住什么湘黔线，却记得一山复一山的杜鹃——虽然不是名种。故园最后的一抹颜色，凄艳绝人，一条光光灿灿照明离人之眼的花之轨迹。

去岁，李霖灿先生和我谈大千先生的故事，他说：

“有一年，大千先生邀我去看杜鹃，他新从瑞典空运回来的黄色杜鹃，极名贵。我去看了，他问我花如何？我笑而不答，他再问，我仍笑而不答。大千先生忽然懂了，哂然大笑说：‘是啦！是啦！我懂啦！这种花，不入法眼，你在云南住过，好的杜鹃品种你是见识过的。’我说：‘对了，正是如此。’”

我听那故事，不胜欣羡，此生此世，如能被人说一句“好的花，她是见识过的！”，也就心满意足了。

然后就是台北，记忆中杜鹃该开在南中国的山城里，台北亦是多雨多山的城。亦有杜鹃烈烈而发。读大学是在溪城，那时学校草莱初辟，时时看见苏州籍的施季言先生撑着把遮阳伞在后山指挥工人堆石种花，布局之间，恍然有苏州庭园风味。他所种下的几乎全是杜鹃（虽然也有栀子）。年年春花，都让我驻足，让我想到这些花原来都是我的同届同学。而今，它们如此云蒸霞蔚，我呢？其中有一丛开在阶梯旁石缝中的粉色杜鹃，我几乎把它看作迷信故事里的“本命树”，年年春天都要和它相对站一会，仿佛那二十岁的长发女孩，此际来重访故人，或者自己。

杜鹃又几乎是所有校园里的宠花，由于是校园花，也可以算是青春的旗标，智慧的泉柱。台大校园里的杜鹃许多是日据时期种下的，杜鹃这种花竟是愈老愈精神，非常像“知识”，是一种历久不凋的容颜。

前些年，不知为什么，忽然流行起重瓣的洋杜鹃，奇怪的是许多花虽因重瓣而美丽，杜鹃却偏偏是单瓣的好看。单瓣的杜鹃才有单纯明朗的线条、干净澄定的颜色。而且台湾杜鹃花期长，又耐得各种气候，真是放诸天下亦可骄傲的春华。

杜鹃开到五月，大致谢了，却由于额外的恩宠，台湾又有一种小朵杜鹃来接棒，它们一般开在山里，有时从悬崖壁缝里倒长下来，乍看不免又惊又喜，看来杜鹃真是中国花，好比中国人喜欢《西游记》之后又有《西游记补》，《西厢记》之后又有《续西厢》，这小朵杜鹃看来亦是杜鹃的续篇。另外有种红心杜鹃（亦名红星杜鹃），也极出奇，大约花中也有隐人高士，红心杜鹃风格高标，竟自顾自地长成一棵树了。看来杜鹃是亦师亦友的对象，与人齐高的可做朋友，硕大成树的可居宗师，至于那小丛小朵的，则是可爱娇纵的孩童。

杜鹃无果，是绝对为美而生存的花，再功利的人看到杜鹃也要心软，知道无用也是可以理直气壮的。

杜鹃花的花期长，是上天的优惠，但它又不像某些花开足十个月，显得太长，反而失去了季节更迭的喜悦。杜鹃花的花时如情人的乍见与相守，聚是久违的狂欢，离是迟迟的驻步，发乎其不得不发，止乎其所当止。

至于多年前的山城春夜，听母亲说那则极美丽且极可怕可伤的神话，现在想想竟也不惊了。王尔德笔下的红蔷薇，不也是夜莺刺透胸血而染红的吗？人间的欢愉，人间的艳色，背后不都潜藏着生命极挥洒处的最后一滴血吗？

如果杜鹃花是一部属于春天的经书，则我此番的絮絮叨叨便是解释经书的笺注了。上天啊，能否容我为山作笺，为水作注，为大地系传，为群树作疏证。答应我，让我站在朗朗天日下，为乾坤万象作一次利落动人的简报。

如果你看不明白这番笺注，就请去翻阅杜鹃那部经书的原典吧！它的墨色淋漓，至今犹新，每一朵花都是一粒点捺分明的字模，每一字可以说破万千法象，亿万朵花合起来则是说不尽的天道悠悠——所以，如果这部解释性的笺注使你愈看愈糊涂，则请你去翻查杜鹃那部经书的原典吧！

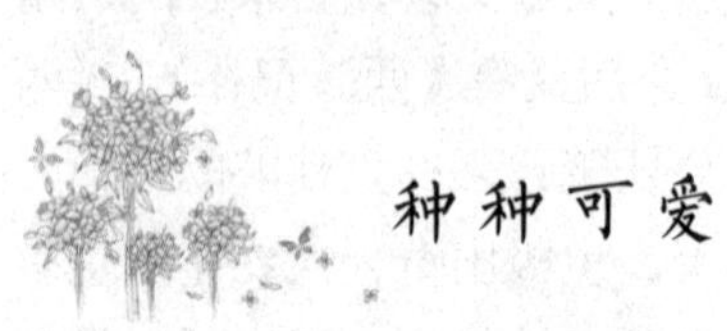

种种可爱

作为一个小市民有种种令人生气的事——但幸亏还有种种可爱，让人忍不住的高兴。

中华路有一家卖蜜豆冰的——蜜豆冰原来是属于台中的东西（木瓜牛奶也是），但不知什么时候台北也都有了——门前有一副对联，对联的字写得普普通通，内容更谈不上工整，却是情婉意贴，令人动容。

上句是：我们是来自纯朴的小乡村

下句是：要做大台北无名的耕耘者

店名就叫“无名蜜豆冰”。

台北的可爱就在各行各业间平起平坐的大气象。

永康街有一家卖面的，门面比摊子大，比店小，常在门口换广告词，冬天是“100℃的牛肉面”。

春天换上“每天一碗牛肉面，力拔山河气盖世。”

这比“日进斗金”好多了，我每看一次简直就对白话文学多生出一份信心。

有一天在剧场里遇见孟瑶，请她去喝豆浆，同车去的还有俞大纲老师和陈之藩夫人，他们都是戏剧家，很高兴地纵论地方剧，忽然，那驾驶员说：

“川剧和湖北戏也都是有帮腔的呀！”

我肃然起敬，不是为他所讲的话，而是为他说话的架势，那种与一代学者比肩谈话也不失其自信的本色。

台北的人都知道自己有讲话的份，插嘴的份。

好几年前，我想找一个洗衣兼打扫的半工，介绍人找了一位洗衣妇来。

“反正你洗完了我家也是去洗别人家的，何不洗完了就替我打扫一下，我会多算钱的。”

她小声地咕哝了一阵，介绍人郑重宣布：

“她说她不扫地——因为她的兴趣只在洗衣服。”

我起先几乎大笑，但接着不由一凛，原来洗衣服也可以是一个人认真的“兴趣”。

原来即使是在“洗衣”和“扫地”之间，人也要有其一本正经的抉择，有抉择才有自主的尊严。

带一位香港的朋友坐计程车去找一个地方，那条路特别不好找，计程车驾驶员找过了头，然后又折回来。

下车的时候，他坚持要扣下多绕了冤枉路的钱。

“是我看错才走错的，怎么能收你们的钱？”

后来死推活拉，总算用折中的办法，把争执的差额付了。香港的朋友简直看得愣住了，我觉得大有面子。

祝福那位驾驶员！

我家附近有一个卖水果的，本来卖许多种水果，后来改了，只卖木瓜，见我走过，总要说一句：

“老师，我现在卖木瓜了——木瓜专科。”

又过了一阵，他改口说：

“老师，现在更进步了，是木瓜大学了。”

我喜欢他那骄矜自喜的神色，喜欢他四个肤色润泽的活蹦乱跳的孩子——大概都是木瓜大学作育有功吧？

隔巷有位老太太，祭祀很诚，逢年过节总要上供。有一天，我经过她设在门口的供桌，大吃一惊，原来她上供的主菜竟是洋芋沙拉，另外居然还有罐头。

后来想倒也发觉她的可爱，活人既然可以吃沙拉和罐头，让祖宗或神仙换换口味有何不可？

她的没有章法的供菜倒是有其文化交流的意义了。

从前，在中华路平交道口，总是有个北方人在那里卖大饼。我从来没有见过那种大饼整个一块到底有多大，但从边缘的弧度看来直径总超过二尺。

我并不太买那种饼，但每过几个月我总不放心地要去看一眼，我怕吃那种饼的人愈来愈少，卖饼的人会改行，我这人就是“不放心”（和平东路拓宽时，我很着急，生怕师大当局一时兴起，把门口那开满串串黄花的铁刀木砍掉，后来一探还在，高兴得要命）。

那种硬硬厚厚的大饼对我而言差不多是有生命的，北方黄土高原上的生命，我不忍看它在中华路上慢慢绝种。

后来不知怎么搞的，忽然满街都在卖那种大饼，我安心了，真可爱，真好，有一种东西暂时不会绝种了！

华西街是一条好玩的街，儿子对毒蛇发生强烈兴趣的那一阵子我们常去。我们站在毒蛇店门口，一家一家地去看那些百步蛇、眼镜蛇、雨伞蛇……

“那条蛇毒不毒？”我指着一条又粗又大的问店员。

“不被咬到就不毒！”

没料到是这样一句回话，我为之暗自惊叹不已。其实，世事皆可作如是观，有浪，但船没沉，何妨视作无浪，有陷阱，但人未失足，何妨视作坦途。

我常常想起那家蛇店。

有一天在一家公司的墙上看到这样一张小纸条：

“请随手关灯，节约能源，支援十大建设。”

看了以后，一下子觉得十大建设好近好近，好像就是家里的事，让人觉得就像自家厨房里添抽风机或浴室里要添热水炉，或饭厅里要添冰箱的那份热闹亲切的喜气——有喜气就可以省着过日子，省得扎实有希望。

为了整修“我们咖啡屋”，我到八斗子渔港去买渔网，渔网是棉纱的，用山上采来的一种植物染成赭红色，现在一般都用尼龙的了，那种我想要的老式的棉纱渔网已成古董。

终于找到一家有老渔网的，他们也是因为舍不得，所以许多年来一直没丢，谈了半天他们决定了价钱：

“二角三！”

二角三就是二千三百的意思，我只听见城里市面上的生意人把一万说成一块，没想到在偏僻的八斗子也是这样说的。大家说到钱的时候，全都不当回事，总之是大家都有钱了，把一万元说成一块钱的时候，颇有那种偷偷地志得意满而又谦逊不露的劲头。

有一阵子，我的公交月票掉了，还没有补办好再买的手续以前，我只好每次买票——但是因为平时没养成那份习惯，每看见车来，很自然地跳上去了，等发现自己没有月票，已经人在车上了。

这种时候，车掌多半要我就便在车上跟其他乘客买票——我买了，但等我付钱时那些卖主竟然都说：“算了，不要钱了。”一次犹可，连着几次都是这样，使我着急起来，那么多好人，令人“无所逃于天地之间”，长此以往，我岂不成了“免费乘车良策”的发明人了，老是遇见好人也真是让人非常吃不消的事。

我的月票始终没去补办，不过却幸运地被捡到的人辗转寄回来了，我可以高高兴兴地不再受惠于人了——不过偶然想起随便在车上都能遇见那么多肯“施惠于人”的好人，可见好人倒也不少，台北究竟还是个适合人住的地方。

在一家最大规模的公立医院里，看到一个牌子，忍不住笑了起来，那牌子上这样写着：“禁止停车，违者放气。”

我说不出的喜欢它！

老派的公家机关，总不免摆一下衙门脸，尽量在口气上过官瘾，碰到这种情形，不免要说“违者送警”或“违者法办”。

美国人比较干脆，只简简单单地两个大字“No Parking”——“勿停”。

但口气一简单就不免显得太硬。

还是“违者放气”好，不凶霸不懦弱，一点不涉于官方口吻，而且憨直可爱，简直有点孩子气的作风——而且想来这办法绝对有效。

有个朋友姓李，不晓得走路的习惯是偏于内八字或外八字——总之，他的鞋跟老是磨得内外侧不一样厚。

他偶然找到一个鞋匠，请他换鞋跟，很奇怪的，那鞋匠注视了一下，居然说：“不用换了，只要把左右互调一下就是了，反正你的两块鞋跟都还有一半是好用的！”

朋友大吃一惊，好心劝告他这样处处替顾客打算，哪里有钱赚，他却也理直气壮：

“该赚的才赚，不该赚的就不赚——这块鞋底明明还能用。”

朋友刮目相看，然后试探性地问他：

“为国家做了一辈子事，退了役还得补鞋，政府真对不起你。”

“什么？人人要这样一想还得了，其实只有我们对不起国家，国家哪有什么对不起我们的。”

朋友感动不已，嗫嗫嚅嚅地表示要送他一套旧西装（他真的怕会侮辱他），他倒也坦然接受了。

不知为什么，朋友说这故事给我听的时候，我也不觉得陌生，而且真切得有如今天早晨我才看过那老鞋匠似的。

有一次在急诊室看医生急救病人，病人已经昏迷了，氧气罩也没用了，医生狠劲地用一个类似皮球的东西往里面压缩氧气。

至少是呼吸系统有毛病。

两个医生轮流压，像打仗似的。

渐渐地，他清醒了，但仍说不出话来，医生只好不断发问来让他点头摇头，大概问十几个问题才碰得上一个点头的答案。

他是在路上发病的，一个亲人也没有，送他来的是一个不相干的人。

后来发现他可以写字——虽然他眼睛一直是闭着的。

医生问他的病历，问他是不是服过某些成药，问他现在的感觉，忽然，那医生惊喜地叫了一声：

“写下去，写下去，再写！你写得真好——哎，你的字好漂亮。”

整个的急救的过程，我都一面看一面佩服，但是当他用欢呼的声音去赞美那病人不成笔画的字的时候，我却为之感动得哽咽起来。

病人果真一路写下去。

也许那病人想起了什么，虽然闭着眼睛，躺在床上仰面而写，手是从生死边缘被救回来的颤抖不已的手——但还有人在赞美他的字！也许是颜体的，也许是柳体，也许什么都不是，只是一个活着的人写的字，可贵的是此刻他的字是“被赞美的字”。

那医生救人的技能来自课本，但他赞美病人的字迹却来自智慧和爱心，后者更足以使整个的急救室像殿堂一样地神圣肃穆起来。

有一位父执辈，颇有算八字的癖好，谁家有了刚生的孩子，他总要抢来时辰，免费服务一番——那是他难得实习的机会。

算久了，他倒有一个发现，现代孩子的命普遍都比老一辈好，他又去找同道证实，得到的结论也都一样，他于是很高兴，说：

“国运一定是好的了，要不是国运好，哪有那么多命好的孩子。”

我自己完全不知道八字是怎么一回事，但听到他的话仍不免欢欣雀跃，甚至肃然起敬——为那些一面在排着神秘的八字一面又不忘忧心国事的人。

在澄清湖的小山上爬着，爬到顶，有点疑惑不知该走哪一条路回去，问道于路旁的一个老兵。

那人简直不会说话得出奇，他说：

“看到路——就走，看到路——就走，再看到路——再走，就到了。”

我心里摇头不已，怎么碰到这么呆的指路人！

赌气回头自己走，倒发现那人说的也没错，的确是“看到路——就走”，渐渐地，也能咀嚼出一点那人言语中的诗意来，天下事无非如此，“看到路——就走”，哪有什么一定的金科玉律，一部二十五史岂不是有路就走——没有路就开路，原来万物的事理是可以如此简单明了——简单明了得有如呆人的一句呆话。

西谚说，把幸运的人丢到河里，他都能口衔宝物而归，我大概也是幸运的人，生活在这座城里，虽也有种种倒霉事，但奇怪的是，我记得住的而且在心中把玩不已的全是这些可爱的片断！这些从生活的渊泽里捞起来的种种不尽的可爱。

心
性

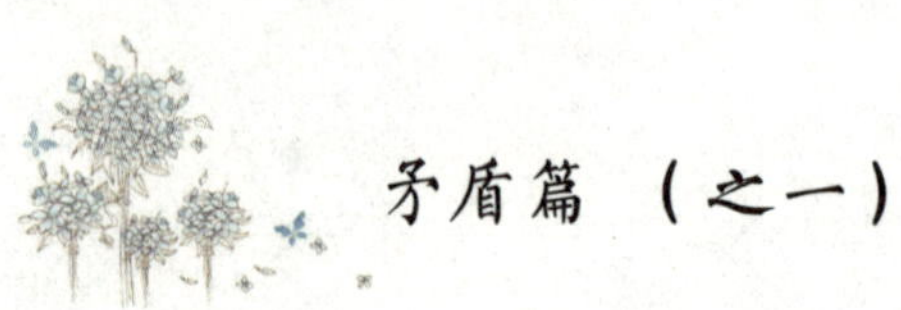

矛盾篇（之一）

一 爱我更多，好吗？

爱我更多，好吗？

爱我，不是因为我美好，这世间原有更多比我美好的人。爱我，不是因为我的智慧，这世间自有数不清的智者。爱我，只因为我是我，有一点好有一点坏有一点痴的我，古往今来独一无二的我，爱我，只因为我们相遇。

如果命运注定我们走在同一条路上，碰到同一场雨，并且共遮于同一把伞下，那么，请以更温柔的目光俯视我，以更固执的手握紧我，以更和暖的气息贴近我。

爱我更多，好吗？唯有在爱里，我才知道自己的名字，知道自己的位置，并且惊喜地发现自身的存在。所有的石头只是石头，漠漠然冥顽不化，只有受日月精华的那一块会猛然爆裂，跃出一番欣忭欢悦的生命。

爱我更多，好吗？因为知识使人愚蠢，财富使人贫乏，一切的攫取带来失落，所有的高升令人沉陷，而且，每一项头衔都使我觉得自己的面目更为模糊起来。人生一世如果是日中的赶集，则我的囊橐空空，不是因为我没有财富而是因为我手中的财富太大，它是一块完整而不容割切的金子。我反而无法用它去购置零星的小件，我只能用它孤注一掷来购置一份深情。爱我更多，好让我的囊橐满胀而沉重，好吗?

爱我更多，好吗?因为生命是如此仓促，但如果你肯对我怔怔凝视，则我便是上戏的舞台，在声光中有高潮的演出，在掌声中能从容优雅地谢幕。

我原来没有权力要求你更多的爱，更多的激情，但是你自己把这份权力给了我，你开始爱我，你授我以柄，我才能如此放肆如此任性来要求更多。能在我的怀中注入更多醇醪吗?肯为我的炉火添加更多柴薪否?我是饕餮，我是贪得无厌的，我要整个春山的花香，整个海洋的月光，可以吗?

爱我更多，就算我的要求不合理，你也应允我，好吗?

二 爱我少一点，我请求你

爱我少一点，我请求你。

有一个秘密，不知道该不该告诉你，其实，我爱的并不是你，当我答应你的时候，我真正的意思是：我愿意和你在一起，一起去爱这个世界，一起去爱人世，并且一起去承受生命之杯。

所以，如果在春日的晴空下你肯痴痴地看一株粉色的“寒绯樱”，你已经给了我最美丽的示爱。如果你虔诚地站在池畔看三月雀榕树上的叶苞如何一一骄傲专注地等待某一定时定刻的爆放，我已一世感激不尽。你或许不知道，事实上那棵树就是我啊!在春日里急于释放绿叶的我啊!至于我自己，爱我少一点吧!我请求你。

爱我少一点，因为爱使人痴狂，使人颠倒，使人牵挂，我不忍折磨你。如果你一定要爱我，且爱我如清风来水面，不黏不滞。爱我如黄鸟渡青枝，让飞翔的仍去飞翔，扎根的仍去扎根，让两者在一刹的相逢中自成千古。

爱我少一点，因为“我”并不只住在这一百六十厘米的身高中，并不只容纳于这方趾圆颅内。请到书页中去翻我，那里有缔造我骨血的元素；请到闹市的喧哗纷杂中去寻我，那里有我的哀恸与关怀；并且尝试到送殡的行列里去听我，其间有我的迷惑与哭泣；或者到风最尖啸的山谷，浪最险恶的悬崖，落日最凄艳的草原上去探我，因为那些也正是我的悲怆和叹息。我不只在我里，我在风我在海我在陆地我在星，你必须少爱我一点，才能去爱那藏在大化中的我。等我一旦烟消云散，你才不致猝然失去我，那时，你仍能在蝉的初吟、月的新圆中找到我。

爱我少一点，去爱一首歌好吗？因为那旋律是我；去爱一幅画，因为那流溢的

色彩是我；去爱一方印章，我深信那老拙的刻痕是我；去品尝一坛佳酿，因为坛底的醉意是我；去珍惜一幅编织，那其间的纠结是我；去欣赏舞蹈和书法吧——不管是舞者把自己挥洒成行草篆隶，或是寸管把自己飞舞成腾跃旋挫，那其间的狂喜和收敛都是我。

爱我少一点，我请求你，因为你必须留一点柔情去爱你自己。因你爱我，你便不再是你自己，你已是我的一部分，所以，把爱我的爱也分回去爱惜你自己吧！

听我最柔和的请求，爱我少一点，因为春天总是太短太促太来不及，因为有太多的事等着在这一生去完成去偿还，因此，请提防自己，不要爱我太多，我请求你。

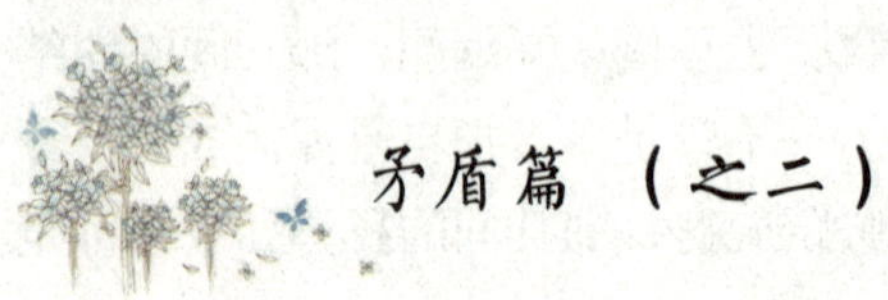

矛盾篇（之二）

一 我渴望赢

我渴望赢，有人说人是为胜利而生的，不是吗？

极幼小的时候，大约三岁吧，因为听外婆说一句故乡的成语“吃辣——当家”，就猛吃了几大口辣椒，权力欲之炽，不能说不惊人了。

如果我是英国贵族，大约会热衷养马赛马吧？如果是中国太平时代的乡绅，则不免要跟人斗斗蟋蟀，但我是个在台湾长大的小孩，习惯上只能跟人比功课。小学六年级，深夜，还坐在同学家的饭厅里恶补，补完了，睁开倦眼，摸黑走夜路回家。升学这一仗是不能输的，奇怪的是那么小的年纪，也很诡诈的，往往一面偷偷读书，一面又装出视死如归的气概，仿佛自己全不在乎。

考取北一女中是第一场小赢。

而在家里，其实也是霸气的。有一次大妹执意要母亲给她买两支水彩笔，我大为光火，认为她只须借用我的那支旧笔就可以了，而母亲居然听了她的话去为她买来了。我不动声色，第二天便要求母亲给我买四支。

“为什么要那么多。”

“老师说的！”我绝不改口，其实真正的理由是，我在生气，气妹妹不知节俭，好，要浪费，就大家一起来浪费，你要两支，我就偏要四支，我是不能输给别人的！

母亲果然去买了四支笔，不知为什么，那四支笔仿佛火钳似的，放在书包里几乎要烫着人了。我暗暗立誓，而今而后，不要再为自己去斗气争胜了，斗赢了又如何呢？

有一天，在小妹的书桌前看到一张这样的纸条：

> 下次考试：
> 数学要赢 ×××
> 国文要赢 ×××
> 英文要赢 ×××

不觉失笑，争强斗胜，一至于此，不但想要夺总冠军，而且想一项一项去赢过别人，多累人啊——然而，妹妹当年活着便是要赢这一场艰苦的仗。

至于我自己，后来果真能淡然吗？有的时候，当隐隐的鼓声扬起，我不觉又执矛挺身，或是写一篇极难写的文章，或是跟“在上位者”争一件事情。争赢求胜的心仍在，但真正想赢过的往往竟是自己，要赢过自己的私心和愚蠢。

有一次，在报上看到英国的特攻队去救出伊朗大使馆里的人质，在几分钟内完成任务大获全胜，而他们的工作箴言却是“Who dares wins”（勇于敢者胜），我看了，气血翻涌，立刻把它钉在记事板上，天天看一遍。

行年渐长，对一己的荣辱渐渐不以为意了，却像一条龙一样，有其颈项下不可批的逆鳞，我那不可碰不可输的东西是“中国”。不是地理上的那块海棠叶，而是我胸中的这块隐痛：当我俯饮马来西亚马六甲的郑和井，当我行经马尼拉的华人坟场，当我在纽约街头看李鸿章手植的绿树，当我在哈佛校区里抚摸那驮碑的赑屃，当我在韩国的庆州看汉瓦当，在香港的新界看邓围，当我在泰北山头看赤足的孩子凌晨到学校去，赶在上泰国政府规定的泰文课之前先读中文……我所渴望赢回的是故园的形象，是散在全世界有待像拼图一般聚拢来的中国。

有一个名字不容任何人污蔑，有一个话题绝不容别人占上风，有一份旧爱不准他人来置喙。总之，只要听到别人的话锋似乎要触及我的中国了，我会一面谦卑地微笑，一面拔剑以待，只要有一言伤及它，我会立刻挥剑求胜，即使为剑刃所伤亦在所不惜。

上天啊，让我们赢吧！我们是为赢而生的，必要时也可以为赢而死，因此，其他的选择是不存在的，在这唯一的奋争中给我们赢——或者给我们死。

二 我寻求挫败

我一直都在寻求挫败，寻求被征服被震慑被并吞的喜悦。

有人出发去“征山”，我从来不是，而且刚好相反，我爬山，是为了被山征服。有人飞舟，是为了“凌驾”水，而我不是，如果我去亲炙水，我需要的是涓水归川的感觉，是自身的消失，是形体的涣释，精神的冰泮，是自我复归位于零的一次冒险。

记得故事中那个叫“独孤求败”的第一剑侠吗？终其生，他遇不到一个对手，人间再没有可以挫阻自己的高人，天地间再没有可匹可敌可交锋的力量，真要令人忽忽如狂啊！

生来有一块通灵宝玉的贾宝玉是幸福的，但更大的幸福却发生在他掷玉的刹那。那时，他初遇黛玉，一照面之间，彼此惊为旧识，仿佛已相契了万年。他在惊愕慌乱中竟把一块玉胡乱砸在地上，那种自我的降服和破碎是动人的，是一切真爱情最醇美的倾注。

文学史上也不乏这样的例子，陈师道曾经“一见黄豫章（黄山谷）尽焚其稿而学焉”，一个人能碰见令自己心折首俯的高人，并能一把火烧尽自己的旧作，应该算是一种极幸福的际遇。

《新约》中的先知约翰曾一见耶稣便屈身降志说：“我仅仅是以水为你们施洗礼的，他却以灵为你们施洗礼，我之于他，只能算一声开道的吆喝声！”《红拂传》里的虬髯客一见李靖，便知天下大势已定，乃飘然远引，那使男子为他色沮、女子为他夜奔的大唐盛世的李靖，我多么想见他一眼啊！清朝末年的孙中山也有如此风仪，使四方豪杰甘于俯首授命。人生的悲剧原不在头断血流，在于没有大英雄可为之赴命，没有大理想供其驱驰。

我一直在寻找挫败，人生天地间，还有什么比挫败更快乐的事？就爱情言，其胜利无非是最彻底的“溃不成军”，就旅游言，一旦站在千丘万壑的大峡谷前感到自己渺如蝼蚁，还有什么时候你能如此心甘情愿地卑微下来，享受大化的赫赫天威？又尝记得一次夏夜，卧在沙滩上看满天繁星如雨阵如箭镞，一时几乎惊得昏呆过去，有一种投身在伟大之下的绝望，知道人类永永远远不能去逼近那百万光年之外的光体，这份绝望使我一想起来仍觉兴奋昂扬。试想全宇宙如果都像一个窝囊废一样被我们征服了，日子会多么无趣啊！读圣贤书，其理亦然。看见洞照古今长夜的明灯，听见声彻人世的巨钟，心中自会有一份不期然的惊喜，知道我虽愚鲁，天下人间能人正多。这一番心悦诚服，使我几乎要大声宣告说："多么好！人间竟有这样的人！我连死的时候都可以安心了！因为有这样优秀的人，有这些美丽的思想！"此外见到特瑞沙在印度，史怀哲在非洲，或是八大石涛在美术馆，或是周鼎宋瓷在博物院，都会兴起一份"我永世不能追摹到这种境界"的激动，这种激动，这种虔诚的服输，是多么难忘的大喜悦。

如果此生还有未了的愿望，那便是不断遇到更令人心折的人，不断探得更勾魂摄魄荡荡可吞人的美景，好让我能更彻底地败溃，更从心底承认自己的卑微和渺小。

矛盾篇（之三）

一 狂喜

仰俯终宇宙，不乐复何如。

曾经看过一部沙漠纪录片，荒旱的沙碛上，因为一阵偶雨，遍地野花猛然争放，错觉里几乎能听到轰然一响，所有的颜色便在一刹间蹿上地面，像什么壕沟里埋伏着的万千勇士奇袭而至。

那一场烂漫真惊人，那时候，你会惊悟到原来颜色也是有欲望，有性格，甚至有语言有欢呼的！

而我自己的生命，不也是这样一番来不及地吐艳吗？细想起来，怎能不生大感激大欢喜，就连气恼郁愤的时候，反身自问，也仍是自庆自喜的，一切烦恼原是从有我而来，从肉身而来，但这一个“我”、这一个“肉身”却也来之不易啊！是神话里的山精水怪桃柳鱼蛇修炼千年以待的呢！即使要修到神仙，也须先做一次人身哩！《新约》中的耶稣，其最动人处便在破体而出舍人尘寰而为人身，仿佛一位父亲俯身于沙堆里，满面黑污地去和小儿女办家家酒。

得到这样的肉身，是所有的动物、植物、矿物仰首以待的，天上神明俯身以就的，得到这样清亮飒爽如黎明新拭的肉身，怎能不大喜若狂呢？

莎士比亚在《第十二夜》里有一段论爱情的话：

> 你要这样想："求爱得爱固然好，没有求，就给你，更足宝。"

如果以之论生命，也很适用，这一番气息命脉是我们没有祈求就收到的天宠，这一副骨骼筋络是不曾耕耘便有的收获。至于可以辨云识星的明眸，可以听雨闻风的聪耳，可以感春知秋的慧觉，哪一样不如同悬崖上的吊松，野谷里的幽兰，是一项不为而有不豫而成的美丽。

这一切，竟都在我们的无知浑噩中完足了，想来怎能不顶礼动容，一心赞叹！

肉身有它的欲苦，它会饥饿——但连饥饿亦是美好的，没有饥饿感，婴儿会夭折，成人会消损，而且，大快朵颐的喜悦亦将失落。

肉身会疲倦困顿——但世上又岂有什么仙境比梦土更温柔？在那里，一切的乏劳得到憩息，一切的苦烦暂且卸肩，老者又复其童颜，羸者又复其康强，卑微失意的角色，终有其可以昂首阔步的天地。原来连疲倦困顿也是可以击节赞美的设计，可以欢忭踊颂的策划。

肉身会死亡，今日之红粉，竟是明日之髑髅，此刻脑中之才慧，亦无非他年蝼蚁之小宴。然而，此生此世仍是可幸贺的。我甘愿做冬残的槁木，只要曾经是早春如诗如酒的花光，我立誓在成土成泥成尘成烟之余都要哂然一笑。因为活过了，就是一场胜利，就有资格欢呼。

在生命高潮的波峰，享受它。在生命低潮的波谷，忍受它。享受生命，使我感到自己的幸运，忍受生命，使我了解自己的韧度，两者皆令我喜悦不尽。

如果我坚持生命是一场大狂喜会激怒你，请原谅我吧，我是情不自禁啊！

二 大悲

生命中之所以有其大悲，在于别离。

而其实宇宙万象，原不知何物为“别”，“别”是由于人的多事才生出来的。萍与萍之间岂真有聚散，云与云之际也谈不上分合。所以有别离者，在于人之有情，有眷恋，有其不可理喻的依依。

佛家言人生之苦，喜欢谈“怨憎会”、“爱别离”，其实，尤其悲哀的应该是后者吧？若使所爱之人能相依，则一切可憎可怨者也就可以原谅。就众生中的我而言，如果常能与所爱之人饮一杯茶，共一盏灯，能知道小女孩在钢琴旁，大儿子在电脑前，并且在电话的那一端有父母的晨昏，在圣诞卡的另一头有弟弟妹妹的他乡岁月，在这个城或那个城里，在山巅，在水涯，在平凡的公寓里住着我亲爱的朋友们。只要他们不弃我而去，我会无限度地忍耐不堪忍耐的，我会原谅一切可憎可怨的人，我会有无限宽广的心。

然而，所谓“怨憎会”与“爱别离”其实也可以指人际以外的环境和状况吧？那曾与你亲密相依的密实黑发，终有一日要弃你而去，反是你所怨憎的白发或童秃来与你垂老的头颅相聚啊！你所爱的颊边的蔷薇，眼中的黑晶，终将物化，我们被强迫穿上那件可怨可憎的松挂得不成款式的制服——我指的是那坍垮下来的皮肤。并且用一双朦胧的老花眼去看这变形的世界。告别那灵巧的敏慧的曾经完成许多创造的手，去接受颤抖的不听命的十指。整个垂老的过程岂不就是告别那一个自己曾惊喜爱赏的自己吗？岂不就是不明不白强迫你接受一个明镜中陌生的怨憎的与我格格不入的印象吗？

而尤其悲伤的是告别深爱的血中的傲啸，脑中的敏捷，以及心底的感应，反跟自己所怨憎的沉浊、麻木和迟钝相聚了。这种不甘心的分别与无奈的相聚恐怕不下于怨偶的纠结以及情人的远隔吧，世间之真大悲便该是这一类吧？

死是另一种告别，不仅仅是告别这世上恋栈过的目光，相依过的肩膀，爱抚过的婴颊——死所要告别的还要更多更多。从此以后，我那不足道的对人生的感知全都不算数了，后世之人谁会来管你第一次牙牙学语说出一个完整句子所引起的惊动和兴奋，谁又会在意你第一次约会前夕的窃喜，至于某个老人垂死之前跟一条狗的感情，谁又耐烦去记忆呢？每一个人自己个人惊天动地的内在狂涛，在后人看来不过是旋生旋灭的泡沫而已。活着的人要把自己的琐事记住尚且不易，谁又会留意作古之人的悲欢呢？死就是一番彻底的大告别啊，跟人跟事，跟一身之内的最亲最深的记忆。宗教世界虽也谈永生和来生，但毕竟一切都告一段落，民间信仰中的来生是要先涉过忘川的，一切从此便告一了断。基督教的天堂又偏是没有眼泪的地方——可是眼泪尽管苦涩，属于眼泪的记忆却也是我不忍相舍的啊！生命中最尖锐的疼痛，最无言的苍凉，最疯狂的郁怒，我是一样也舍不得忘记的啊！此外曾经有过的勇往无悔的深情，披沙拣金的知识，以及电光石火的顿悟，当然更是栈栈不忍遽舍的！一只鹭鸶不会预知自己必死的命运，不会有晚景的自伤，更不会为自己体悟出的捉鱼本领要与自身一同消失而怅怅，人类才是那唯一能感知“怨憎会”和“爱别离”之苦的生物啊，只因我们才有爱憎分明的知觉，才有此心历历的判然。

人生的大悲在斤斤于离别之苦，而离别之苦种因于知识，弃圣绝智却又偏是众生做不到的，没有告别彩笔以前的江淹曾写下：“黯然销魂者唯别而已矣”，等彩笔绮思一旦被索还，是不是就不必销魂了呢？我是宁可胸中有此大悲凉的，一旦连悲激也平伏消失，岂不更是另一番尤为彻骨的悲酸？

我喜欢

我喜欢活着，生命是如此地充满了愉悦。

我喜欢冬天的阳光，在迷茫的晨雾中展开。我喜欢那份宁静淡远，我喜欢那没有喧哗的光和热，而当中午，满操场散坐着晒太阳的人，那种原始而纯朴的意象总深深地感动着我的心。

我喜欢在春风中踏过窄窄的山径，草莓像精致的红灯笼，一路殷勤地张结着。我喜欢抬头看树梢尖尖的小芽儿，极嫩的黄绿色中透着一派天真的粉红——它好像准备着要奉献什么，要展示什么。那柔弱而又生意盎然的风度，常在无言中教导我一些最美丽的真理。

我喜欢看一块平平整整、油油亮亮的秧田。那细小的禾苗密密地排在一起，好像一张多绒的毯子，是集许多翠禽的羽毛织成的，它总是激发我想在上面躺一躺的欲望。

我喜欢夏日的永昼，我喜欢在多风的黄昏独坐在傍山的阳台上。小山谷里的稻浪推涌，美好的稻香翻腾着。慢慢地，绚丽的云霞被浣净了，柔和的晚星遂一一就位。我喜欢观赏这样的布景，我喜欢坐在那舒服的包厢里。

我喜欢看满山芦苇，在秋风里凄然地白着。在山坡上，在水边上，美得那样凄凉。那次，刘告诉我他在梦里得了一句诗："雾树芦花连江白。"意境是美极了，平仄却很拗口。想凑成一首绝句，却又不忍心改它。想联成古风，又苦再也吟不出相当的句子。至今那还只是一句诗，一种美而孤立的意境。

我也喜欢梦，喜欢梦里奇异的享受。我总是梦见自己能飞，能跃过山丘和小河。我总是梦见奇异的色彩和悦人的形象。我梦见棕色的骏马，发亮的鬃毛在风中飞扬。我梦见成群的野雁，在河滩的丛草中歇宿。我梦见荷花海，完全没有边际，远远在炫耀着模糊的香红——这些，都是我平日不曾见过的。最不能忘记那次梦见在一座紫色的山峦前看日出——它原来必定不是紫色的，只是翠岚映着初升的红日，遂在梦中幻出那样奇特的山景。

我当然同样在现实生活里喜欢山，我办公室的长窗便是面山而开的。每次当窗而坐，总沉得满几尽绿，一种说不出的柔如。较远的地方，教堂尖顶的白色十字架在透明的阳光里巍立着，把蓝天撑得高高的。

我还喜欢花，不管是哪一种。我喜欢清瘦的秋菊，浓郁的玫瑰，孤洁的百合，以及幽闲的素馨。我也喜欢开在深山里不知名的小野花。十字形的、斛形的、星形的、球形的。我十分相信上帝在造万花的时候，赋给它们同样的尊荣。

我喜欢另一种花儿，是绽开在人们笑颊上的。当寒冷早晨我在巷子里，对门那位清癯的太太笑着说："早！"我就忽然觉得世界是这样的亲切，我缩在皮手套里的指头不再感觉发僵，空气里充满了和善。

当我到了车站开始等车的时候，我喜欢看见短发齐耳的中学生，那样精神奕奕的，像小雀儿一样快活的中学生。我喜欢她们美好宽阔而又明净的额头，以及活泼清澈的眼神。每次看着她们老让我想起自己，总觉得似乎我仍是她们中间的一个。仍然单纯地充满了幻想，仍然那样容易受感动。

当我坐下来，在办公室的写字台前，我喜欢有人为我送来当天的信件。我喜欢读朋友们的信，没有信的日子是不可想象的。我喜欢读弟弟妹妹的信，那些幼稚纯朴的句子，总是使我在泪光中重新看见南方那座燃遍凤凰花的小城。最不能忘记那年夏天，德从最高的山上为我寄来一片蕨类植物的叶子。在那样酷暑的气候中，我忽然感到甜蜜而又沁人的清凉。

我特别喜爱读者的信件，虽然我不一定有时间回复。每次捧读这些信件，总让我觉得一种特殊的激动。在这世上，也许有人已透过我看见一些东西。这不就够了吗？我不需要永远存在，我希望我所认定的真理永远存在。

我把信件分放在许多小盒子里，那些关切和怀谊都被妥善地保存着。

除了信，我还喜欢看一点书，特别是在夜晚，在一灯茕茕之下。我不是一个十分用功的人，我只喜欢看词曲方面的书。有时候也涉及一些古拙的散文，偶然我也勉强自己看一些浅近的英文书，我喜欢他们文字变化的活泼。

夜读之余，我喜欢拉开窗帘看看天空，看看灿如满园春花的繁星。我更喜欢看远处山坳里微微摇晃的灯光。那样模糊，那样幽柔，是不是那里面也有一个夜读的人呢？

在书籍里面我不能自抑地要喜爱那些泛黄的线装书，握着它就觉得握着一脉优美的传统，那涩黯的纸面蕴含着一种古典的美。我很自然地想到，有几个人执过它，有几个人读过它。他们也许都过去了。历史的兴亡、人物的迭代本是这样虚幻，唯有书中的智慧永远长存。

我喜欢坐在汪教授家中的客厅里，在落地灯的柔辉中捧一本线装的昆曲谱子。当他把旧得发亮的褐色笛管举到唇边的时候，我就开始轻轻地按着板眼唱起来，那柔美幽咽的水磨调在室中低回着，寂寞而空荡，像江南一池微凉的春水。我的心遂在那古老的音乐中体味到一种无可奈何的轻愁。

我就是这样喜欢着许多旧东西，那块小毛巾，是小学四年级参加儿童周刊父亲节征文比赛得来的。那一角花岗石，是小学毕业时和小曼敲破了各执一半的。那具布娃娃是我儿时最忠实的伴侣。那本毛笔日记，是七岁时被老师逼着写成的。那两支蜡烛，是我过二十岁生日的时候，同学们为我插在蛋糕上的……我喜欢这些财富，以致每每整个晚上都在痴坐着，沉浸在许多快乐的回忆里。

我喜欢翻旧相片，喜欢看那个大眼睛长辫子的小女孩。我特别喜欢坐在摇篮里的那张，那么甜美无忧的时代！我常常想起母亲对我说："不管你们将来遭遇什么，总是回忆起来，人们还有一段快活的日子。"是的，我骄傲，我有一段快活的日子——不只是一段，我相信那是一生悠长的岁月。

我喜欢把旧作品一一检视，如果我看出以往作品的缺点，我就高兴得不能自抑——我在进步！我不是在停顿！这是我最快乐的事了，我喜欢进步！

我喜欢美丽的小装饰品，像耳环、项链和胸针。那样晶晶闪闪的、细细微微的、奇奇巧巧的。它们都躺在一个漂亮的小盆子里，炫耀着不同的美丽，我喜欢不时看看它们，把它们佩在我的身上。

我就是喜欢这么松散而闲适的生活，我不喜欢精密的分配的时间，不喜欢紧张的安排节目。我喜欢许多不实用的东西，我喜欢充足的沉思时间。

我喜欢晴朗的礼拜天清晨，当低沉的圣乐冲击着教堂的四壁，我就忽然升入另一个境界，没有纷扰，没有战争，没有嫉恨与恼怒。人类的前途有了新光芒，那种确切的信仰把我带入更高的人生境界。

我喜欢在黄昏时来到小溪旁。四顾没有人，我便伸足入水——那被夕阳照得极艳丽的溪水，细沙从我趾间流过，某种白花的瓣儿随波飘去，一会儿就幻灭了——这才发现那实在不是什么白花瓣儿，只是一些被石块激起来的浪花罢了。坐着，坐着，好像天地间流动着和暖的细流。低头沉吟，满溪红霞照得人眼花，一时简直觉得双足是浸在一钵花汁里呢！

我更喜欢没有水的河滩，长满了高及人肩的蔓草。日落时一眼望去，白石不尽，有着苍莽凄凉的意味。石块垒垒，把人心里慷慨的意绪也堆叠起来了。我喜欢那种情怀，好像在峡谷里听人喊秦腔，苍凉的余韵回转不绝。

我喜欢别人不注意的东西，像草坪上那株没有人理会的扁柏，那株瑟缩在高大龙柏之下的扁柏。每次我走过它的时候总要停下来，嗅一嗅那股儿清香，看一看它谦逊的神气。有时候我又怀疑它是不是谦逊，因为也许它根本不觉得龙柏的存在。又或许它虽知道有龙柏存在，也不认为伟大与平凡有什么两样——事实上伟大与平凡的确也没有什么两样。

我喜欢朋友，喜欢在出其不意的时候去拜访他们。尤其喜欢在雨天去叩湿湿的大门，在落雨的窗前话旧真是多么美，记得那次到中部去拜访芷的山居，我永不能忘记她看见我时的惊呼。当她连跑带跳地来迎接我，山上阳光就似乎忽然炽燃起来了。我们走在向日葵的荫下，慢慢地倾谈着。那迷人的下午像一阕轻快的曲子，一会儿就奏完了。

我极喜欢，而又带着几分崇敬去喜欢的，便是海了。那辽阔，那淡远，都令我心折。而那雄壮的气象，那平稳的风范，以及那不可测的深沉，一直向人类作着无言的挑战。

我喜欢家，我从来还不知道自己会这样喜欢家。每当我从外面回来，一眼看到那窄窄的红门，我就觉得快乐而自豪，我有一个家多么奇妙！

我也喜欢坐在窗前等他回家来。虽然过往的行人那样多，我总能分辨他的足音。那是很容易的，如果有一个脚步声，一入巷子就开始跑，而且听起来是沉重急速的大阔步，那就准是他回来了！我喜欢他把钥匙放进门锁中的声音，我喜欢听他一进门就喘着气喊我的英文名字。

我喜欢晚饭后坐在客厅里的时分。灯光如纱，轻轻地撒开。我喜欢听一些协奏曲，一面捧着细瓷的小茶壶暖手。当此之时，我就恍惚能够想象一些田园生活的悠闭。

我也喜欢户外的生活，我喜欢和他并排骑着自行车，当礼拜天早晨我们一起赴教堂的时候，两辆车子便并驰在黎明的道上，朝阳的金波向两旁溅开，我遂觉得那不是一辆脚踏车，而是一艘乘风破浪的飞艇，在无声的欢唱中滑行。我好像忽然又回到刚学会骑车的那个年龄，那样兴奋，那样快活，那样唯我独尊——我喜欢这样的时光。

我喜欢多雨的日子。我喜欢对着一盏昏灯听檐雨的奏鸣。细雨如丝，如一天轻柔的叮咛。这时候我喜欢和他共撑一柄旧伞去散步。伞际垂下晶莹成串的水珠——一幅美丽的珍珠帘子。于是伞下开始有我们宁静隔绝的世界，伞下缭绕着我们成串的往事。

我喜欢在读完一章书后仰起脸来和他说话，我喜欢假想许多事情。

“如果我先死了，”我平静地说着，心底却泛起无端的哀愁，“你要怎么样呢？”

“别说傻话，你这憨孩子。”

“我喜欢知道，你一定要告诉我，如果我先死了，你要怎么办？”

他望着我，神色愀然。

“我要离开这里，到很远的地方去，去做什么，我也不知道，总之，是很遥远的很蛮荒的地方。”

“你要离开这屋子吗？”我急切地问，环视着被布置得像一片紫色梦谷的小屋。我的心在想象中感到一种剧烈的痛楚。

“不，我要拼着命去赚很多钱，买下这栋房子。”他慢慢地说，声音忽然变得凄怆而低沉：

“让每一样东西像原来那样被保持着。哦，不，我们还是别说这些傻话吧！”

我忍不住澈泪泫然了，我不明白，为什么我喜欢问这样的问题。

“哦，不要痴了，”他安慰着我，“我们会一起死去的。想想，多美，我们要相偕着去参加天国的盛会呢！”

我喜欢相信他的话，我喜欢想象和他一同跨入永恒。

我也喜欢独自想象老去的日子，那时候必是很美的。就好像夕晖满天的景象一样。那时再没有什么可争夺的，可流连的。一切都淡了，都远了，都漠然无介于心了。那时候智慧深邃明彻，爱情渐渐醇化，生命也开始慢慢蜕变，好进入另一个安静美丽的世界。啊，那时候，当我抬头看到精金的大道，碧玉的城门，以及千万只迎我的号角，我必定是很激励而又很满足的。

我喜欢，我喜欢，这一切我都深深地喜欢！我喜欢能在我心里充满着这样多的喜欢!

生命，以什么单位计量

这是一家小店铺，前面做门市，后面住家。

星期天早晨，老板娘的儿子从后面冲出来，对我大叫一句：

“我告诉你，我的电动玩具比你多！”

我不知道他在跟谁说话，四面一看，店里只我一人，我才发现，这孩子在跟我作现代版的“石崇斗富”。

“你的电动玩具都是小的，我的，是大的！”小孩继续叫阵。

老天爷，这小孩大概太急于压垮人，于是饥不择食，居然来单挑我，要跟我比电动玩具的质跟量。我难道看起来会像一个玩电动玩具的小孩吗？我只得苦笑了。

他其实是个满清秀的小孩，看起来也聪明机灵，但他为什么偏偏要找人比电动玩具呢？

“我告诉你，我根本没有电动玩具！”我弯腰跟那小孩说，“一个也没有，大的也没有，小的也没有——你不用跟我比，我根本就没有电动玩具，告诉你，我一点也不喜欢电动玩具。”

小孩目瞪口呆地望着我，正在这时候，小孩的爸爸在里面叫他：

“回来，不要烦客人。”

（奇怪的是他只关心有没有哪一宗生意被这小鬼吵掉了，他完全没想到说这种话的儿子已经很有毛病了。）

我不能忘记那小孩惊奇不解的眼神。大概，这正等于你驰马行过草原有人拦路来问：

“远方的客人啊，请问你家有几千骆驼？几万牛羊？”

你说：

“一只也没有，我没有一只骆驼，一只牛，一只羊，我连一只羊蹄也没有！”

又如雅美人问你：“你近年有没有新船下水？下水礼中你有没有准备够多的芋头？”

你却说：

“我没有船，我没有猪，我没有芋头！”

这是一个奇怪的世界，计财的方法或用骆驼或用芋头，或用田地，或用妻妾，至于黄金、钻石、房屋、车子、古董——都是可以计算的单位。

这样看来，那孩子要求以电动玩具和我比划，大概也不算极荒谬吧！

可是，我是生命，我的存在既不是“架”、“栋”、“头”、“辆”，也不是

“亩”、“艘”、“匹”、“克拉”等等单位所可以称量评估的啊！

我是我，不以公斤，不以公分，不以智商，不以学位，不以畅销的“册数”。我，不纳入计量单位。

情 怀

不知从什么时候开始，我变成了一个容易着急的人。

行年渐长，许多要计较的事都不计较了，许多渴望的梦境也不再使人颠倒，表面看起来早已经是个可以令人放心循规蹈矩的良民，但在胸臆里仍然暗暗的郁勃着一声闷雷，等待某种不时的炸裂。

仍然落泪，在读说部故事诸葛武侯废然一叹，跨出草庐的时候；在途经罗马看米开朗琪罗一斧一凿每一痕都是开天辟地的悲愿的时候；在深宵不寐，感天念地深视小儿女睡容的时候。

忽焉就四十岁了，好像觉得自己一身竟化成二个，一个正咧嘴嘻笑，抱着手冷眼看另一个，并且说：

“嘿，嘿，嘿，你四十岁啦，我倒要看着你四十岁会变成什么样子哩！”

于是正正经经开始等待起来，满心好奇兴奋伸着脖子张望即将上演的“四十岁时”，几乎忘了主演的人就是自己。

好几年前，在朋友的一面素壁上看见一幅英文格言，说的是：

“今天，是此后余生的第一天。”

我谛视良久，不发一语，心里却暗暗不服：

“不是的，今天是今生到此为止的最后一天。”

我总是着急，余生有多少，谁知道呢？果真如诗人说的“百年梳三万六千回”的悠悠栉发岁月吗？还是“四季攸来往，寒暑变为贼，偷人面上花，夺人头上黑”的霸道不仁呢？有一年，眼看着患癌症的朋友史惟亮一寸寸的走远，那天是二月十四，日历上的情人节，他必然还有很绵缠不尽的爱情吧，“中国”总是那最初也是最后的恋人，然而，他却走了，在情人节。

我走在什么时候？谁知道？只知道世方大劫，一切活着的人都是叨天之幸，只知道，且把今天当作我的最后一天，该爱的，要来不及的去爱，该恨的，要来不及的去恨。

从印度、尼泊尔回来，有小小的人世间的得意，好山水，好游伴，好情怀，人生至此，还复何求？还复何夸？回来以后，急着去看植物园的荷花，原来不敢期望在九月看荷的，但也许喀什米尔的荷花湖使人想痴了心，总想去看看自己的那片香红，没想到她们仍在那里，比六月那次更灼然。回家忙打电话告诉慕蓉，没想到这人险阴，竟然已经看过了。

“你有没有想到，”她说，“就连这一池荷花，也不是我们‘该’有的啊！”

人是要活很多年才知道感恩的，才知道万事万物包括投眼而来的翠色，附耳而至的清风，无一不是豪华的天宠。才知道生命中的每一霎时间都是向永恒借来的片羽，才相信胸襟中的每一缕柔情都是无限天机所流泻的微光。

而这一切，跟四十岁又有什么关联呢？

想起古代的东方女子，那样小心在意地贮香膏于玉瓶，待香膏一点一滴的积满了，她忽然竟渴望就地一掷，将猛烈的馨香并作一次挥尽，啊！只要那样一度，够了。

想起绝句里的剑客，“十年磨一剑，霜刃未曾试。今日把似君，谁有不平事？”分明一个按剑的侠者，在清晨跨鞍出门，渴望及锋而试。

想起朋友亮轩少年十七岁，过中华路，在低矮的小馆里见于右任的一副联“与世乐其乐，为人平不平”，私慕之余，竟真能效志。人生如果真有可争，也无非这些吧？

又想起杨牧的一把纸扇，扇子是在浙江绍兴买的，那里是秋瑾的故居，扇上题诗曰：

连雨清明小阁秋，
横刀奇梦少时游。
百年堪羡越园女，
无地今生我掷头。

冷战的岁月是没有掷头颅的激情的。然而，我四十岁了，我是那扬瓶欲作一投掷的女子，我是那挎刀直行的少年。人世间总有一件事，是等着我去做的；石槽中总有一把剑，是等着我去拔的。

去年九月，我们全家四人到恒春一游。由于娘家至今在屏东已住了二十八年，我觉得自己很有理由把那块土地看作故乡了。阳光薄金，秋风薄凉，猫鼻头的激浪白亮如抛珠溅玉，立身苍茫之际，回顾渺小的身世，一切幼时所曾羡慕的，此刻全都有了。曾听人说流星划空之际，如果能飞快地说出祈愿便可实现，当时多急着想练好快利的口齿啊，而今，当流星过眼我只能知足地说：

“神啊，我一无祈求！”

可是，就在那一天，我走到一个小摊子前面，一些褐斑的小鸟像水果似的绑成一串吊在门口，我习惯地伸出手摸了它一下。忽然，那只鸟反身猛啄了我一口，我又痛又惊，急速地收回手来，惶然无措地愣在那里。

就在那一瞬间，我忽然忘记痛，第一次想到鸟的生涯。

它必然也是有情有知的吧？它必然也正忧痛煎急吧？它也隐隐感到面对死亡的不甘吧？它也正郁愤悲挫忽忽如狂吧？

我的心比我的手更痛了。这是我第一次遇见不幸的伯劳，在这以前它一直是我案头古老的《诗经》里的一个名字，“七月鸣鵙”，鵙，便是伯劳了，伯劳也是“劳燕分飞”典故里的一部分。

稍往前走，朋友指给我看烤好的鸟。再往前走，他指给我看堆积满地的小伯劳鸟的嘴尖。

“抓到就先把嘴折下来，免得咬人。然后才杀来烤，刚才咬你的那种因为打算卖活的，所以嘴尖没有折断。”

朋友是个尽责的导游，我却迷离起来。这就是我的老家屏东吗？这就是古老美丽的恒春古城吗？这就是海滩上有着发光的“贝壳沙”的小镇吗？这就是入夜以后沼气的蓝焰会从小泽里亮起来的神话之乡吗？“恒春”不该是“永恒的春天”吗？为什么有名的“关山落日”前，为什么惊心动魄的万里夕照里，我竟一步步踩着小鸟的嘴尖？

要不要管这档子闲事呢？

寄身在所谓的学术单位里已经是十几年了，学人的现实和计较有时不下商人，一位坦白的教授说：

“要我帮忙做食品检验？那对我的研究计划有什么好处？这种事是该卫生署做的，他们不做了，我多管什么闲事，我自己的Paper不出来，我在学术界怎么混？”

他说的没有错。只是我有时会想起胡金铨的“龙门客栈”，大门砰然震开，白衣侠士飘然当户。

“干什么的？”

“管闲事的！”

回答得多么理直气壮。

我为什么想起这些？四十岁还会有少年侠情吗？为什么空无中总恍惚有一声召唤，使人不安。

我不喜欢“善心人士”的形象，“慈眉善目”似乎总和衰老、妇道人家、愚弱有关。而我，做起事来总带五分赌气性质，气生命不被尊重，气环境不被珍惜。但是，真的，要不要管这档闲事呢？管起来钱会浪费掉，睡眠会更不足，心力会更交瘁，而且，会被人看成我最不喜欢的“善士”的模样，我还要不要插手管它呢？

教哲学的梁从香港来，惊讶地看我在屋顶上种出一畦花来。看到他，我忽然唠唠叨叨，在嘻笑中也哲学起来了。

“你知道，在这个世界上，我终于慢慢明白，我能管的事太少了，北爱尔兰那边要打，你管得着吗？巴基斯坦这边要打，你压得了吗？小学四年级的音乐课本上有一首歌这样说：‘看我们少年英豪，抖着精神向前跑，从心底喊出口号，要把世界重改造，为着民族求平等，为着人类争公道，要使全球万国间，到处胜欢笑。’那时候每逢刮风，我就喜欢唱这首歌顶着风往前走。可是，三十年过去了，我不敢再说这样的大话，‘要把世界重改造’，我没有这种本事，只好回家种一角花圃，指挥指挥四季的红花绿卉。这就是辛稼轩说的，人到了一个年纪，忽然发现天下事管不了，只好回过头来‘乃翁依旧管些儿，管竹、管山、管水。’我呢，现在就管它几棵花。”

说的时候自然是说笑的，朋友认真的听，但我也知道自己向来虽不怕“以真我示人”，只是也不曾“以全我示人”。种花是真的，刻意去买了竹床竹椅放在阳台上看星星也是真的，却像古代长安街上的少年，耳中猛听得金铁交鸣，才发觉抽身不及，自己又忘了前约，依然伸手管了闲事。

一夜，歇下驰骋终日的疲倦，十月的夜，适度的凉，我舒舒服服地独倚在一张为看书而设计的躺榻上，算是对自己一点小小的纵容吧！生平好聊天，坐在研究室里是与古人聊天，与西人聊天。晚上读闲书读报是与时人聊天。写文章，则是与世人与后人聊天，旅行的时候则与达官贵人或老农老圃闲聊。想来属于我的一生，也无非是聊了些天而已。

忽然，一双忧郁愠怒的眼睛从报纸右下方一个不显眼的角落向我投视来，一双鹰的眼睛，我开始不安起来。不安的原因也许是因为那怒睁的眼中天生有着鹰族的锐利奋扬，但是不止，还有更多。我静静地读下去，在花莲，一个叫玉里的镇，一个叫卓溪乡古风村的地方，一只"赫氏角鹰"被捕了。从来不知道赫氏角鹰的名字，连忙去查书，知道它曾在几万年前，从喜马拉雅和云南西北部南下，然后就留在中央山脉了，它不是台湾特有鸟类，也不是偶然过境的候鸟，而是"留鸟"。这一留，就是几万年，听来像绵绵无尽期的一则爱情故事。

却有人将这种鸟用铁夹捕了，转手卖掉，得到五千元。

我跳起来，打长途电话到玉里，夜深了，没人接。我又跑到桌前写信，急着找限时信封作读者投书。信封上了，我跑下楼去推脚踏车寄信，一看腕表已经清晨五点了，怎么会弄到这么晚的？也只能如此了，救生命要紧！

跨车回来，心中亦平静亦激动，也许会带来什么麻烦，会有人骂我好出风头，会有人说我图名图利，会有人铁口直断说："我看她是要竞选了！"不管他，我且先去睡两个小时吧！我开始隐隐知道刚才的和那只鹰的一照面间我为什么不安，我知道那其间有一种召唤，一种几乎是命定的无可抗拒的召唤。那声音柔和而沉实，那声音无言无语，却又清晰如面晤，那声音说：“为那不能自述的受苦者说话吧！为那不能自伸的受屈者表达吧！”

而后，经过报上的风风雨雨，侦骑四出，却不知那只鹰流落在哪里，我的生活从什么时候开始竟和一只鹰莫名其妙的连在一起了？每每我凝视照片，想象它此刻的安危，人生际遇，真是奇怪。过了二十天，我人到花莲，主持了两个座谈会，当晚住在旅社里。当门一关，廊外海潮声隐隐而来，心中竟充满异样的感激。生平住过的旅社虽多，这一间却是花莲的父老为我预定并付钱的。我感激的是自己那一点的善意和关怀被人接纳。有时也觉得自己像说法化缘的老僧，虽然每遭白眼，但也能和人结成肝胆相照的朋友。我今夕蒙人以一饭相款，设一榻供眠，真当谢天，比起古代餐风露宿的苦行僧，我是幸运的。

第二天一早搭车到宜兰，听说上次被迫索的赫氏角鹰便是在偷运台北的途中死在那里。我和鸟类专家张万福从罗东问到宜兰，终于在一家“山产店”的冻箱里找到那只曾经搏云而上的高山生灵，而今是那样触手如坚冰的一块尸骨。站在午间陌生的小市镇上，山产店里一罐罐的毒蛇药酒，从架上俯视我。这样的结果其实多少也是意料中的，却仍忍不住悲怆。四十岁了，一身仆仆，站在小城的小街上，一家陈败的山产店前，不肯服输的心底，要对抗的究竟是什么呢？

和张万福匆匆包了它就赶北宜公路回家了，黄昏时在台北道别，看他再继续赶往台中的路，心中充满感恩之意。只为我一通长途电话，他就肯舍掉两天的时间，背着一大包幻灯片，从台中台北再转花莲去“说鸟”。此人也是一奇，阿美族人，台大法律系毕业，在美军顾问团做事，拿着高薪，却忽然发现所谓律师常是站在有钱有势却无理的一边，这一惊非同小可，于是弃职而去，一跑跑到大度山的东海潜心研究起鸟类生态来。故事听起来像江洋大盗忽然收山不做而削发皈依，反渡起众人一般神奇。而他却是如此平实的一个人，会傻里傻气待在野外从早上六点到下午六点，仔细数清楚棕面莺的母鸟喂了四百八十次小鸟的记录。并且会在座谈会上一一学鸟类不同的鸣声。而现在，“赫氏角鹰”教他去做标本，一周以后那胸前一片粉色羽毛的幼鹰会乖乖地张开翅膀，乖乖地停在标本架上，再也没有铁夹去夹它的脚了，再也没有商人去辗转贩卖它了，那永恒的展翼啊！台北的暮色和尘色中，我看他和鹰绝尘而去，心中的冷热一时也说不清。

我是个爱鸟人吗？不是，我爱的那个东西必然不叫鸟，那又是什么呢？或许是鸟的振翅奋扬，是一掠而过，将天空横渡的意气风发，也许我爱的仍不是这个，是一种说不清的生命力的展示，是一种突破无限时空的渴求。

曾在翻译诗里爱过希腊废墟的蔓草荒烟，曾在风景明信片上爱过夏威夷的明媚海滩，曾在线装书里迷上“黄河之水天上来”，曾在江南的歌谣里想自己驾一叶迷途于十里荷香的小舟……而半生碌碌，灯下惊坐，忽然发现魂牵梦萦的仍是中央山脉上一只我未曾及睹其生面的一只鹰鸟。

四十岁了，没有多余的情感和时间可以挥霍，且专致地爱脚跟下的这片土地吧！且虔诚地维护头顶的那片青天吧！生平不识一张牌，却生就了大赌徒的性格，押下去的那份筹码其数值自己也不知道，只知道是余生的岁岁年年，赌的是什么？是在我垂睫大去之际能看到较澄澈的河流，较清鲜的空气，较青翠的森林，较能繁息生养的野生生命……输赢何如？谁知道呢？但身经如此一番大博，为人也就不枉了。

和丈夫去看一部叫《女人四十一枝花》的电影，回家的路上格格笑个不停，好莱坞的爱情向来是如此简单荒唐。

“你呢？”丈夫打趣，“你是不是女人四十一枝花？”

“不是，”我正色起来，“我是‘女人四十一枚果’，女人四十岁还作花，也不是什么含苞盛放的花了，但是如果是果呢，倒是透青透青初熟的果子呢！”

一切正好，有看云的闲情，也有犹热的肝胆，有尚未收敛也不想收敛的遭人妒的地方，也有平凡敦实容许别人友爱的余裕，有高龄的父母仍容我娇痴无忌如稚子，也有广大的国家容我去展怀一抱如母亲，有霍然而怒的盛气，也有湛然一笑的淡然。

还有什么可说呢？芽嫩已过，花期已过，如今打算来做一枚果，待果熟蒂落，愿上天复容我是一粒核，纵身大化，在新着土处，期待另一度的芽叶。

包　子

有个亲戚死了，在遥远的故土。消息传来，已是半年之后，我的悲伤也因不合节拍而显得有些荒谬。何况彼此是远亲，毫无血缘关系。但毕竟我握过她枯纤如柴的老手，感觉过她泪水滴落在我腕上的温度，也曾惊讶地看她住在黑如地穴的破屋里，手捧一把小炭篮与之相依为命。毕竟我也曾为她去买她视为仙丹的西洋参丸，听她说凄凉的晚境……

然而，这个生命却消失了，微贱如蚁。

好些日子以来，我昼思夜梦的常是那老妇人被儿子恶吼一声的悲怔。

那天，我和丈夫去看她，时间是上午，我们谈了两小时的话，赶在中午以前离去。她依依不舍，抵死要留我们吃饭，但环堵萧然，她哪里有饭可供我们吃？不得已，她说：

“这么远来，不吃饭就走，怎么行？我到巷子口买包子……”

忽然，她的儿子回过头来，愤然大骂一声：

“哼，包子！台湾来的人会吃你那包子！？”

老妇人立刻噤声了，我和丈夫一时也不敢回腔。那年轻人，西装笔挺，骑着威风的摩托车，时不时地跑深圳做一票生意，有时赔有时赚，但老不够他花用。老母，则丢在那里任她自生自灭。

这老妇人，因为待客的盛情，一时忘了的那份自卑感，此刻给儿子一吼，全身不安又惶愧，仿佛她真说错了话做错了事似的。

我当时心中暗怒激涌，恨不得大声骂回去，说：

“怎么样，我是台湾来的，但我就偏要吃这包子！我的嘴巴可能因为富裕的生活养刁了，我可能看这包子又肥又粗不堪入口，可是我还懂得礼数，我还知道对长辈的好意理该恭敬接受！”

但我终于按捺住，毕竟人家是母子，我若骂回去，虽逞了一时之快，恐怕长辈觉得连我这外人都如此贴心，想起儿子就更伤感了。我只好说：

“下次吧！”

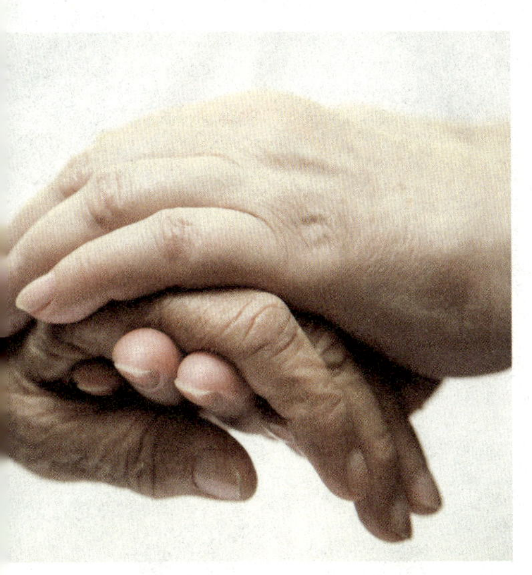

“你看，第一次来，什么都没吃，就要走……”她捉住我的手不放，老泪爬满一脸，“晓风，我第一次看到你呀，我一看你就知道你这人好，我是真喜欢你，唉，我也没东西送你，你看，饭也不吃，就要走……”

对她而言，我大概等于她所有在台湾的已死的和未死的亲戚，而那些亲戚长辈又代表着一切逝去的再也不肯回来的美好岁月。

我一面拍着她的背，一面喃喃保证：

“会再来的，会的、会的，你留步，下回来，我们去吃包子。”

“今天有事要走，下次来，一定吃你这包子。”

然而，有些事，是没有下次的了。老人撒手而去。

如果，有一天，你在某个大陆巷落里，你在穿过公厕穿过破檐人家的窄道上，遇见一个奇怪的远方女子，手里拿着一团热腾腾的包子，一面流泪，一面咀嚼，那人，就是我。

一碟辣酱

有一年，在香港教书。

港人非常尊师，开学第一周校长在自己家里请了一桌席，有十位教授赴宴，我也在内。这种席，每周一次，务必使校长在学期中能和每位教员谈谈。我因为是客，所以列在首批客人名单里。

这种好事因为在台湾从未发生过，我十分兴头地去赴宴。原来菜都是校长家的厨子自己做的，清爽利落，很有家常菜风格。也许由于厨子是汕头人，他在诸色调味料中加了一碟辣酱，校长夫人特别声明是厨师亲手调制的。那辣酱对我而言稍微嫌甜，但我还是取用了一些。因为一般而言广东人怕辣，这碟辣酱我若不捧场，全桌粤籍人士没有谁会理它。广东人很奇怪，他们一方面非常知味，一方面却又完全不懂“辣”是什么。我有次看到一则比萨饼的广告，说“热辣辣的”，便想拉朋友一试，朋友笑说：“你错了，热辣辣跟辣没有关系，意思是指很热很烫。”我有点生气，广东话怎么可以把辣当作热的副词？仿佛辣本身不存在似的。

我想这厨子既然特意调制了这独家辣酱，没有人下箸总是很伤感的事。汕头人是很以他们的辣酱自豪的。

那天晚上吃得很愉快也聊得很尽兴，临别的时候主人送客到门口，校长夫人忽然塞给我一个小包，她说："这是一瓶辣酱，厨子说特别送给你的。我们吃饭的时候他在旁边巡巡看看，发现只有你一个人欣赏他的辣酱，他说他反正做了很多，这瓶让你拿回去吃。"

我其实并不十分喜欢那偏甜的辣酱，吃它原是基于一点善意，不料竟回收了更大的善意。我千恩万谢受了那瓶辣酱——这一次，我倒真的爱上这瓶辣酱了，为了厨子的那份情。

大约世间之人多是寂寞的吧？未被击节赞美的文章，未蒙赏识的赤忱，未受注视的美貌，无人为之垂泪的剧情，徒然的弹了又弹却不曾被一语道破的高山流水之音。或者，无人肯试的一碟食物……

而我只是好意一举箸，竟蒙对方厚赠，想来，生命之宴也是如此吧？我对生命中的涓滴每有一分赏悦，上帝总立即赐下万道流泉。我每为一个音符凝神，他总倾下整匹的音乐女口素锦。

生命的厚礼，原来只赏赐给那些肯于一尝的人。

描 容

一

有一次，和朋友约好了搭早晨七点的车去太鲁阁公园管理处。不料闹钟失灵，醒来时已经七点了。

我跳起来，改去搭飞机，及时赶到。管理处派人来接，但来人并不认识我，于是先到的朋友便七嘴八舌把我形容一番：

“她信基督教。”

“她是写散文的。”

“她看起来好像不紧张，其实，才紧张呢！”

形容完了，几个朋友自己也相顾失笑，这么一堆抽象的说词，叫那年轻人如何在人堆里把要接的人辨认出来？

事后，他们说给我听，我也笑了，一面佯怒，说：

“哼，朋友一场，你们竟连我是什么样子也说不出来，太可恶了。”

转念一想，却也有几分惆怅——其实，不怪他们，叫我自己来形容我自己，我也一样不知从何说起。

二

有一年，带着稚龄的小儿小女全家去日本，天气正由盛夏转秋，人到富士山腰，租了匹漂亮的栗色大马去行山径。低枝拂额，山鸟上下，“随身听”里播着新买来的“三弦”古乐。抿一口山村自酿的葡萄酒，淡淡的红，淡淡的芬芳……蹄声得得，旅途比预期的还要完美……

然而，我在一座山寺前停了下来，那里贴着一张大大的告示，由不得人不看。告示上有一幅男子的照片，奇怪的是那日文告示，我竟也大致看明白了。它的内容是说，两个月前有个六十岁的男子登山失踪了，他身上靠腹部地方因为动过手术，有条十五厘米长的疤口，如果有人发现这位男子，请通知警方。

叫人用腹部的疤来辨认失踪的人，当然是假定他已是尸体了。否则凭名字相认不就可以了吗？

寺前痴立，我忽觉大恸，这座外形安详的富士山于我是闲来的行脚处，于这男子却是残酷的埋骨之地啊！时乎，命乎，叫人怎么说呢？

而真正令我悲伤的是，人生至此，在特征栏里竟只剩下那么简单赤裸的几个字：“腹上有十五厘米长的疤痕”！原来人一旦撒手了，所有人间的形容词都顿然失效，所有的学历、经验、头衔、土地、股票持份或功勋伟迹全都不相干了，真正属于此身的特点竟可能只是一记疤痕或半枚蛀牙。

山上的阳光淡寂，火山地带特有的黑土踏上去松软柔和，而我意识到山的险巇。每一转折都自成祸福，每一岔路皆隐含杀机。如我一旦失足，则寻人告示上对我的形容词便没有一句会和我平生努力以博得的成就有关了。

我站在寺前，站在我从不认识的山难者的寻人告示前，黯然落泪。

三

所有的“我”，其实不都是一个名词吗？可是我们是复杂而又噜苏的人类，我们发明了形容词——只是我们在形容自己的时候却又忽然词穷。一个完完整整的人，岂是能用三言两语胡乱描绘的？

对我而言，做小人物并没什么不甘，却有一项悲哀，就是要不断地填表格，不断把自己纳入一张奇怪的方方正正的小纸片。你必须不厌其烦地告诉人家你是哪年生的？生在哪里？生日是哪一天？（奇怪，我为什么要告诉他我的生日呢？他又不送我生日礼物。）家住哪里？学历是什么？身份证号码几号？护照号码几号？几月几日在哪里签发的？公保证号码几号？好在我颇有先见之明，从第一天起就把身份证和护照号码等一概背得烂熟，以便有人要我填表时可以不经思索熟极而流。

然而，我一面填表，一面不免想“我”在哪里啊？我怎会在那张小小的表格里呢？我填的全是些不相干的资料啊！资料加起来的总和并不是我啊！

尤其离奇的是那些大张的表格，它居然要求你写自己的特长，写自己的语文能力，自己的缺点……奇怪，这种表格有什么用呢？你把它发给梁实秋，搞不好，他谦虚起来，硬是只肯承认自己“粗通”英文，你又如何？你把它发给甲级流氓，难道他就承认自己的缺点是“爱杀人”吗？

我填这些形容自己的资料也总觉不放心。记得有一次填完“缺点”以后，我干脆又慎重地加上一段：“我填的这些缺点其实只是我自己知道的缺点，但既然是知道的缺点，其实就不算是严重的缺点。我真正的缺点一定是我不知道或不肯承认的。所以，严格地说，我其实并没有能力写出我的缺点来。”

对我来说，最美丽的理想社会大概就是不必填表的社会吧！那样的社会，你一个人在街上走，对面来了一位路人，他拦住你，说：

“咦？你不是王家老三吗？你前天才过完三十九岁生日是吧？我当然记得你生日，那是元宵节前一天嘛！你爸爸还好吗？他小时顽皮，跌过一次腿，后来接好了，现在阴天犯不犯痛？不疼？啊，那就好。你妹妹嫁得还好吧？她那丈夫从小就不爱说话，你妹妹叽叽呱呱的，配他也是老天爷安排好的，她耳朵上那个耳洞没什么吧？她生出来才一个月，有一天哭个不停，你嫌烦，找了根针就去给她扎耳洞，大人发现了，吓死了，要打你，你说因为听说女人扎了耳洞挂了耳环就可以出嫁了，她哭得人烦，你想把她快快扎了耳洞嫁掉算了！你说我怎么知道这些事，怎么不知道？这村子上谁家的事我不知道啊？……”

那样的社会，人人都知道别家墙角有几株海棠，人人都熟悉对方院子里有几只母鸡，表格里的那一堆资料要它何用？

其实小人物填表固然可悲，大人物恐怕也不免此悲吧？一个刘彻，他的一生写上十部奇情小说也绰绰有余。但人一死，依照谥法，也只落一个汉武帝的“武”字，听起来，像是这人只会打仗似的。谥法用字历代虽不太同，但都是好字眼：像那个会说出“何不食肉糜？”的皇帝，死后也混到个“惠帝”的谥号。反正只要做了皇帝，便非“仁”即“圣”，非“文”即“武”，非“睿”

即“神”……做皇帝做到这样，又有什么意思呢？长长的一生，最后只剩下一个字，冥冥中仿佛有一排小小的资料夹，把汉武帝跟梁武帝放在一个夹子里，把唐高宗和清高宗做成编类相同的资料卡。

悲伤啊，所有的“我”本来都是“我”，而别人却急着把你编号归类——就算是皇帝，也无非放进镂金刻玉的资料夹里去归类吧！

相较之下，那惹人訾议的武则天女皇就佻侻多了。她临死之时嘱人留下“无字碑”。以她当时身为母后的身份而言，还会没有当朝文人来谀墓吗？但她放弃了。年轻时，她用过一个名字来形容自己，那是“曌”（读作“照”），是太阳、月亮和晴空。但年老时，她不再需要任何名词，更不需要形容词。她只要简简单单地死去，像秋来喑哑萎落的一只夏蝉，不需要半句赘词来送终。她赢了，因为不在乎。

四

而茫茫大荒，漠漠今古，众生平凡的面目里，谁是我，我又复是谁呢？我们却是在乎的。

明传奇《牡丹亭》里有个杜丽娘，在她自知不久于人世之际，一意挣扎而起，对着镜子把自己描绘下来，这才安心去死。死不足惧，只要能留下一副真容，也就扳回一点胜利。故事演到后面，她复活了，从画里也从坟墓里走了出来，作者似乎相信，真切地自我描容，是令逝者能永存的唯一手法。

米开朗基罗走了，但我们从圣母垂眉的悲悯中重见五百年前大师的哀伤。而整套完整的儒家思想，若不是以仲尼站在大川上的那一声“逝者如斯夫！不舍昼夜。”的长叹作底调，就显得太平板僵直，如道德教条了。一声轻轻的叹息，使我们惊识圣者的华颜。那企图把人间万事都说得头头是道的仲尼，一旦面对巨大而模糊的“时间”对手，也有他不知所措的悸动！那声叹息于我有如两千五百年前的录音带，至今音纹清晰，声声入耳。

艺术和文学，从某一个角度看，也正是一个人对自己的描容吧？而描容者是既喜悦又悲伤的，他像一个孩子，有点“人来疯”，他急着说：

“你看，你看，这就是我，万古宇宙，就只有这么一个我啊！”

然而诗人常是寂寞的——因为人世太忙，谁会停下来听你说“我”呢？

马来西亚有个古旧的小城叫“马六甲”，我在那城里转来转去，为五百年来中国人走过的脚步惊喜叹服。正午的时候，我来到一座小庙。

然而我不见神明。

“这里供奉什么神？”

“你自己看。”带我去的人笑而不答。

小巧明亮的正堂里，四面都是明镜，我瞻顾，却只见我自己。

“这庙不设神明——你想来找神，你只能找到自身。”

只有一个自身，只有一个一空依傍的自我，没有莲花座，没有祥云，只有一双踏遍红尘的鞋子，载着一个长途役役的旅人走来，继续向大地叩问人间的路径。

好的文学艺术也恰如这古城小庙吧？香客在环顾时，赫然于镜鉴中发现自己，见到自己的青青眉峰，盈盈水眸，见到如周天运行生生不已的小宇宙——那个“我”。

某甲在画肆中购得一幅大大的弥天盖地的“泼墨山水”，某乙则买到一张小小的意态自足的“梅竹双清”，问者问某甲说：“你买了一幅山水吗？”某甲说：“不是，我买的是我胸中的丘壑。”问者转问某乙：“你买了一幅梅竹吗？”某乙回答说：“不然，我买的是我胸中的逸气。”描容者可以描摹自我的眉目，肯买货的人却只因看见自家的容颜。

甘　醴

1

天寒地冻，大雪弥望。

我和朋友从日本北海道的札幌出发，要去一个名叫洞爷的湖区。

一路上大巴士里面还算暖和，一下车，立刻就觉得自己要冻成一根用“急冻法”结冻的冰棒。于是很自然的，连想都不想，拔腿便向店家的大门冲去。

店家也好像早有先见，一见我们跌跌撞撞地奔进室内，立刻双手捧上一大杯热饮，我们正冻得浑身打颤，一见了冒热气的东西，便急急接了，比接圣旨还恭敬。

喝下一大口，哇！怎么味道这么熟悉？再喝一口，答案出来了，是甜酒酿！奇怪，这甜酒酿原是吃惯的，怎么此刻喝来竟像琼浆玉液？在寒冻只合冬眠的此刻，一碗甘醴令人彻底醒了过来，活了过来，觉得人生还是值得熬下去的。

等喝到第三口，就开始有了美食家的鉴赏品味了。你会为那浓浊的白色而忘神，是牛乳的颜色呢！然而牛乳是孩童级的饮料，健康而纯洁。甘醴却是成年人的饮料，在纯洁馥郁中隐隐潜藏着堕落和沉沦，它是温柔的激动，甜蜜的辛辣，安谧的骚动，沉潜的疯狂。

啊，我多么希望手中的这只酒碗恰如北欧神话里那只暗通着海洋的酒盏，可以永汲不尽。

从来不好酒，但此刻，大雪千里，我是在雪中随时可以冻毙的旅人。然而，此处有一檐可以容我，有一碗酒可供我暖身，我不免贪起杯来，贪那严寒世界的一点温度，贪那一点芳馨，贪那超乎买卖双方商业关系之外的一缕体贴的善意。

《庄子》上说“君子之交淡若水，小人之交甘若醴”，我想，我却愿意自己既是小人也是君子。我甚至希望我的朋友也如此。全然淡若水也不见得有意思，我喜欢有时候在滴水成冰的寒天里痛饮一碗滚烫的甘醴。

2

孩子小时候迷上一个问题，他喜欢问：“最——”例如：

“什么鱼最大？”

“什么鸟最小？”

但是当他问：“什么东西最好吃？”的时候，我便答不上来了。对我而言最好吃的东西并不存在，存在的其实只是当时的一番情境。例如在蒙古牧民的帐篷里喝一碗待客的酸奶、在泰北山乡扒一碗用木桶蒸出来的柔韧的旱稻米饭、在阳光炙热的澎湖滨海小店里吃新鲜的海胆。或者，在严寒的北海道旅程中喝一碗甘醴。动人的其实是整个环境氛围，而不是那一小口味觉。

3

生命中一切的好也合该如此吧？“云在青天水在瓶”，好的不只是云，而是在青天之上的云，纯美的不只是水，而是在净瓶中的水。

但愿我也是一盏可以化解寒冻的甘醴，在千里雪原中酽然香暖。

例外的惭愧

有一件事，我十分惭愧，那就是：我经常都不惭愧。

唉，这句话说得那么吊诡，简直就像政客。听来我好像“惭愧于我的不惭愧”，却更像“并不惭愧于我的不惭愧”。

譬如说，我去人家家里吃饭，女主人烧得一手好菜，我一边吃得逸兴遄飞，一边诚心诚意地赞道：

“真惭愧呀，这么好吃的东西，我怎么就烧不出来呀？”

可是，等晚上回到家里，夜深人静之际，我仿佛听见极幽微的声音在提醒我：

“哎，我说，你这家伙，你说的话好像不太诚实哦！你想想，你真的惭愧吗？你说说罢了，你干么说这种话？这世上说话不实在的人太多了，你还要再增加一个吗？”

我当下嗫嗫嚅嚅：

“哎呀，我并不是撒谎，我当时大概一时冲动吧？我其实并不打算来惭愧的，更不打算来改过，我下回小心不乱说不实之话就是了。”

其他的事依此类推，例如人家的屋子布置得如何雅洁清幽，人家的研究做得如何深沉扎实，人家的菜园整理得如何鲜翠欲滴，我其实都厚着脸皮轻易放过自己——动不动就惭愧，那，日子可要怎么过啊？

不过，倒有一桩“外套事件”例外：

大约十年前，我在暑假去纽西兰旅游，住在朋友家里。台湾的暑假其实正逢纽西兰的冬天，这一点，我虽然也知道，却仍然心存侥幸，不肯多带厚重的衣服。心里想。如此挥汗的溽暑，带着冬衣出门实在太奇怪了，管他的，等到了纽西兰冷得受不了，再去借朋友的衣服来穿吧！

及至到了纽西兰，我那几件毛衣实在挡不了事，心里立刻想去买衣服。刚好那天朋友开车带我出游，车子高速开过公路（纽西兰人少车少，路又宽平，几乎每条路都可当高速公路来开），我忽然大叫：

“停车，停车——退回去，我看到一所教堂！”

“教堂怎么了？”

“教堂门口有草坪，草坪上有一块牌子，牌子上写着大义卖——”

“奇怪，”朋友半信半疑，“车子开那么快，你也看得到！”

但她还是把车退了回去，果真教堂在举行义卖。

义卖多半不卖什么好东西，都是些人家家里用不着的旧物品，倒是巧克力奶和饼干做得非常好，我们各点了一份。忽然，我看到了一件仿羽绒的美丽外套。哎呀，那刚好是我想要的，跑去一试，尺码正合，再看价钱，天哪，差不多合台币二千元，当天的大堂里，每件东西都贱价，就只这件外套死贵，怎么回事，我竟看上唯一一件贵货，便忍不住想还价。

“对，我知道。”摊位的主人说，“这是场子里最贵的东西，可是这是我朋友刚从美国寄来送我的，全新呢！”

天气实在冷，我立刻付了钱，并且舍不得脱下。

“这件衣服穿来不错，你，为什么不自己留着呢？”

“我不想穿得那么奢华，我穿普通的衣服就好。而且，教堂需要钱！”

我这才仔细看她，她穿一件非常黯败的土色毛衣，她的人也带几分土色。我忽然惭愧起来，我这样随手就买了东西，而这东西却是原主人口中的奢侈品。

年年冬天，我穿这件衣服的时候，内心都十分惶愧。想起那清癯瘦小的主人，我觉得自己有点越分，但我又不能拿这件衣服去还她，只好小心翼翼爱惜着穿，好来赎我的罪咎。不管我能活几岁，不管我有多重要的场合须出席，我立志再不去买第二件冬衣。

我惭愧，对那位我不知名的南半球的穿着素朴的女子。平生极少生愧，但一想起那妇人安静的眼神，约敛的身体，低抑的语调，我就——惶恐惭愧。

不是倒霉日

民国九十四年十月二十四日。

好，我对自己说，我要好好记得这组数字。这简直是我个人的“国耻纪念日”！我居然得了癌症！可恶啊！为什么偏偏就是我呢？我的一个中文系的学生说，“哎呀，老师，像你这么温厚的人，怎么会生这种病呢？”（哈，她以为癌症全是坏人才生的不成？）

为我照大肠镜的医生是我多年前的学生，此刻已极善言词，他说：

“老师，切出来的东西我们会拿去化验——不过，它是良性的机会是微乎其微的！”

好家伙，这医生讲话如此迂回奸巧，简直可以去从政做官了，但我当然立刻听懂了他真正的语意。

检查室有许多间，用拉帘相隔，我听见帘幕那边的另一位医生对他的病人说：

“好了，你没事了，你可以回家了！”

唉，那是多么好听的一句话啊！我多么多么希望他是对我说的啊！“没事”这件事是多么好的事啊！可是我却比较不幸，我是被癌症逮到的那个倒霉鬼。

然而，透过云天，我彷佛听到一个声音来入我心：

“我的小女孩啊！你还真笨呐；十月二十四日不是你的倒霉日，它明明是你的幸运日啊！你有癌，可是毕竟查出来了。在此之前，那些医生说你没事没事的时候，才是你的倒霉日呢！”

我忽然大悟，原来这是我的幸运日！

于是我立刻着手安排住院和开刀，L医生是个好医生，他除了仁心仁术之外，还有个奇怪的资历，据年轻的小医生告诉我，他自己也“被开”了十几次刀，我想他大概比较懂得可怜病人吧！

“没什么啦！”他说，“生病嘛，该做什么就做什么。”

我至今记得他宁静的眼神和安祥的语调。

我会念咒

一

我会念咒，只会一句。

我原来也不知道，是偶然间发现的。一向，咒语都是由谁来念诵呢？故事里是由巫婆或道士来念，他们有时是天生就会，有时是跟人学来的，咒语多半烦难冗长，令人望而生畏。

我会咒语而竟不自知，想来是自己天生会的。

我会的那句咒语很简单，总共只有四个字，连小孩都能立刻学会，那四个字是："我好快乐！"

如果翻成英文，也是四个字："I am so happy!"

二

这样的咒语虽不能让撒出手的豆子变成兵，让纸剪的马儿真的可骑可乘可供驱驰，让钵子里的钱永远掏用不完，或让别人水果摊上的水梨都到我的树枝上来供我之用。

可是，它却有茅山道士的大法力，它可以助我穿墙。什么墙？砖墙？水泥墙？铜墙？铁壁？都不是，而是悲伤之墙，是倦怠之墙，是愤懑怨怒之墙，是遭到割伤烫伤斫伤泼伤之际的自伤之墙，是心灰意冷情摧泪尽的沮丧之墙，是自认为我已心竭力怯万劫不复的绝望之墙……

三

大约是两年前吧？有一天，奔波了一整天，到黄昏时才回家，把车在巷子里停好，车窗尚未关上，我不自觉地大叹了一声："啊！我好快乐！"

当时车停在公园旁，隔着矮矮的灌木丛，有一个背对我垂头而坐的男人听到我说话，他猛地坐直身子回望我一眼，我这才发现半公尺之外有人听到我最幽微的内心语言。那一眼令我难忘，隔着打开的车窗，我看到那其中有惊吓，在这都市里怎会有一个女人在作如此诡异的宣告？也许也有愤怒，世道如今都成了什么样子了，你还有本事快乐！也许有不可置信，什么？快乐这种东西还存在着吗？也许是悲悯，这女子难道疯了吗？

我当时有点惭愧，然后，我发觉，我爱念这句咒语已经很久了，平常没有人听见，我也不自觉，今天被人发现又被人回头看了一眼，才觉得这句话真有点怪异。

那老男人站起来，在暮色中踽踽离去了。他是被吓到的吗？

四

其实，我很想追上那人，对他说：

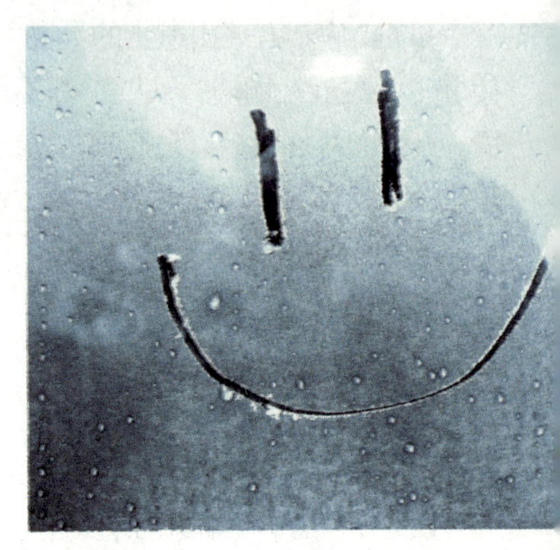

老先生，你刚才听到我说的那句话，既是真的，也是掰的。我其实大病初愈，身心俱疲。我其实忧时忧世不认为这粒地球有什么光明的前途。我事实上一想及那些优美深沉馥郁绵恒的传统正遭人像处理病死猪一般泼毒且掩埋，就恨不得放声恸哭，与人一决……但此刻，我奔波了一天，不管我所恳求的，所呼吁的，所叮嘱的，所反复申诉的被接受了或被拒绝了，上帝啊，毕竟我已尽力了。天黑了，我回家了，我如此渺小，赐我今夕热食热汤，赐我清爽的沐浴，赐我一枕酣睡。

为此，我好快乐。

能尽心竭力，我好快乐。

能为心爱的道统传承来辛苦或受辱，这并不是每一个人可享有的权利，所以，我好快乐。

如果我悲苦，那也是上天看得起我，容许我忍此悲辛荼苦，我为配忍此苦楚而要说一句：

我好快乐。

我好快乐，因为我能说“我好快乐”，这是我的快乐咒，其言有大法力，助我穿墙直行，披靡天涯，虽然也许早已撞得鼻青脸肿，而不自知。

闻 歌

听小孩唱歌，别有一番大惊动。

这小孩唱的是首黑人灵歌，歌名叫“老黑乔”，算是一首许多人听熟了的歌。我当时正开着车，猝不及防，这小孩的歌，便沿广播系统流满一车，让人无从闪躲。

黑人灵歌别有肺肠，是伤心到极处以后的自我疗程。听者几乎可以从那歌声中揣摩歌者似乎正一面舐着刚刚新绽裂的鞭伤，一面用歌声反击。

沉默的时候，黑人是输家——可是，只要黑人一开口，连天使都要震动三分、退避三分。那歌声是整个非洲的乡愁，加上整个美洲的载重。是夜半无人时，从咸咸的伤口里喷洒出来的甜甜的赞美和颂词。初听一声黑人灵歌，如遭雷殛，站不稳，连退三步的事也是有的。

黑人唱“死亡”主题，淡淡的忧伤中自有其无限的甜柔蜜意，死了，告别人世的苦厄悲辛，与逝者永相欢聚。再没有人诠释死亡诠释得如此安详利落。

然而这种一事不经的小孩又懂得什么叫死亡呢？他们连病痛

和衰老都不见得能想象，他们又哪里知道什么叫死亡呢？不知道什么叫死亡的人如果唱死亡也是不足畏也，怕它作甚？但，奇怪的是，这些不懂死亡的孩子唱起死亡来竟一样令人痛断肝肠。这大概略如某些人相信梵文经典具有法力，即使交由“有口无心”不识梵文的小和尚来念，也一样可以降魔伏虎。

音乐和文字大概也具有这种魔异法力，不须经过什么伟大的诠释，竟也自自然然能移人。歌者只要干干净净地把它唱出来，唱得准准确确，效果便如柔弱的女子纤指轻按密码，只要按对，巨大的闸门自可挪开。

成人唱歌，不知为什么有时反而坏事。成人不透明，他总是把一首蓝色的歌加点红，唱成了紫。或者加点黄，唱成了绿。结果诠释变成了扭曲。他又像在素雅的雪菜百叶的翡翠白玉般的组合中加了一匙黑乌乌的酱油，他又像在香甜焦黄的炸麻团上不由分说的洒上了黑胡椒酱。

孩子却是晶莹剔透的，没有杂质，没有解释，而你不可能误解。

好的成人懂得在诠释之际保留本质。如果歌是蓝的，他加点黑，使颜色变成暗蓝，或加点白，使颜色变成粉蓝，加点铅色，变成银蓝……好的成人歌者只用一点自己的色彩去衬托、去说明，却不离其本。显得那一点点出轨像美人身上的香水，虽也诠释了美人，却总在若有若无之间。

下一次，我想，下一次听小孩唱歌我要小心一点，他们也可以引发极强的点爆力，他们笑面如蜜，歌声香腻如枫糖浆。但他们却可以让闻歌的耳朵如遭薄刃，如逢地雷，只要他们唱的是一首悲伤的歌，你休想逃脱音乐的掌心。孩子是音乐世界的小帝王，决不因为他们小而短少王权，权杖一旦伸出，致命的裁决还是有效的。

啊，想起那直着喉咙唱出的童音，想起“老黑乔”的调子，是如何令人热耳酸心啊！

关于拥抱

“关于拥抱，你有什么可以告诉我们的吗？”

电话是杂志社的女孩子打来的，声音娇滴滴，她说要采访我，希望我为她说几分钟话，她说，照录下来，就是文章了。

可是，关于拥抱，难道我就能像背书一样在电话里背给她听吗？此时，此地，按钮，说话，五分钟，限题，由别人记录，稿费，当然也算她的。世上哪有这种霸权？

而且，她问我的问题是如此深沉隐秘，怎能在电话上作“按钮就开腔”的机械反应？

“对不起，我没有办法跟你在电话里说。”

“随便谈一谈嘛！”

“对不起，我也没有办法随便谈一谈。”

挂上电话，一方面是轻微的被打扰的不快，一方面也是自庆，庆幸自己逃出来了。报章杂志近年来流行“企划作业”，喜欢把写作者纳入编辑的“主题构想”。作者于是身不由己，只好跟着编辑的调子起舞。我此番逃了出来，真是大幸。

关于拥抱，我其实很想说几句话，但我只想等我自己兴起时才起舞。

有天下午，我去看画展，画家因自小脑性麻痹，不能说话。

我在会场走了两圈，欣赏她明艳浑洒如南方阳光的色彩，以及泼墨般挥纵自如的笔力。这个女子，自出生，便与自己的肢体相搏，她五官曲扭，不能说话，靠“画字”和人沟通，却也居然在美国念到研究所。她画展前托人跟我说，她读过我的书，想见我，可不可以请我去赴她的画展。

我走到她面前，撕了一张纸，写了一行字，告诉她我喜欢她的画。

她立刻跳起来，扑在我身上，将我拥住。

和人作“礼貌式的拥抱”或“热情的拥抱”，两种经验我都不陌生。但此刻被人一下死命抱住的经验却让我大吃一惊——但一切发生得又那么自然，她拿捏不稳自己的肌肉，她无法轻轻拥住我，她像溺水之人抱住浮木似的，抱住我不放，那其间有绝对

的信任和友爱。

接下来，我们又在纸上交谈了一会。她的字就书法言可算极丑，东支西离，有如鬼画符，但她的眼神清纯旺炽，使她写给我的字，字字读来如纯钢如精金。

我走出画廊，在南海路上痴立。

这样不服输于命运的女子，这样快乐自适的画家，这样猛烈强悍的拥抱……我一时还不能调适过来。沿着茄冬树，我慢慢地走，一面努力用缓缓的速度，将她刚才拥抱我的那份离奇的大力道，紧紧拥入我的记忆。

摇动过，但依然是我的土地

“黄来了，新加坡的黄，你记得吗？我们也许明天请他吃饭聊聊。”丈夫跟我说这句话是在晚餐的时候。

每次去新马，黄都把我的安适看成他的责任，三年不见，不知他怎么样了。但我也来不及想他，晚饭后睡了一觉，十二点起来赶稿。老朋友逼着要，躲不掉的。

那篇稿写的是台湾，写的时候自己几乎要笑出来，一所秀朗国小比南太平洋的小岛国“诺鲁”要大好多倍哩！那个国家真是人丁不旺，总共才八千零四十二人；吐瓦鲁也好不到哪里去，才一万人，我们一所秀朗国小就够成立好几个国家了。但高山上那只有一两个学生的国小也很动人，一切的教室、教学设备、师资仍然一丝不苟，只为对那一两个孩子有所预期，只为了让每个幼小者都能有学习的惊喜。写着写着，又写到玉山，写到国家公园。四点钟，女儿也起来了，我们各据餐桌一方，互不说话，认真忙自己的“功课”。

五点了，我去找录音机，打算把杂乱的稿子念一遍，供人誊抄。一站起来，只觉地覆天翻，女儿叫起来，我拉她躲在餐桌下面，

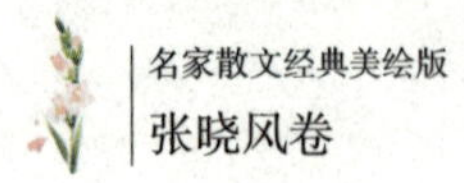

那经验又恐惧又好玩。我们母女从来还不会如此鼻子贴鼻子地蹲在桌子底下哩！即使在她极幼小的时候也不曾；家中两个男生也爬起来了，家里闹嚷一片，像除夕夜。

我六点躺下，把闹钟拨到七点，因为八点有课，整个过程里我只能说，上帝，别开玩笑，我们禁不起这样乱摇，我这一夜累坏了，我没有时间去“被震”啊！不管怎么样，我要先睡一个钟头。

第二天，丈夫回来，依然是晚餐时分，他说：

“黄走啦，不用请客了，他吓坏了，原来是明天的机票，他硬去换成今天的，我请人去送他，你猜怎么样？机场里人山人海，都是观光客，都是给地震吓倒的，一个个嚷着要立刻划票回家。”

我一面听他说，一面试图从玻璃瓶里取出今年第一批做的芥菜心来尝，芥菜心独有的辣味直冲，我忍住眼泪。

奇怪啊，地震的时候我其实也是怕的，却打死也万万想不到出国的念头，当时只一心等地震过去，好赶快爬出来修改不甚满意的底稿。间或摇得太不像话的时候，就从心里跟上帝顶顶嘴，表示异议。摇得更厉害的时候干脆把心一横，搂着女儿对自己说：

“好家伙，死就死吧，这辈子活得也不枉了，怕什么？”

因为是自己的土地，因为是自己的天空，因为不是观光客，所以地动天摇的时候，心情无论如何惊惧，仍然拿脚跟踩住这块地，仍然用头颅顶着这片天。就算死，千年后，有人从劫灰中掘出成尘的你我，我们的骨血仍然饱含着今夜的月光，仍然化验得出本土的泥屑。

事后检点门户，最重要的损失是一只瓮，它倒在地下，裂了，水流得满地，我把植物拿起来，破片收好，丈夫把水擦得半干——反正剩下的它自己会干的。这一切都是在凌晨前赶睡一小时早觉之前做好的。

我睡在床上，犹在盘想，明天要去找一罐树脂，把跌破的瓮仔细粘了，粘好以后当然不能再放水来养植物了，那也无妨，破瓮还是可以插点枯枝或干燥花的，学校后山上的箕芒冬天来了会干得很好看，有空可以摘一把回来……好困，但仍在有一搭没一搭的想那只瓮……这是我的地盘，摇过震过，而且难保明天不继续摇撼，但它是我唯一的爱，我从来无法把它跟别的土地放在一起来选择，余震似乎犹在，明天我会去补那只瓮……我终于理由充足地睡着了。

我 在

记得是小学三年级，偶然生病，不能去上学。于是抱膝坐在床上，望着窗外寂寂青山、迟迟春日，心里竟有一份巨大幽沉至今犹不能忘的凄凉。当时因为小，无法对自己说清楚那番因由，但那份痛，却是记得的。

为什么痛呢？现在才懂，只因你知道，你的好朋友都在那里，而你偏不在，于是你痴痴地想，他们此刻在升旗吗？他们在操场上追追打打吗？他们在教室里挨骂吗？他们到底在干什么啊？不管是好是歹，我想跟他们在一起啊！一起挨骂挨打都是好的啊！

于是，开始喜欢点名，大清早，大家都坐得好好的，小脸还没有开始脏，小手还没有汗湿，老师说：

“×××”

“在！”

正经而清脆，仿佛不是回答老师，而是回答宇宙乾坤，告诉天地，告诉历史，说，有一个孩子“在”这里。

回答“在”字，对我而言总是一种饱满的幸福。

然后，长大了，不必被点名了，却迷上旅行，每到山水胜处，总想举起手来，像那个老是睁着好奇圆眼的孩子，回一声：

“我在。”

我在，和“某某到此一游”不同，后者张狂跋扈，目无余子，而说“我在”的仍是个清晨去上学的孩子，高高兴兴地回答长者的问题。

其实人与人之间，或为亲情或为友情或为爱情，哪一种亲密的情谊不是基于我“在”这里，刚好，你也“在”这里的前提？一切的爱，不就是“同在”的缘分吗？就连神明，其所以为神明，也无非由于“昔在、今在、恒在”，以及“无所不在”的特质。而身为一个人，我对自己“只能出现于这个时间和空间的局限”感到另一种可贵，仿佛我是拼图板上扭曲奇特的一块小形状，单独看，毫无意义，及至恰恰嵌在适当的时空，却也是不可少的一块。天神的存在是无始无终浩浩莽莽的无限，而我是此时此际此山此水中的有情和有觉。

有一年，和丈夫带着一团年轻人到美国和欧洲去表演，我坚持选崔颢的《长干行》作为开幕曲，在一站复一站的陌生城市里，舞台上碧色绸子抖出来粼粼水波，唐人乐府悠然导出：

君家何处住？
妾住在横塘。
停船暂借问，
或恐是同乡。

渺渺烟波里，只因一错肩而过，只因你在清风我在明月，只因彼此皆在这地球，而地球又在太虚，所以不免停舟问一句话，问一问彼此隶属的籍贯，问一问昔日所生，他年所葬的故里。那年夏天，我们也是这样一路去问海外中国人的隶属所在啊！

一九八三年九月二十四日我到香港教书，翌日到超级市场去买些日用品，只见人潮涌动，米、油、罐头、卫生纸都被抢购一空。当天港币与美金的比例跌至最低潮，已到了十与一之比。朋友都替我惋惜，因为薪水贬值等于减了薪。当时我望着快被搬空的超级市场，心里竟像疼惜生病的孩子一般地爱上这块土地。我不是港督，不是黄华，左右不了港人的命运。但此刻，我站在这里，跟缔造了经济奇迹的香港的中国人在一起。而我，仍能应邀在中文系里教古典诗，至少有半年的时间，我可以跟这些可敬的同胞并肩，不能做救星，只是“在一起”，只是跟年轻的孩子一起回归于故国的文化。一九九七年，香港的命运会如何？我不知道，只知道曾有一个秋天，我在那里，不是观光客，是“在”那里。

旧约《圣经》里记载了一则三千年前的故事，那时老先知以利因年迈而昏聩无能，坐视宠坏的儿子横行。小先知撒母耳却仍是幼童，懵懵懂懂地穿件小法袍在空旷的大圣殿里走来走去，然而，事情发生了，有一夜他听见轻声呼唤：

“撒母耳！”

他虽渴睡却是个机警的孩子，跳起来，便跑到老以利面前：

“你叫我，我在这里！”

“我没有叫你，”老态龙钟的以利说，“你去睡吧！”

孩子去躺下，他又听到相同的叫唤：

“撒母耳！”

“我在这里，是你叫我吗？”他又跑到以利跟前。

“不是，我没叫你，你去睡吧。”

第三次他又听见那召唤的声音，小小的孩子实在给弄糊涂了，但他仍然尽快跑到以利面前。

老以利蓦然一惊，原来孩子已经长大了，原来他不是小孩子梦里听错了话，不，他已听到第一次天音，他已面对神圣的召唤。虽然他只是一个稚弱的小孩，虽然他连什么是“天之钟命”也听不懂，可是，旧时代毕竟已结束，少年英雄会受天承运挑起八方风雨。

“小撒母耳，回去吧！有些事，你以前不懂，如果你再听到那声音，你就说：‘神啊！请说，我在这里。’”

撒母耳果真第四度听到声音，夜空烁烁，廊柱耸立如历史，声音从风中来，声音从星光中来，声音从心底的潮声中来，来召唤一个孩子。撒母耳至死，一直是个威仪赫赫的先知，只因多年前，当他还是稚童的时候，他答应了那声呼唤，并且说：“我，在这里。”

我当然不是先知，从来没有想做“救星”的大志，却喜欢让自己是一个“紧急待命”的人，随时能说：“我在，我在这里”。

这辈子从来没喝得那么多，大约是一瓶啤酒吧，那是端午节的晚上，在澎湖的小离岛。为了纪念屈原，渔人那一天不出海，小学校长陪着我们和家长会的朋友吃饭，对于仰着脖子的敬酒者你很难说“不”。他们喝酒的样子和我习见的学院人士大不相同，几杯下肚，忽然红上脸来，原来酒的力量竟是这么大的。起先，那些宽阔黧黑的脸不免有一份不自觉的面对台北人和读书人的卑抑，但一喝了酒，竟人人争着说起话来，说他们没有淡水的日子怎么苦，说淡水管如何修好了又坏了，说他们宁可倾家荡产，也不要天天开船到别的岛上去搬运淡水……

而他们嘴里所说的淡水，从台北人看来也不过是咸涩难咽的怪味水罢了——只是于他们却是遥不可及的美梦。

我们原来只是想去捐书，只是想为孩子们设置阅览室，没有料到他们红着脸粗着脖子叫嚷的却是水！这个岛有个好听的名

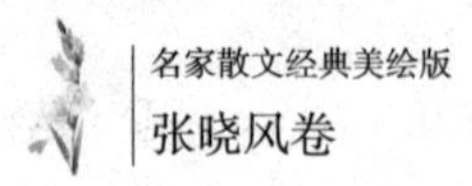

字，叫岛屿，岩岸是美丽的黑得发亮的玄武石组成的。浪大时，水珠会跳过教室直落到操场上来，澄莹的蓝波里有珍贵的丁香鱼，此刻餐桌上则是酥炸的海胆，鲜美的小管……然而这样一个岛，却没有淡水……

我能为他们做什么？在同盏共饮的黄昏，也许什么都不能，但至少我在这里，在倾听，在思索我能做的事……

读书，也是一种“在”。

有一年，到图书馆去，翻一本《春在堂笔记》，那是俞樾先生的集子，红绸精装的封面，打开封底一看，竟然从来也没人借阅过，真是“古来圣贤皆寂寞”啊！心念一动，便把书借回家去，书在，春在，但也要读者在才行啊，我的读书生涯竟像某些人玩

“碟仙”，仿佛面对作者的精魄。对我而言，李贺是随召而至的，悲哀悼亡的时候，我会说：“我在这里，来给我念那首《苦昼短》吧！念‘吾不识青天高，黄地厚，唯见月寒日暖，来煎人寿。’”读那首韦应物的《调笑令》的时候，我会轻轻地念“胡马胡马，远放燕支山下，跑沙跑雪独嘶，东望西望路迷，迷路迷路，边草无穷日暮”，一面觉得自己就是那从唐朝一直狂驰至今不停的战马，不，也许不是马，只是一股激情，被美所迷，被莽莽黄沙和胭脂红的落日所震慑，因而心绪万千，不知所止的激情。

看书的时候，书上总有绰绰人影，其中有我，我总在那里。

《旧约》创世记里，堕落后的亚当在凉风乍至的伊甸园把自己藏匿起来。

上帝说：

“亚当，你在哪里？”

他噤而不答。

如果是我，我会走出，说：

“上帝，我在，我在这里，请你看着我，我在这里。不比一个凡人好，也不比一个凡人坏，有我的逊顺祥和，也有我的叛逆凶戾，我在我无限的求真求美的梦里，也在我脆弱不堪一击的人性里，上帝啊，俯察我，我在这里。”

我在，意思是说我出席了，在生命的大教室里。

几年前，我在山里说过的一句话容许我再说一遍，作为终响：

“树在。山在。大地在。岁月在。我在。你还要怎样更好的世界？”

我想走进那则笑话里去

围坐喝茶的深夜，听到这样的笑话：

有个茶痴，极讲究喝茶，干脆去住在山高泉冽的地方，他常常浩叹世人不懂品茶。如此，二十年过去了。

有一天，大雪，他瀹水泡茶，茶香满室，门外有个樵夫叩门，说：

“先生啊！可不可以给我一杯茶喝？”

茶痴大喜，没想到饮茶半世，此日竟碰上闻香而来的知音，立刻奉上素瓯香茗，来人连尽三杯，大呼，好极好极，几乎到了感激涕零的程度。

茶痴问来人：

“你说好极，请说说看，这茶好在哪里？”

樵夫一面喝第四杯，一面手舞足蹈：

“太好了，太好了，我刚才快要冻僵了，这茶真好，滚烫滚烫的，一喝下去，人就暖和了。”

因为说的人表演得活灵活现，一桌子的人全笑了，促狭的人立刻现炒现卖，说：

“我们也快喝吧，这茶好吔！滚烫哩！”

我也笑，不过旋即悲伤。

人方少年时，总有些耽溺于美。喝茶，算是生活美学里的一部分。凡有条件可以在喝茶上讲究的人总舍不得不讲究。及至中年，才不免悯然发现，世上还有美以外的东西。

大凡人世中的美，如音乐，如书法，如室内设计，如舞蹈，总要求先天的敏锐加上后天的训练。前者是天分，当然足以傲人，后者是学养，也是可以自豪的。因此，凡具有审美眼光之人，多少都不免骄傲孤慢吧？《红楼梦》里的妙玉已是出家人，独于“美字头上”勘不破，光看她用隔年雨水招待贾母刘姥姥喝茶，喝完了，她竟连“官窑脱胎白盖碗”也不要了——因为嫌那些俗人脏。

黛玉平日虽也是个小心自敛的寄居孤女，但一谈到美，立刻扬眉瞬目，眼中无人，不料一旦碰上妙玉，也只好败下阵来，当时妙玉另备好茶在内室相款，黛玉不该问了一句：

“这也是旧年的雨水？”

妙玉冷笑一声：

“你这么个人，竟是个大俗人，连水也尝不出来！这是五年前我在玄墓蟠香寺住着收的梅花上的雪，统共得了那一鬼脸青的花瓮一瓮，总舍不得吃，埋在地下，今年夏天才开了，我只吃过一回，这是第二回了。你怎么尝不出来？隔年蠲的雨水，哪有这样清凉？如何吃得？”

风雅绝人的黛玉竟也有遭人看作俗物的时候，可见俗与不俗有时也有点像才与不才，是个比较上的问题。

笑话里的俗人樵夫也许可笑，——但焉知那“茶痴”碰到“超级茶痴”的时候，会不会也遭人贬为俗物？

为了不遭人看为俗气，一定有人累得半死吧！美学其实严酷冷峻，间不容发。其无情处真不下于苛官厉鬼。

日本的十六世纪有位出身寒微的木下藤吉郎，一度改名羽柴秀吉，后来因为军功成为霸主，赐姓丰臣，便是后世熟知的丰臣秀吉。他位极人臣之余很想立刻风雅起来，于是拜了禅僧千利休学茶道。一切作业演练都分毫不差，可是千利休却认为他全然不上道。一日，丰臣秀吉穿过千利休的茶庵小门，见墙上插花一枝，赶紧跑到师父面前，巴巴地说了一句看似开悟的话：

“我懂了！”

千利休笑而不答——唉！我怀疑这千利休根本是故布陷阱。见到花而大叫一声“我懂了”的徒弟，自以为因而可以去领“风雅证书”了，却是全然不解风情的。我猜千利休当时的微笑极阴险也极残酷。不久之后，丰臣就借故把千利休杀了，我敢说千利休临刑之际也在偷笑，笑自己有先见之明，早就看出丰臣秀吉不能身列风雅之辈。

丰臣秀吉大概太累了，“风雅”两字令他疲于奔命，原来世上还有些东西比打仗还辛苦。不如把千利休杀了，从此一了百了。

相较之下，还是刘姥姥豁达，喝了妙玉的茶，她竟敢大大方方地说：

“好虽好，就是淡了些。”

众人要笑，由他去笑，人只要自己承认自己蠢俗，神经不知可以少绷断多少根。

那一夜，在众人的哄笑声中，我真想走到那则笑话里去，我想站在那茶痴面前，他正为樵夫的一句话气得跺脚，我大声劝他说：“别气了，茶有茶香，茶也有茶温，这人只要你的茶温不要你的茶香，这也没什么呀！深山大雪，有人因你的一盏茶而免于僵冻，你也该满足了。是这人来——虽然是俗人——你才有机会可以得到布施的福气，你也大可以望天谢恩了。”

怀不世之绝技，目高于顶，不肯在凡夫俗子身上浪费一丝一毫美，当然也没什么不对。但肯起身为风雪中行来的人奉一杯热茶，看着对方由僵冷而舒活起来，岂不更为感人——只是，前者的境界是绝美的艺术，后者大约便是近乎宗教的悲悯淑世之情了。